JN091448

働く女子に明日は来る！

中澤日菜子
NAKAZAWA HINAKO

小学館

働く女子に明日は来る！

目次

地上十二階にある会議室。大きく切り取られた窓からは、晴れていれば東京副都心の夜景がくっきりと綺麗(きれい)に見えるはずだ。だがいまは、厚い雲と絶え間なく降りつづく雨のせいで、窓の外は墨を流したように暗く、さむざむとして見える。

午後三時から始まった会議はすでに四時間を超え、時崎七菜(ときざきなな)は眠気と倦怠感(けんたいかん)をこらえるのに必死だった。

二十畳ほどの会議室には、中央に楕円形(だえんけい)のテーブルが置かれ、キャスター付きの椅子が七脚、テーブルを囲むように置いてある。いまその椅子に座っているのは七菜と上司である板倉頼子(いたくらよりこ)、それにテレビ局側のチーフプロデューサーとプロデューサーの四人だ。

テーブルの上にはシナリオが何冊も積まれ、その周囲にはスケジュール表だの配役表だのといった書類が乱雑に散らばっている。

「というわけで、第四話のスーパーでの場面、スポンサーの意向によりアルコール飲料ではなく生鮮食品売り場に変更すること。いいね」

七菜の前に座っていたテレビ局側の男性プロデューサーが立ち上がり、きゅっきゅとペンを鳴らして白いボードに変更点を書いてゆく。外の景色のようにぼうっと霞む頭で、七菜はびっしり書き込みのされたボードを眺める。

「七菜ちゃん。ちゃんとメモ取って」

上司である頼子につつかれて七菜ははっと我に返り、あわててノートにペンを走らせる。

「で、次は、と。……どこでしたっけ」

プロデューサーが、七菜の斜め前に座るやはり局側のチーフプロデューサーに視線を移した。四十代前半とおぼしき男性が、シナリオをめくりながらぞんざいにこたえる。

「二十五ページ、シーン14、環子が車に乗っているシーン」

「そうそう、ここもスポンサーの意向で、車種を特定されないよう注意を払って撮影、ね」

二十五ページ、シーン14、車種特定NG。機械的に七菜はノートを埋めていく。

長いこと座りっぱなしで腰が痛い。暑すぎるくらいの空調のおかげで眠気が絶え間なく襲ってくる。七菜はカップの底に溜まった苦いだけでなんの風味もないコーヒーを喉に流し込んだ。

この会議、あとどれだけつづくんだろう。変更点だけならメールで送ってくれればいいのに。こうやって何時間も拘束されるのって、ほんとしんどいし、無意味だと思うんだけどな。思わずついたため息を聞きつけたのだろう、頼子が軽く七菜を睨んだ。

「えーと、あとはっと……」

プロデューサーが、立ったままシナリオの、付箋の貼られたページを確認してゆく。

「どわはぁぁあ」

チーフプロデューサーが遠慮もなにもなく巨大なあくびを発し、気だるげに首をぐるりと回してからスマホを覗き込む。ほぼ同時に館内放送が部屋のスピーカーから流れてきた。

「午後七時五十分です。退館時刻の八時まであと十分です。帰宅準備を始めてください」

局側ふたりの顔にほっとした表情が露骨に浮かんだ。

「じゃあ今日はここらへんで。漏れてるところがあったらのちほどメールします。あとはそちらでまとめて、変更したシーンを逐次報告してください」

ペンをしまいながら、早口でプロデューサーが告げる。ボードを写メしてから、七菜は長テーブルの上に散らかったシナリオや書類をまとめにかかった。

ごった返すテレビ局の正面玄関を抜け、駅へと向かうひとの波から少し離れたところで七菜は立ち止まり、先ほどまでいた巨大なビルを見上げた。明かりがフロアごとに落ちてゆく。空調が切られたいま、ビル内の温度はどんどん下がっていることだろう。

「どうしたの、七菜ちゃん」

傘を傾けて頼子が聞く。街灯に照らされて、細かな雨の粒が細い線のように流れる。

「八時で仕事が終わるなんてすごいなあと思って」

「例の働き方改革のせいね。いえ、おかげで、と言うべきかしら」

「そりゃ大企業はそうでしょうけど。結局割を食うのはあたしたち下請けじゃないですか」

「とはいえやらざるを得ないでしょう。撮影開始まであと二日なんだから」

「わかってます、わかってますけど……」

七菜は、今日出された山のような改変指示を思いだし、気の遠くなる思いを味わう。シナリオの改稿、それによる撮影予定の変更。スタッフへの周知、ロケハンのやり直し……言うほうは容易い。だがそのオーダーを叶えるためには、下請けのあたしたち弱小制作会社は徹夜覚悟で何日も取り組まねばならない。

手袋をしていても冷たい雨は容赦なく指さきに沁み込んでくる。顔や首すじに吹きつけた雨が体温を奪ってゆく。

「とにかくやるべきことをやりましょう。まずは会社に戻って会議の整理をしなくちゃ」

「はい」

「確かにいまはしんどいけれど……走りだしたらあっという間よ。それに今回のドラマは」頼子がシナリオの入ったバッグをぽんと叩いた。「絶対にいいものになる。視聴率だって必ず取れる。なにより視聴者のこころに響く、たくさんの『希望』が詰まってる」

「あたしもそう思います」

ちからづよく頷いた。

「現場には現場の意地があるわ。局側がほれぼれするような素晴らしいドラマを作ってみせようじゃないの」

みずからに言い聞かせるように頼子がつぶやく。七菜は傘越しに空を見上げた。切れ間なく広がる雲。降りつづく糸のような雨。

「そのためにはまず祈らなくちゃ、ですね」

「祈る？」

「明日から、いえ明後日からはどうか晴れますように——」

傘の柄を脇に挟んで、両手を合わせる。頼子がほほ笑んで頷き、七菜と同じように手を合わせ、首を垂れた。


祈りが天に通じたのだろうか。撮影初日は雲ひとつない上天気で、以来五日めの今日まで晴天がつづいている。

真上よりかなり下に輝く太陽からは温かい光が惜しみなく地上に降りそそぎ、万物を明るく照らしだす。だが空気はきんと冷えて氷のように冷たく、時おり吹きつける風が葉を落とした街路樹の枝を揺らしている。

ひときわ強い風が吹き、七菜は思わず首を竦めた。と同時に、目の前の自転車に乗った初老の男性が怒声を発した。

「だからなんで通っちゃだめかって聞いてるんだよ！」

男性は苛々したようすでベルを、じゃりん、鳴らす。

「すみません。あと三分、いえ一分待っていただけませんか」

七菜は寒さと緊張で引き攣る頬を無理に緩め、男性にこたえる。

「おれは急いでるって言ってんだろ。なんでおまえに止める権利があるんだ」

「ほんとうに申し訳ございません」

腰を直角に曲げ、七菜は頭を下げる。右耳につけたレシーバーから、助監督の男性の声が響いてくる。

「ちょっと七菜さん、まだですか」

「ごめん、あとちょっと」

口もとのマイクに囁(ささや)いたとたん、

「ちょっとちょっとって、いつまで役者を待たせるつもりだ！」

チーフカメラマンである田村稔(たむらみのる)の怒りの声が届く。

「すみません、あの」言いかけた七菜を遮って、

「誰に向かって喋(しゃべ)ってんだ。おれの話を聞け」

初老の男性が吼(ほ)えた。うろたえた七菜は周囲を見回す。

広い歩道の向こうに、固まって立つ撮影クルーのすがたが見える。中腰でカメラを構えた田村が、太い眉を思いきりしかめてこちらを睨んでいる。

カメラのさきには、昭和の匂いのするレトロな喫茶店の出入り口。これから撮るカットは、主人公である小岩井(こいわい)あすかと橘一輝(たちばないっき)が連れだってこの喫茶店から出てくるシーンだ。なんてことはないシーン。一分もあれば撮れるはずのシーン。だったのだが。

「もういい、どけ」

言うなり男性が、自転車のペダルに足を乗せ踏み込もうとする。

「待って、お願い待ってください」

パニックに陥った七菜は、全身のちからを込めて自転車の前かごを摑んだ。

「離せ」

「嫌です」

押し問答するふたりを、警備員に止められたほかの通行人が好奇の目で見つめてくる。

どうしよう、このひとだけ通してしまおうか。でもひとり通したらここにいる全員が動き始めてしまう。そしたらまたテストからやり直さねばならない。混乱しきった頭で七菜は考える。

そのとき。

「なにやってるの!」

澄んだ高い声がし、七菜の横顔を黒い影が覆う。かごを摑んだまま見上げる。七菜の上司であるプロデューサーの頼子が、細く整った眉を吊り上げ、七菜をきつい目で見つめていた。

「あのですね」

状況を説明しようとした七菜のことばにかぶせるように、

「部下が大変失礼いたしました。ご立腹、ごもっともと存じます。どうぞお許しくださいませ」

頼子は言い、まっすぐに相手の目を見てから深々と腰を折った。艶やかな茶色の長い髪が、さららら、音を立てて揺れる。

「なんだ、あんたは」

気勢を削がれたのか、男性の声に戸惑いが混じる。頼子が顔を上げた。

「この現場の責任者で板倉と申します。お急ぎのところ誠に申し訳ありません。撮影はすぐに終わらせます。ほんの少しだけお時間、いただけないでしょうか」

男性の目を覗き込むようにして、穏やかに頼子が語りかける。色白で細面の顔に、切れ長の二重の瞳。すっと通った鼻すじの下に、薄くて品のよいくちびるがつづく。愁いを含んだまなざしで男性を見つめた頼子がことばをつづける。

「わたくしに免じてどうかこの場はお怒りをお収めいただけませんでしょうか。この通りでございます」

ふたたび頼子が深く首を垂れる。あわてて七菜も頼子に倣う。

男性のちからがふっと緩んだ。

「……しょうがねえな。一分だけだぞ」

「ありがとうございます！」

頼子と七菜の声が重なる。頼子がすばやくマイクに囁く。

「ＯＫいただけました。カメラ回してください」

「了解。シーン36、本番行きます」

助監督が声を張り上げる。

その声に応じて、音声助手が高々とマイクを持ち上げる。照明助手の持ったレフ板が太陽の光をカメラのさきに集めた。矢口（やぐち）監督がカメラ脇で腰をぴっと伸ばす。

「シーン36本番、よーい、はい！」

矢口監督の張りのある声が冷たい空気のなか響く。

かちん。カチンコが切られる音がする。七菜は息すら止め、いっしんに喫茶店のドアを見つめた。

ちりりんとドアベルが鳴り、喫茶店のドアが開く。まず一輝が、つづいてもの思いに沈んだ表情のあすかが、歩道へとすがたをあらわした。会話を交わしながらふたりが歩道を歩いていく。ふたりの動きに合わせ、カメラやマイク、レフ板がゆっくりと移動する。

七菜の位置からでは俳優の背中しか見えない。聞こえるのはふたりの足音と、会話する声だけだ。そのほかのすべては、まるで時間が止まったように静かで、なんの音もしない。

七菜はこの瞬間が大好きだ。

二次元のシナリオが三次元に変わる瞬間。

紙に書かれたせりふが、ひとの声と動き、表情によって、生きいきと立ち上がる瞬間。

その一瞬いっしゅんを作り上げるために、チーム全員がひとつになる瞬間。

このドラマを無事に完成させなくては。そして視聴者のもとに届けなくては。絶対に。

遠ざかってゆくふたりを見守りながら、七菜は改めてこころに誓う。

ふと気になって自転車のおじさんをちらりと見る。先ほどまで口角泡を飛ばす勢いで喋っていたおじさんすら、目をまん丸に開け、魅入られたように撮影を見守っていた。

話しながら歩道を歩くふたりのすがたが、角を曲がり、視界から消えた。数秒後、

「カット。シーン36ＯＫ」

角に立つ矢口監督が右手を上げる。

「ＯＫ」「シーン36ＯＫです」

カメラ班、照明班、音声班の各チームがいっせいに復唱する。張りつめていた現場の空気がふっと緩んだ。

一輝とあすか、それぞれのマネージャーがすかさず駆け寄り、ぶ厚いコートを着せかける。そのままぴったり寄り添うようにして、路肩に停めたタクシーへとふたりを導いてゆく。

一輝とあすかがタクシーに乗り込んだのを確認してから、頼子が自転車の男性に向かって頭を下げた。

「大変お待たせいたしました。どうぞお通りください」

「おい、いまの橘一輝と小岩井あすかだろ。すげえじゃん、なあ」

さっきまでの渋面はどこへやら、頬を紅潮させて男性が叫ぶ。

「なんてドラマだい。おれ、ぜったい観るよ」

「すみません。まだ情報解禁前でして」

眉根を寄せ、頼子が俯く。男性がさらになにか言いかけるのを、

「民放で四月スタート、としか申し上げられないのですが。本日はご協力、ほんとうにありがとうございました」

穏やかではあるが、有無を言わせぬ威厳をもって頼子が封じた。うんうん、男性が小刻みに頷く。

「そうかそうか。あんたたちも寒いなかご苦労さんだな。お姉さん、がんばれよ。そっちの嬢

ちゃんもな」

ベルを鳴らし、鼻歌を歌いながらペダルを漕いで去っていった。

角を曲がり、男性のすがたが完全に消えてから、ふう、頼子が息を吐きだした。白い空気のかたまりが一瞬浮かんで消える。

「頼子さん、迷惑かけちゃってすみませんでした」

つぶやいて、七菜はくちびるを噛みしめる。

頼子の顔がまともに見られない。五年も現場にいて、通行人ひとり止められないじぶんが心底情けなかった。

「仕方ないわよ。ああいうタイプは一度頭に血がのぼったらなにを言っても聞かないからね」

頼子が柔和な笑みを浮かべ、七菜の肩をとんとんと軽く叩いた。最前見せたきつい表情とは正反対の、優しくて温かい笑顔。

この笑顔。頼子はセクハラの横行していた時代から女性プロデューサーとしてつねに先頭を走り、後輩たちへ道を切り拓いてきた。そしていまもなお、尊敬する大先輩として現場を引っ張ってくれている。

七菜にはわかっていた。あの場で強く叱ることで頼子は七菜を救ってくれたのだと。

こうして何度、頼子に助けられたことだろう。

「撤収します。次の現場に移動します」

制作担当が、両手をメガホンのように口にあてて周囲に告げる。

スタッフがいっせいに動きだす。規制されていた通行人がどっと狭い路地に溢れだした。

「行きましょう」

頼子が早足で歩き始める。あとを追おうとした七菜は、前方から小走りでやってきた男性と正面からぶつかってしまった。反動でふたりとも大きくよろける。

「す、すみません」あわてて七菜は頭を下げ、ぶつかった相手を見る。「だいじょうぶですか？」

背の低い太った若い男性。首がからだにめり込むくらい短く、四角くてぶ厚い体型だが、そのくせ手足だけが妙に細くて長い。なんとなく七菜は蟹を思い起こす。

男性は七菜に視線を向けることなく、無言で走り去っていった。

感じ悪っ。むっとした気持ちが込み上げてくるが、もちろん追いかけるわけにはいかない。

「どうしたの」

数歩さきを歩いていた頼子が立ち止まり、声をかけてくる。

「いえ、なんでもありません」

七菜は早足で頼子に追いついた。軽く頷き、頼子がふたたび歩きだす。

「佐野くんと平くんは？」前を向いたまま頼子が問う。

「それが見当たらないんですよ」

コードを巻く撮影班、照明班を透かし見ながら七菜はこたえる。

佐野李生と平大基は七菜の後輩にあたる男性だ。

二十六歳の李生は新卒でアッシュに入り、いま三年めの新米アシスタントプロデューサー。

大基は今年四月入社予定、二十二歳の新人で、研修を兼ねたアルバイトとしてこの現場に通っている。まだまだアシスタントとも呼べないほどの制作見習いだ。

「かんじんなときにいないんだからなあ、もう」

七菜の口調はついつい愚痴めいたものになってしまう。そもそも通行人の整理は後輩である李生や大基が手伝うべきだ。揉(も)めごとが起きたら、彼らがまっさきに対応にあたるべきなのに。

「呼びました？」

真後ろから声がし、ぎょっとして振り向く。

明るい茶色の髪に緩くパーマをかけ、だぼっとしたジーンズを穿(は)いた長身の李生がレジ袋片手に立っていた。

「どこ行ってたのよ。大変だったんだから」七菜が睨むと、

「助監督さんに頼まれて次のシーンに必要なもん、買いだしに行ってたんすけど」

あくまでも冷静な口調でこたえる。

「そんな用事は平くんに任せて、佐野くんはちゃんと現場にいてよ」

「仕方ないっしょ、あいつ、どこにもいないんだから」

李生が七菜を抜かして頼子の横に立った。なおも言い募ろうとする七菜を「喧嘩(けんか)しない、喧嘩しない」生徒でも叱るように頼子がなだめる。

と、七菜のスマホが、ぶるり、震えた。コートのポケットから引っ張りだし、ロックを解除する。メイクのチーフであり、このチームで七菜といちばん親しい野川愛理(のがわあいり)からＬＩＮＥが入

っていた。書かれたメッセージを何気なく読んだ七菜は、思わず息を呑み、足を止めた。

「やばい……」

なかば無意識に声が漏れる。聞きつけた頼子と李生が振り返る。

「どうしたの」

怪訝な顔をした頼子と李生に、七菜は震える声で「こ、小岩井さんが……」と言い、無言で画面を見せる。ふたりの顔がさっと強張る。

「まだ十時半なのに……」李生が呻く。

「そんなこと言ってる場合じゃないでしょ！」

頼子が走りだし、あわてたように李生もロケバスへと向かう。ふたりよりだいぶ背の低い七菜は、遅れまいと必死に足を繰りだした。


七菜の勤めているのは、テレビドラマを専門とする番組制作会社「アッシュ」だ。会社は赤坂にあり、ロケのないときはひとり暮らしの中野のマンションから通勤している。

故郷は広島だが、中心部の広島市ではなく、島根との境にある小さな町だ。その町で七菜は生まれ、二十四歳で上京するまで育った。家族は両親と祖母、そして兄の五人。稲作を主な産業とする町で、七菜の祖母も両親もずっと米の栽培を仕事として生きてきた。

見渡す限り一面に広がる水田、時おり見える小さな林はそれぞれの家の墓地だ。民家は山すそに点在し、隣の家まで行くのに自転車で十分はかかる。

どこまでも広がる空と田んぼと長いながい一本道。それが七菜の原風景だ。事件らしい事件も事故もなく、よくいえば平穏、悪くいえば退屈極まる町。祖母や両親はなんの不満も疑問もなくその地で過ごしていたが、若い七菜にとっては逃げだしたくなるほどなんの面白味もないところに映った。

兄も同じように感じていたらしく、大学で東京に出るとそのまま運輸会社に就職し、実家に戻ることなく東京で所帯を持った。いまは姪や甥を含めた家族四人でトロントに駐在し、実家には年に一度くらいしか帰ってこない。

七菜も兄と同じように東京の大学に進みたかったのだが、家族、特に母の「女は自宅から通うものだ」という強硬な反対に遭い、仕方なく自宅から通える短大を選んだ。短大を卒業し、就職したのは地元の信用金庫。

母は「これ以上ないくらいのいい就職先だ」と喜んだが、見飽きた小さな町で同じ仕事を繰り返すだけの毎日に、七菜は言いようのない強い焦燥を感じた。

このままではだめだ。

ここで一生を終えるのだけはまっぴらごめんだ。

三年間勤め、預金が二百万円となった二十四歳の夏、七菜は「家を出る。東京で働く」と家族に告げた。

予想通り母は猛烈に反対してきたが、「お兄ちゃんと一緒に住むから」と、まだ独身だった兄をダシに、しぶしぶながらも了承を取りつけ、ようやく家を出ることができたのだった。

兄との同居は、兄が結婚するまでの約二年つづいた。

その間七菜は、飲食店やコンビニでバイトをしながら「東京」という巨大な都市にじぶんをじょじょに馴染(なじ)ませていった。

兄が新生活を始めたのをきっかけに、七菜も念願だったひとり暮らしを手に入れる。

ほぼ同時にネットで見つけたのが、アッシュの「制作部門正社員募集」の広告だった。

もともと映画が好きな七菜は、この広告に強くひかれた。父のいちばん下の弟である叔父が大の映画好きで、まだ幼かった七菜に、そのころまだめずらしかったビデオで古い洋画や邦画の名作をことあるごとに見せてくれたのがそもそものきっかけだと思う。

映画とドラマでは全然違うということはわかってはいたけれど、テレビドラマの制作という、それまでまったく縁のなかった世界に七菜は強い興味を感じた。「だめでもともと」という軽い気持ちで応募したのだが、運よく採用されることとなる。

以来五年間、七菜は頼子の下でアシスタントプロデューサーとして働いている。

二十四で故郷を出てから七年。無我夢中で走りつづけ、いま七菜は三十一歳になった。


三人を乗せたロケバスが、住宅街に建つ真新しい公民館の前に停まった。ほかのスタッフに頭を下げ、まっさきに飛び降りる。

ガラスでできた両開きのドアをちからいっぱい引き開けたとき、七菜の視界の隅に、公民館の前庭に置かれた日当たりのいいベンチで、熱心にスマホをいじる大基のすがたが映った。

「平くん！　なにやってんのよ、そんなとこで」

つい苛立（いらだ）ちの混じる声が出る。

「あ、お疲れさまでーす」

スマホから視線を上げることなく大基が応じる。

「あのねえ、平くんねえ」にじり寄ろうとした七菜の腕を、

「んなことしてる場合じゃないっしょ」李生が掴んだ。

すでに頼子は公民館の一階右奥手にある給湯室に向かっている。説教したい気持ちを抑え、七菜もなかに入る。

「おれ、これ助監督に届けてくるんで」

レジ袋を振り、李生がすでに撮影準備の始まっている二階会議室への階段を一段飛ばしで駆け上がっていく。頷いて七菜は、駆け足で給湯室へと走る。

メインの撮影場所兼メイクルーム、控え室として借りているこの公民館は、一階に八畳と六畳の和室があり、二階がリノリウム張りの広い会議室になっている。

撮影はおもに二階の会議室で行われ、八畳間が俳優やスタッフの控え室、そして六畳間がメイクと衣裳（いしょう）部屋として使用されている。

給湯室に飛び込む直前、七菜は対面（トイメン）にある六畳間をちらりと覗いた。

左手の壁際には衣裳がびっしり下げられたハンガーが据えられ、掃きだし窓の前に置かれた長机ふたつの上には小道具や持ち道具がきちんと並べられている。

そのすき間を縫うように、三列、長机と椅子が設置され、鏡やメイク道具一式が置いてあった。廊下にいちばん近い長机には次のシーンの出演者が座っており、メイクのチーフである愛理が俳優の顔にファンデーションをはたき込んでいた。

鏡に七菜が映ったのだろう、愛理がすばやくこちらを見た。七菜は声を出さずに「ありがとう」とつぶやく。目だけで笑んだ愛理は、ふたたびメイク作業に戻った。

「七菜ちゃん、早く」頼子の声に、

「はい」七菜は給湯室に飛び込む。

狭い給湯室のコンロにはすでに巨大な寸胴鍋（ずんどうなべ）がふたつかけられ、弱火で温められている。バターのよい匂いが鍋から立ちのぼる。

鍋の前に立った頼子が、計量カップで掬（すく）った小麦粉を少しずつふるい入れながら、長い木べらで鍋を掻（か）き回している。横に立ち、七菜は鍋を覗き込む。黄金色に溶けたバターのなかに、炒められて透明になったみじん切りの玉ねぎと、さいころくらいのじゃがいもが浮かんでいる。細長く刻まれたベーコンは、脂がすでに溶けだし、白かったふちが透明に変わっていた。

小麦粉をふるい入れる合間に、頼子が白ワインを鍋に垂らす。隠し味に白ワインを入れるのは頼子独特のレシピだ。ワインのほのかな甘みと酸味が加わることで、ホワイトソースのコクが増す。

「ピーマン、刻んで。一センチ角でね」

鍋から視線を外さず、頼子が指示を出す。

頷き、手を洗ってから、七菜は金ざるに山と盛られたピーマンをひとつ、摑みだした。包丁を右手に持ち、左手でピーマンをまな板に固定して、七菜はまずへたを落とす。つづいてふたつに割り、びっしり詰まった種を掻きだしては生ごみ入れに捨てていく。種を取り除いたピーマンを上下に重ね、なるたけ同じ大きさになるよう包丁で刻み始める。

給湯室で作られているのは、昼食にロケ弁当に添えて出す牡蠣（かき）のチャウダー。

二月初旬、一年で最も寒い季節、冷えたロケ弁だけではスタッフも俳優も食が進まない。そのため頼子が中心になって、手作りの温かい汁物を出すのが七菜を含め、アッシュ制作部の大事な仕事となっている。

同じような仕事はどの現場でも行われているが、手間をかけるのを面倒くさがり、インスタントの味噌汁（みそしる）やスープだけで済ませる現場も多い。

だが頼子は違った。

「長くてしんどい撮影、チームのみんなに少しでも喜んでもらえたら」と、毎日、いちから手作りの料理を振る舞っている。

頼子のこころのこもったロケ飯は、味も栄養バランスもばつぐんで「頼子さんのロケ飯が食べられるなら」と、仕事を引き受けてくれる俳優やスタッフもいるほどだ。

その期待にこたえるべく、どんなにスケジュールが押して大変なときでも頼子は腕によりをかけたロケ飯をこしらえる。それは頼子がこの仕事を始めたころからの信念で、ゆえにもはやこの業界で「板倉頼子のロケ飯」を知らぬものはいないほどの名物になっていた。

「ピーマン、切り終わった？」

鍋に牛乳をそそぎながら頼子が問う。

「まだです」

必死に手を動かしながら七菜はこたえる。ピーマンの山は半分ほどに減っていたが、なにせ五十人分のチャウダーだ。切ってもきってもなかなか終わりが見えてこない。

「こっち終わったから手伝うね」

長い柄のおたまで、ふたつの鍋をぐるりと大きく掻き回してから、頼子が愛用の包丁と木のまな板を七菜の横に並べた。狭い給湯室、七菜と頼子はぴったりくっついて作業するしかない。

頼子がピーマンを鮮やかな手つきで刻み始める。

七菜が一個刻むあいだに、頼子は三つ、それもきちんとかたちの整った刻みピーマンを作ってゆく。

相変わらず見事な手さばきだなあ。思わず七菜は頼子の手さきを見つめてしまう。

「手を止めない！」

包丁を動かしつつ、頼子が注意する。あわてて七菜は新しいピーマンに包丁を入れる。手もとがくるい、へたが半分残ってしまった。じぶんの不器用さに七菜は泣きたくなってくる。

「あとどれくらいっすか。小岩井さんがもう限界です」

給湯室に飛び込んできた李生が叫ぶ。

「二十分、いえ十五分待って」頼子が叫び返す。

「了解」

ひと言こたえ、ふたたび李生が階段を駆け上がっていく音がした。

「こっちはわたしやるから、七菜ちゃん冷蔵庫から牡蠣とあさり出して。どっちも塩振って流水でよく洗って」

「え？　今日は牡蠣のチャウダーのはずじゃ」

「牡蠣は食べられないひともいるでしょう。だから牡蠣とあさり、二種類作るの」

刻みピーマンの山を作りながら頼子がこたえる。

さすが頼子さん。冷蔵庫から牡蠣とあさりのパックを出しながら七菜は感心する。この慌ただしいなか、そこまで気が回るとは。

「それが終わったらここはもういいから、二階の現場に入って」

「わかりました」

七菜は新しい金ざるに牡蠣とあさりを移した。

指示通り洗い上げ、「じゃ上、行ってきます」七菜は頼子の背に声をかける。

「完成したらすぐ伝えるから、レシーバー忘れないでね」

「はい」

タオルで手を拭ってから、七菜は給湯室を飛びだした。

階段を上がったさきはスタッフで溢れていた。

撮影現場の会議室が狭いため、なかには矢口監督はじめ数名のメインスタッフしか入れない。

それぞれのチームの助手は、廊下に設置されたモニタを囲んで待機している。囲みの外側に立つ李生を見つけ、七菜は音を立てぬよう近づいて囁きかける。

「いまは？」

「シーン8、テスト中」

モニタから目を離さずに李生がこたえる。頷いて七菜もひとびとの頭越しに小さなモニタを見つめる。

画面には並んで座るあすかと一輝が映っている。ふたりと対面するように女性と男性の中年俳優がひとりずつ、神妙な面持ちで座っていた。その後ろ、壁際に沿って数人のエキストラが立っている。

女性俳優が口を開く。

「ほんとうにありがとうございました、新藤(しんどう)先生、環子先生。先生方の助けがなかったらうちの子は……」

一樹がゆっくりと手を振る。

「いえ、ぼくらはなにも。全部颯太(ふうた)くんの実力ですよ」

「ここに、このさくら塾に出会えて……あの子は幸せです」

男性俳優がそっと傍らの共演者の肩を抱く。女性俳優が目頭を押さえた。背後に並んだエキストラが次つぎに頷く。

カメラが動き、あすかと一輝の顔がアップで映る。ふたりが目線を合わせる。穏やかにほほ笑む一輝。その笑顔を受けて、少し恥ずかしげに、けれど晴れやかな笑みを顔じゅうに浮かべるあすか——のはずだった。少なくともト書きでは。

だがカメラの向こうのあすかに笑顔はない。

いや本人は笑っているつもりなのだろう。口角が上がり、真っ白で綺麗な歯がくちびるのあいだから覗いている。けれども眉間に浮かぶ皺が、なにより尖った目もとが、あすかの本心を如実に表していた。

「カット。テストOK」矢口監督が告げる。「ちょっと明かり、こっち寄せよう」

「あいよ」

照明監督の諸星康生が、巨大な腹を押さえながらわずかなすき間にからだを捻じ込み、機材の位置を変える。ヘアメイクの愛理がすかさずあすかに走り寄り、前髪を整え、頰に白粉をはたく。

その間、ずっとあすかは無言だった。

あすかの「気魄」に押されるように、ほかの出演者たちの顔も硬い。あるものは俯き、あるものは台本に目を落とすふりをしている。大先輩である一輝すらも両目を固く閉じ、腕を組んで、この息苦しさから逃れようと試みていた。その緊張感はスタッフにまで伝染し、みな息すら殺して必要最小限の作業をこなしている。

まずい。これはまずい。七菜は焦る。このまま本番を迎えてはならない。頼子さん、がんばって、お願い。

と、がりっぼりっ、なにかをかじる派手な音がし、同時に焼きそばのソースの匂いがあたり一面に漂う。

あすかの目が、かっと見開かれた。

誰⁉　こんなときに⁉

七菜をはじめ全員が匂いの出どころへさっと視線を向ける。

大基だった。モニタの真ん前に立った大基が、包装を剝いた棒状のスナック菓子を無造作に嚙み砕いていた。集まった視線を気にすることなく、大基は菓子をかじりつづける。

「ちょっと平くん！」

七菜はスタッフを掻き分けてモニタに近づき、大基の腕を摑んで輪のなかから引きずりだした。

「なんですかぁ」

菓子を手に持ったまま、呑気に大基がこたえる。

「なにやってんの、こんなときに」押し殺した声で質すと、

「腹、空いちゃって。あ、時崎さんも食べます？」

悪びれたようすもなく、大基がポケットに手を突っ込んだ。あわててその手を押さえる。

「場をわきまえなさいよ、場を」

「は？　場？」

きょとんとした顔で大基が復唱した。七菜は天を仰いだ。どうやらなんの他意も疑問も持っていないらしい。

スタッフの視線がふたりに突き刺さる。モニタ越しに、あすかの顔がどんどん険悪になって

ゆくのが見える。ふだん温厚な矢口監督までが、会議室からすがたをあらわし、咎めるようなきつい目でこちらを睨んでいた。

「いいからちょっとこっちに」

焦った七菜は摑んだ腕にちからを込め、大基を廊下の端へと引っ張る。

「痛い、痛いですよ時崎さん」

「静かに！　あのねぇあんたねぇ」

抑えようとしてもどんどん口調がきつくなってしまう。揉み合うふたりのもとに李生が走り寄ってきた。

「時崎さん落ち着いて。怒っちゃだめっすよ」

「そうですよ、たかがお菓子ひとつで大人げないですよ」

ぶちん。大基のひと言で七菜の理性が音を立てて切れる。叱り飛ばそうとしたそのとき、

「お待たせ！　お昼の用意ができました」

装着したレシーバーから頼子の明るい声が響いた。その場にいたスタッフ全員の顔がぱっと明るくなる。すかさず助監督が会議室のなかに駆け込んだ。

「お昼できました！　このシーン終わったら昼食休憩に入ります」

あすかの表情がみるみる和らいでゆく。救助船を見つけた漂流者のように、キャストに、そしてスタッフのあいだにほっとした空気が流れた。会議室に駆け戻った矢口監督がすかさず叫ぶ。

「シーン８、本番！」

「本番行きます！」

各スタッフが復唱し、間髪をいれずカチンコが切られた。

先ほどまでの険悪な表情が一変し、あすかが生きいきとした顔を取り戻す。

シーンラスト、あすかの輝くようなとびきりの笑顔がアップでモニタに映しだされ――

「はいカット！　シーン８０Ｋ」

矢口監督の、満足そうな声が響いた。


「お、今日は牡蠣のチャウダーですか。美味そうですねぇ」

プラスチックカップにそそがれた熱々のチャウダーを見て、諸星照明監督がまん丸い顔をほころばせる。

「げ。おれ牡蠣だめなんだよ、一度あたっちゃってからさ」

後ろに並んだチーフカメラマンの田村が、いかつい古武士のような顔に似合わない気弱な声を出した。

「そういうひともいるかと思って、あさりも用意しました」

柔らかい笑みを浮かべた頼子が、七菜の受け持つ鍋を指す。

「ありがたいね。あさりは大好きだ。あ、けどもしかしてこっちは七菜坊が作ったとか」

頬を緩めかけた田村が、警戒心の混じった声を出す。

「だいじょぶですよ、どっちも頼子さんの手作りだから」むっとして言い返すと、

「そりゃよかった。頼子さんと七菜坊じゃ天と地ほども味が違うからな」

いたずらっ子のような顔で笑い、カップを受け取った。

弁当とカップを持ち、控え室である和室に歩いていく田村の背中を目で追いながら、七菜は口を尖らせる。

「つたくもう、田村さんは……」

「いいじゃないの。七菜ちゃんを可愛がってるしるしよ」

頼子が穏やかな声でなだめた。

「可愛がってるんだか、遊ばれてるんだか……」

不満顔のまま、七菜はカップにチャウダーをそそいでゆく。

この座組最年長の六十八歳であり、照明の諸星とともに矢口監督の女房役でもある田村は、確かに口は悪いし態度もぞんざいだが、まだ新人だったころからなにくれとなく七菜の面倒をみてくれている、いわば大恩人だ。それにしても七菜だってもう五年選手だ。七菜坊はないだろうとどうしたって思ってしまう。

七菜の隣では、次から次へとやってくるスタッフに李生と大基がロケ弁当を配っていた。休憩時間は短い。七菜もとりあえず給仕に専念する。

ようやく列が途切れたのを見計らい、七菜は頼子に声をかける。

「ちょっと控え室のようす、見てきていいですか」

「うん、お願い。佐野くん、七菜ちゃんと代わって」

「ういっす」

おたまを李生に手渡してから、七菜は廊下を横切り、和室へと向かった。

八畳の和室は、座り込んで弁当を使うスタッフでいっぱいだ。七菜はぐるりと部屋を見渡す。

押し入れの前に一台だけ置かれた長机で、あすかがひとりで食事をしていた。一輝のすがたはない。すでに食べ終わり、煙草(タバコ)でも吸いに外へ出たのだろう。

あすかの横には空になった弁当箱がふたつ。どうやら早くも三つめに取りかかっているようだ。七菜はスタッフのあいだを縫うようにして、あすかに近づいてゆく。

「いかがですか、今日のチャウダーは」

「まじやばい。いくらでも食べられそう」

弁当から顔を上げたあすかが、上気した顔でこたえた。

「お代わりありますから。もう好きなだけ食べてくださいね」そうして夜までなんとか持ちこたえてね。後半はこころのなかだけでつぶやく。

給湯室に戻ると、頼子がひとりで鍋の番をしていた。

「佐野くんと平くんは？」

「おおかた片づいたから、さきに食べてくるよう言ったの。わたしたちも食べちゃおうか」

「はい」

弁当を流しの脇に置き、立ったまま七菜はまずチャウダーにスプーンを差し入れ、熱々のそれを口に含んだ。

野菜や牡蠣の旨みをぞんぶんに吸ったクリームは滑らかで、とろりとした食感を残しつつ喉を滑り落ちてゆく。溶ける寸前の玉ねぎやじゃがいもが、けれどちゃんと歯ごたえを残していて、噛むと野菜の甘さが口のなかいっぱいに広がった。挽きたての黒胡椒に生の葉を刻んだバジルが優しい味にアクセントをつけてくれる。

ああ。なんて美味しいんだろう。

七菜は夢中でチャウダーを啜る。あまりに急いで飲み込んだため、舌さきをちょっと火傷してしまった。

隣では頼子がチャウダーだけを抱えて床に座り込み、七菜の食べるようすを嬉しそうに見つめていた。

「あれ。頼子さん、お弁当は」ひと息ついた七菜が尋ねると、

「いい。ダイエット中だから」頼子がこたえる。

「ええー必要ないでしょー」

長身でほっそりした頼子を見下ろす。

「最近歳のせいかお腹が出てきちゃって。ジムでも行ければいいんだけどね」

顔をしかめた頼子が下腹を摘んでみせる。

「ないですよね、そんな時間」

七菜もため息をついた。

自他ともに認める童顔で小柄、ややぽっちゃり体型の七菜にとってもダイエットは死活問題だ。

「そういえばさっき、上でなんだか騒いでたけど、どうしたの」

チャウダーを掬いながら頼子が尋ねる。

「それがですね」

かいつまんで先ほどの大基の行動を伝える。話し終えると、頼子が眉間に皺を寄せ、こめかみを指で押さえた。

「困ったものね、平くんには」

「ほんとですよ。あと少しで怒鳴りつけちゃうとこでした」

大基の捨てぜりふが脳裏によみがえり、思いだし怒りがふつふつとわいてくる。

「だめよ、叱ったり怒ったりしちゃ。まだ研修中なんだし、すぐに『辞める』って言いだすからね、いまの子は」

「はい……」

そうなのだ。去年バイトで入った若い男子も、ちょっと叱っただけですぐに辞めてしまった。しかも「辞めます」のメールたった一本で。

「いわゆるさとり世代、なんですかねえ」

「叱られ慣れていないんでしょうね。根気よく育てていくしかないわね」

育てていく。あの大基を。考えただけで気が遠くなる。

「小岩井さんの胃袋にもちょっと参っちゃうけどね」

頼子がつぶやく。七菜は大きく頷いた。

「まさかあんなに大食いで、しかもお腹が空くと人格変わっちゃう子だとは思いませんでした」

小岩井あすかは超人気アイドルグループ出身の若手女優だ。小顔で、折れちゃうんじゃないかと思うくらい細いからだをしているのに、食べる量ときたら成人男性の三倍、いや四倍はあるだろう。今回のドラマで組むまで、さすがの頼子も七菜も想像だにしていなかった。

「基本、いい子なんだけどね。明るいし素直だし、プロ意識もしっかり持っているし」

取りなすように頼子が言う。

明るくて素直。それは確かだ。けれども。

「ちょっと天然ですけどね」七菜はぼやいた。

「そう?」

「だって顔合わせのとき『時崎さん、七菜っていうんだ。うちのワンちゃんと同じ名前だあ』って言われたんですよ。犬と一緒にしないでくれっつーの」

七菜のことばに頼子が大きな声で笑う。と、愛理が給湯室にひょいと顔を覗かせた。

「ロケバス来たよ。悪いけど七菜ちゃん、手伝ってくれる」

「あ、はい」

弁当の残りをチャウダーで流し込むと、七菜は給湯室を出、愛理のあとを小走りでついていく。公民館の正面玄関につけたロケバスから、子役の小中学生と、付き添いである母親たちがわらわらと降りてくるところだった。

「まず中学生からやっちゃおう。七菜ちゃん、ちびちゃんたちに顔洗わせといてくれる?」

「了解です」

七菜が頷くと、愛理は中学生数人を連れて奥の六畳間に先導してゆく。残った小学生たちは、すでに子犬のようにじゃれ合い、廊下ではしゃぎ回っている。

食事を終えたスタッフが動きだす。あちらこちらで打ち合わせの輪ができる。子どもたちの話し声に母親たちの甲高い笑い声、負けじと大声で段取りを確認し合うスタッフの声が重なり、公民館一階はもはやカオス状態だ。

大きなうねりのように現場が立ち上がっていく感覚を七菜は全身で感じ取る。

今日は夜までみっちり撮影が詰まっている。がんばらなくちゃ。

ぱしんと両手で軽く頬を叩き、七菜は気合を入れ直した。


自宅である中野のマンションに帰り着いたのは、ちょうど日づけが変わるころだった。

シナリオや資料でぱんぱんに膨れ上がった重いトートバッグを肩に、七菜は三階にある部屋まで気力と体力を振り絞って階段を上がっていく。

今度引っ越すときは、絶対にぜったいにエレベーターのあるところにしよう。

白い息を吐きながら、毎晩考えることを今夜も繰り返し思う。

部屋の前に着いた。かじかむ手で鍵を取りだす。冷気を吸い込んで氷のごとく冷えきった鍵を鍵穴に入れ、ドアを開ける。

ふわり。温かい空気が七菜を包む。反射的に三和土(たたき)を見下ろす。無造作に置かれた男物の黒い革靴が一足。恋人である佐々木拓（ささきたく）が来ているとわかる。

「ただいま。拓ちゃん、来てたんだ」

トイレと風呂に挟まれた短い廊下を通ってリビングのドアを開ける。

ジャケットとネクタイを脱ぎ、ワイシャツすがたになった拓が、青いソファに寝転んでテレビを見ていた。ローテーブルの上にはコンビニの空き袋と、空になった弁当箱。それにビールの缶がふたつと、口を開けたポテトチップスの袋がひとつ転がっている。

「おかえり七菜ちゃん。寒かったでしょ、こんな遅くまで」

拓が、ふわあと大あくびをした。

「寒かったあ。エアコンの温度、上げていい？」

トートバッグを床に投げるように置き、七菜はリモコンに手を伸ばす。床に落ちたはずみで台本が何冊か、バッグから滑りでる。

「うん。あ、冷蔵庫にチンするだけの鍋焼きうどん、買ってあるよ」

上半身を持ち上げて拓が言う。

「だめだよ、こんな時間に食べたら太っちゃう」

「夕食食べてきたの」

「撮影の合間にサンドイッチだけ」

「じゃ食べなよ。お腹空いて眠れないよ」

拓が、色白の丸い顔を緩めて言う。やや垂れ気味の眉の下の目は、糸のように細い吊り目だ。

いまその目は半円を描くように細められ、優しい笑みを湛えていた。拓の顔を見ていたら、寒さと緊張で縮こまっていた胃の口が緩みだし、だんだんお腹が空いてきた。

「じゃあ食べちゃおっかな。明日の撮影もハードだし」

じぶんに言い聞かせるようにつぶやいて、七菜はリビングに接したキッチンへ入り、冷蔵庫の取っ手に手をかける。

拓と付き合いだして二年が経つ。

初めて拓に声をかけられたときのことを、七菜はいまでもよく覚えている。

単館系の小さな映画館、新宿武蔵野館。イタリアの喜劇映画を観終わり、さあ帰ろうと席を立ったときだった。

「あの。一昨日もお会いしましたよね、池袋のロサ会館で」

いきなり真横から声をかけられて、飛び上がるほど驚いた。振り向くと、細い目をいっぱいに見開き、両の拳を固く握りしめた拓が立っていた。

誰だ、このひと。しかもなんでこんな怖い顔をしてるんだ。

驚きと恐怖で固まってしまった七菜に向かい、たたみかけるように拓が尋ねてくる。

「いましたよね。で、フランスの映画、観ましたよね」

こたえねばいまにも殴りかかられそうで、七菜は必死に記憶をまさぐる。

「あ、は、はい、いました観ました、ドヌーヴの出てるやつ」

舌を縺れさせながらこたえると、拓は生真面目な顔のまま頷き、

「その前は渋谷のヒューマントラストで、その前は恵比寿のガーデンシネマ。で、さらにその前は」たたみかけてくる。

「ちょ、ちょっと待ってください。ええと渋谷……恵比寿……」

決めて通っているわけではない。たまたま時間が空いていて、しかも面白そうな映画がかかっているときに飛び込みで観るのが七菜のスタイルだ。いちいち、どこへ行ったのかなんて気にもしたことがなかった。

だが拓は自信たっぷりに頷くと「いたんです、あなた、そこに。そしてぼくもいました。同じ回に同じ映画を同じ映画館で。今日でちょうど五回めになります」ひと息で言いきった。

混乱したまま七菜は考える。そうだったのか。そんなことが。でもだからなんだというのだろう。まさか「おれのシマを荒らすんじゃねえ」とか因縁をつけてくる気だろうか。

「あのう……それがなにか」

バッグを胸に引き寄せ、いつでも逃げだせる体勢で恐るおそる七菜は問う。拓が一歩、七菜のほうへにじり寄る。額に滲(にじ)む汗が見えた。両目は限界まで見開かれている。

「それでですね……よかったらこのあと、お茶でもしませんか」

これがふたりの「馴れ初め(なそ)」であった。

拓がじぶんよりひとつ下であること、大学を出て大手食品メーカーの総務部に勤めていること、実家は成城でいまもそこに住んでいること、ほんとうは映画関係の仕事に就きたかったが両親の反対に遭い叶わなかったこと——

何度か一緒に映画を観、お茶や食事をともにするうちに、映画の感想だけではなくお互いの話もするようになった。

映画の趣味が合い、けっして社交的ではないが誠実な拓に、七菜はだんだん好意を持つようになる。

そして出会いから二年経ったいま、週に三回ほど拓は七菜の部屋にやって来、夕飯を食べたり時には泊っていく間柄になっていた。

「へえ。いま撮ってるの、こういうドラマなんだ」

ラグの上に座り込み、熱い鍋焼きうどんにふうふう息を吹きかけていると、拓が床から拾い上げた台本をぺらぺらとめくった。

「撮影始まって三日めだっけ」

「ううん、今日で五日め」

「いまどのへん」

「第一話のちょうど真ん中あたりかなあ」

「今回は板倉さんの企画なんだね」

スタッフ一覧のページを指して拓が言う。

「うん」

くたりとした長ねぎを箸で摘んで七菜は頷く。

ドラマの企画を立て、それが通った時点で、企画者はプロデューサーとしてそのドラマの責任者となる。だから七菜の立てた企画が通れば、七菜もアシスタントプロデューサーからプロデューサーに「出世」できる。

じぶんの立てた企画が実際にドラマになる。

それは七菜だけでなく、制作畑で働くものにとってはなによりの喜びであり、夢といってもいいだろう。その夢を叶えるため、七菜も日々企画を練っては提出しているが、なかなかに壁は厚く、高い。とにかくいまはアシスタントプロデューサーとして頼子を精いっぱい支えよう。目の前の仕事をきちんとこなしていれば、いつかきっと夢が叶う日が来るに違いない。

「早く七菜ちゃんの企画も通るといいね」

七菜のこころを読んだように拓がつぶやく。

「ん。がんばるよ」

コシのないうどんを啜りながらこたえる。

見ためは豪華だけれど、しょせんはコンビニのうどん、出汁も具もなんだか薄っぺらい。とはいえじぶんで夜食を作るほど体力も気力も残っていない。そもそも七菜は食べることにあまりこだわらないほうだ。美味しいものはもちろん大好きだが、わざわざ自宅で作ろうとまでは思わない。実家住まいのころは母の作るものを淡々と食べ、ひとり暮らしをするようになってからは、ほとんど自炊することもない。それは拓も同じで、コンビニやファストフードがどんなにつづいても不満を持たない性質だった。もっとも拓は実家住まいなので、家に帰れば母親手作りのおかずが何品も並ぶような生活だという。

「今回のドラマは学園ものなんだね」

台本から目を離さずに拓が問う。映画好きなだけあって、拓は七菜の持ち帰る台本を読むのを楽しみのひとつとしていた。

「んー学園ものとは違うかな。どっちかっていうと主人公が成長していくヒューマンドラマって感じ」

「だからタイトルが『半熟たまご』？」表紙を眺めて拓がつぶやく。「どんなあらすじなの」

ちょうどうどんに載った半熟卵を箸で割りながら七菜は話しだす。

「えーとね、主人公は小岩井あすか演じる今田環子っていう二十三歳の女性で、もともと派遣社員として働いてたんだけどリストラに遭って、同時に付き合ってた彼氏に振られて自暴自棄になっちゃうの。それがふとしたきっかけで『さくらこども塾』の塾長である橘一輝と出会って」

「『こども塾』？」

拓が首を捻る。七菜はビールのプルタブを引き上げ、ひと口喉を潤してからつづける。

「知らない？　最近けっこう話題になってるんだけど、貧困家庭だったり、ひとり親で経済的に余裕がなかったりする子どもに無料で勉強を教える、そうだな、ボランティアの学習塾って言えばわかりやすいかな」

拓が大きく頷いた。

「ああ、ネットニュースで読んだことあるよ」

「で、橘一輝のもとで講師を始めるの。周囲には気難しい元校長先生や、問題を抱えてる親とかがたくさんいて、環子は毎回、振り回されるんだ。『好きで始めたわけじゃない』って、最初後ろ向きだった環子がいろんなひとと出会い、経験を積むなかでだんだん成長していって――『生きがいってなんだろう』『じぶんはなんのために生きてるんだろう』って模索をし始める。そしてついに環子は――」

「環子は？」

拓が膝を乗りだす。七菜は割った卵を口に放り込んだ。

「そこは秘密。ってかまだ台本、上がってない」

にやりと笑ってみせると、拓が苦笑を返した。

「今回もぎりぎりの進行じゃない」

「ってか、余裕のある進行なんてあったためしがないし」七菜はうどんの最後のひと口を啜り込む。「ごちそうさまでした」

手を合わせ、割り箸をカップのふちに置く。拓の食べた弁当殻をまとめ、その上にうどんの丼を載せ、汁をこぼさないよう慎重にキッチンに運ぶ。

実家暮らししかしてこなかったせいか、拓は炊事も掃除も洗濯も、ちょっとした片づけすらできない。ただそのぶん、どんなに部屋が汚れていようと、服が脱ぎっぱなしで放置されていようと、文句をこぼしたことは一度もない。そのおおらかさに七菜はずいぶんと救われてきた。

「拓ちゃん、今日泊ってくでしょ」

「あ、うん」

台本を読みながら拓がこたえる。

「さきお風呂入ってもいい？　明日も早いんだ」

七菜は給湯器のスイッチを押した。

「いいけど。明日は何時？」

「五時に新宿だから四時起きかな」

七菜のことばに拓が顔を上げる。

「四時？　ほとんど寝る時間ないじゃない」

「仕方ないよ、撮影中だもん」

流しにうどんの汁を捨て、弁当殻と一緒にごみ箱に放り込む。拓は無言のままだ。ちらりと拓の顔を窺う。眉根を寄せ、じっとこちらを見ていた。

「忙しいのはわかるけどさ、からだ壊してもしたらどうするの。仕事、もう少しセーブしなよ」

「無理言わないでよ」

「働き方改革って知ってる？　いま残業には厳しいんだよ。むかしと違って」

拓の会社は日本でも有数の大企業であるアタカ食品だ。しかも老舗の食品メーカーだけあって、このご時世でも堅実な経営をつづけている。社員の福利厚生も充実しており、定時退社に積極的に取り組み、有休消化率も高いと拓から聞いている。拓自身も仕事とプライベートはきっちり分けるタイプで、七菜は拓が家で持ち帰りの仕事をしているすがたを見たことがない。

「そりゃ拓ちゃんの会社だったらそうだろうけど」

「うちだけじゃないよ、どこもいまそういう風潮だよ」

「大企業と中小零細を一緒にしないでよ。ひとがいないんだもん。予算も限られてるし」

つい苛々した声が出てしまう。

「七菜ちゃん。ぼくは七菜ちゃんのからだが心配だから」

拓が立ち上がり、キッチンへと近づいてくる。

わかっている。拓が純粋にあたしを気遣ってくれていることは。

でも、ドラマの撮影はチームプレーだ。ひとりだけ特別な行動を取ることなどできるわけがない。とにもかくにも『半熟たまご』が無事にオンエアされるまでは、ただひたすら走るしかないのだ。走りきるしかないのだ。

七菜は何度も繰り返してきたことばを口にする。

「ありがとう。無理はしないようにするから」

「だったら」

折よく、風呂が沸いたという機械音が流れる。

「あ、お風呂沸いた。入ってくるね」

拓の横をするりと抜け、リビングのドアに向かう。背後から、まだなにか言いたそうな雰囲気が伝わってくる。断ち切るように七菜は音を立ててドアを閉めた。

#2 しゃっきりクミン入り生姜湯

　翌朝五時半。まだ暗い新宿の街を抜け、ロケバスは撮影場所へと走ってゆく。

　今日のロケ地は公民館近くの公園だ。天気予報は一日じゅう晴れマーク。二月の撮影はからだにはこたえるけれども、晴天率が高いのがありがたい。屋外ロケは天気が命だ。もし雨で順延となると、そのぶん製作費がかさんでしまう。

　七菜はだんだん明るくなってゆく外の風景を横目で見ながら、スタッフや出演者に早朝飯を配って歩く。

「なんだよ、またオリーブのおにぎり弁当かよ」

　受け取った田村が渋い顔をする。

「ここ、いっつもおかずがひとつだろ。同じ値段なんだから、桔梗(ききょう)にしてくれよ七菜坊」

　オリーブと桔梗は、早朝に弁当を届けてくれる数少ない仕出し屋だ。もともとはオリーブ一強だったのだが、最近ライバル店である桔梗ができた。おにぎり二個に唐揚げかゆで卵のどちらかしかつかないオリーブに対し、桔梗は唐揚げと卵の両方がつき、しかも卵は味のしみた煮卵だ。おかげでスタッフや出演者から、

「毎日オリーブは勘弁してくれ」「せめて三日に一度は桔梗を入れろ」といった要望が届くようになってしまった。

「わかりました。明日は桔梗にしますから」

七菜はそそくさとその場を離れる。たかがロケ弁と侮ってはならない。弁当の味如何でみなのやる気もずいぶんと変わるのだ。

「明日は桔梗に頼むこと」

七菜はこころのノートに書き込んでから、残りの弁当を配って歩いた。七菜の後ろでは李生が後方に座るスタッフに弁当を渡している。

大基はなにをしてるんだろう。不審に思い振り返ると、座席にだらしなく座り、大口を開けて眠っているすがたが目に入った。

かっと頭に血がのぼる。

だが叱ってはならない。ちゃんと時間通りに来ただけでも褒めてやらねば。なにせ二日めは大遅刻して昼前にあらわれたのだから。七菜は深呼吸して怒りを鎮めた。

すべて配り終わり、最後列に座る頼子の隣に戻る。コートのフードを目深にかぶった頼子は、窓にもたれかかるようにして目を閉じていた。早朝のせいか、頼子の顔色は白を通り越して青白い。メイクで隠してはいるが、目の下の隈がはっきり見て取れた。頼子を起こさぬよう気配を殺して、七菜はそうっと座席に滑り込む。

だが気配を察ったのだろう、頼子が薄く目を開けた。

「どうしたの？　田村さんになにか言われてたみたいだけど」

「明日は桔梗にしてくれって文句言われちゃいました。ほんともうこんな雑用ばっかし」

「仕方ないわよ、うちみたいな制作会社はどんどんひとが辞めちゃって人手不足で、アシスタントプロデューサーであっても雑用もなにもかもやらなくちゃだめなんだから」

頼子が諭す。そうだ仕方ない。じぶんでこの仕事を選んだのだから。七菜は神妙に肯いた。

一時間ほどでバスは目的地に到着した。

出演者と、ヘアメイクの愛理やロケ飯の仕込みに入る頼子を公民館にまず落とす。

「七菜ちゃん、手伝ってくれる？」

バスを降りた頼子に声をかけられ、いったん七菜も席を離れた。

頼子は後続のバンから大きな保温ポットをひとつ、出しているところだった。

「なんですか、これ」

重たいポットを受け取りながら聞く。

「特製生姜湯。今朝仕込んだの。からだ温まるよ」

よろしくねと手を振り、頼子が公民館に入ってゆく。七菜はポットを右手に提げ、ふたたびロケバスに乗り込んだ。

さらに十五分ほど走り、七菜たちは公園に到着した。今日の撮影は、さくら塾から逃げだした生徒をあすかや一輝たち講師が公園で探し回るシーンからのスタートだ。矢口監督の指示のもと、カメラの田村や照明の諸星たちが機材を配置して回る。その間に七菜はブース横に設けられた休憩所の支度を手伝う。

熱いコーヒーの入ったポット。その横にコーヒーが苦手なひとのためのお湯のポットと日本茶や紅茶、ハーブティーのティーバッグを並べる。ひと口大のチョコやのど飴が盛られたかご、紙コップやウエットティッシュの箱、最後に頼子手作りの生姜湯のポットを簡易テーブルに置いた。

手作りの生姜湯。どんな味なんだろう。好奇心を覚えた七菜は、紙コップにひと口分だけ、ポットから生姜湯をそそいだ。

コップから立ちのぼる生姜の匂い。生の生姜をすりおろしたのだろう、薄茶の湯のなかに細かな繊維が漂っている。繊維と一緒に、細長い、小さな種が浮いていた。

生姜湯に種？　不思議に思いながら口に運ぶ。

まず感じたのは独特の匂いと辛みだった。それらを包み込むような優しい甘さ。砂糖ではなくはちみつを使っているのだろうと想像する。

例の種が舌に残った。七菜は前歯で押しつぶす。

とたんにクミンの爽やかな芳香が口じゅうに広がり、生姜の辛みやはちみつの甘みがすうっと落ち着いてゆく。吐く息にクミンの香りが感じられた。からだに残る眠気やだるさが、いっぺんに軽くなる。胃のあたりを中心に、ほっこりとした熱がわき上がってくる。

さすが頼子さん。生姜湯ひとつとってもばつぐんにセンスがいい。この生姜湯を飲めば気持ちがほぐれ、きっと力みやよけいな気負いが抜けてゆくことだろう。七菜はこころのなかで唸(うな)る。

作業を進めているうちにようやく陽が昇り、少しずつだが気温が上がってくる。それでも空気は刺すように冷たく、あっという間に鼻の頭や耳がかじかんで痛くなってきた。とてもではないがじっと立ってなどいられない。今日も厳しい寒さとの戦いになりそうだ。七菜は薄い青に輝く冬の空を見上げた。

八時半、支度を整えた出演者や愛理たちスタッフが公園に到着した。出迎えるため、七菜はロケバスを降りた一団のもとへ急ぐ。

「おはようございます」

「よろしくお願いします」

あちらこちらで挨拶の輪ができる。

バスを最後に降りてきたのは頼子だった。先ほどよりは血色のよい顔をしており、七菜は少し安心する。

「あ、ちょうどよかった、七菜ちゃん」

頼子が小さく手招きした。

「なんでしょう」

「悪いけど、今日は一日、小岩井さんについてくれる？」

「え？　マネージャーさんは？」

「それがね、急病でお休みって連絡が入って」

「まさかインフル⁉」

七菜の発した忌まわしき四文字に、周囲のスタッフがぎょっとした顔でこちらを振り返る。

「違うちがう、腹痛だって、腹痛」

あわてたように手を振って頼子が否定し、七菜もスタッフもほっと安堵の息を漏らした。

厳寒期の撮影、いちばんの敵はインフルエンザだ。チームのひとりでも発症すれば、あっという間に全体に広がってしまう。替えのきくスタッフはまだしも、俳優部に感染ったらひとたまりもない。撮影不能という最悪の事態に陥ってしまう。

「よかったぁ」

「じゃあよろしくお願いね」

頼子が大きめの日傘を七菜に手渡した。頷き、目であすかを探す。すでにカメラ横で一輝や子役とともに、矢口監督、田村カメラマンと台本片手に打ち合わせを始めていた。話が終わるのを待ち、七菜はあすかに声をかける。

「おはようございます。今日はわたしが小岩井さんのケアに入らせていただきます」

「おはようございまぁす。ごめんね、忙しいのに」

あすかがぴょこんと頭を下げる。

色白の滑らかな肌、細く尖った顎から首にかけてのラインが惚れぼれするほど美しい。長いまつ毛の下の茶色い瞳は七菜の三倍はありそうだ。あすかを見るたびに「ほんとに同じ人間だろうか」と我が身に引き換え七菜は感じてしまう。

撮影は順調に進んだ。

とはいえ昨日と違い、今日はカットひとつ撮るたびに細かく移動しなくてはならないので、どうしても時間がかかる。移動するカメラを追って、七菜はディレクターズチェアと日傘を抱え、あすかについて回った。

時間が刻々と過ぎてゆく。

昼に近づくにつれ、太陽はちからを増し、気温が上がっていく。ひなたでは少し汗ばむくらいの暖かさだ。

だが日傘の下のあすかは、常に寒そうにからだを揺らせている。それもそのはずで、実際は二月だが、撮っているシーンは初夏の設定、厚いコートを何重にも羽織っているが、あすかが着ているのは薄手のシャツ一枚だけだ。

「小岩井さん、日傘、差さないほうがいいですか」

見かねた七菜はあすかに問う。あすかは一瞬だけ迷ったのち、決然と首を横に振った。

「ううん、差しといて。日焼けしちゃったらまずいし」

「じゃ、なにか温かい飲みものを」

「それもいい。トイレ、近くなっちゃうから」

なんというプロ意識の高さ。大基に爪の垢(あか)でも煎じて飲ませたい。七菜が感心していると、

「そういえばさ、ナナちゃん、あ、うちのワンちゃんね、昨日帰ったら三か所もお漏らししててさー」

いかにチワワのナナがお馬鹿で間抜けで下(しも)が緩いか、滔々(とうとう)と語りだした。

複雑な思いに駆られながらも七菜は笑顔で相づちを打つ。あすかのプロ意識に免じて多少の天然は気にすまいぞ。じぶんに言い聞かせる。

強い風が吹き、あすかの長い髪を揺らせる。大きく身震いしたあすかが首を竦めた。

「追加のカイロ、持ってきましょうか」七菜が尋ねると、

「だいじょうぶ。板倉さんのロケ飯を楽しみにがんばる。ね、ね、今日のメニューはなに？」

逆に尋ね返された。

「なんでしょう。今日は仕込み、手伝っていないので」

「聞いてきてよ、時崎さん」

「いいですよ。ちょっと待ってくださいね」

あすかのもとを離れ、ブースでモニタを熱心に覗き込む頼子に小走りで近づいていく。七菜に気づいた頼子が顔を上げた。

「あれ、どうしたの七菜ちゃん」

「今日のロケ飯はなにかって小岩井さんが」

「ええとね、今日はね」

言いかけた頼子が、ふいに口をつぐんだ。訝しげな目で、公園の入り口を見つめている。

なんだろう。七菜は頼子の視線のさきを辿る。

最初に目に入ったのは、灰色のコートをぴらぴらなびかせて歩いてくる痩せた猫背の男だった。右肩の下がった独特の姿勢、右に左にふらふら揺れるなんとも頼りない歩きかた。ひと目

で上司である、チーフプロデューサーの岩見耕平とわかった。

その後ろにつづくのは、真っ赤なコートを着た横幅の広い女性。背は耕平と同じくらいで、艶やかな黒髪が見え隠れしている。

誰だろう。局の人間だろうか。よく見ようと七菜は背を伸ばす。と、頼子が息を呑む音がした。

「……上条先生」

「え、上条先生って」

七菜の問いにこたえず、頼子が全力で耕平たちのもとへと走りだす。反射的に七菜は頼子の背を追った。

頼子たちを認めたのか、耕平が背後を振り返り、なにごとか囁いた。ついで恭しげな態度で横に寄り、女性を前に立たせる。女性の全身があらわになる。

ボブというより限りなくおかっぱに近い黒髪。前髪はきっちりまっすぐに眉の上で切りそろえられている。大きなカーブを描く太い眉は髪と同じく真っ黒だ。吊り上がったアーモンド形の目は、これまた真っ黒なシャドウで隅々まで縁取られており、思わず七菜はエジプトの壁画を連想してしまう。えらの張った四角い顔の中央には巨大なわし鼻が陣取り、下につづくぶ厚いくちびるはコートと同色のルージュで彩られていた。

この顔。テレビや雑誌でしょっちゅう目にするこの顔は。七菜はごくりと唾を飲む。

上条朱音。

数々のベストセラーを持つ国民的小説家であり、映像化された作品は数知れず、さらには教育評論家としても名高く、なによりこのドラマ『半熟たまご』の原作者である上条朱音だ。

何故、なぜ朱音がここに。もともとそういうスケジュールだったっけ。七菜は必死に今日のスケジュールを思い浮かべる。

「上条先生、ご紹介いたします。このドラマの現場責任者である、プロデューサーの板倉頼子です」

責任者、に、必要以上のちからを込めて耕平が頼子を指し示す。

ぎろり。白目がちの、巨大な目だまが動き、頼子を捉える。

「初めてお目にかかります。アッシュの板倉です。いつもたいへんお世話になっております」

頼子が深々と首を垂れる。七菜もあわてて頼子に倣う。

七菜はもちろん、プロデューサーである頼子さえ原作者に会うことはできない。会えるのはさらに上の耕平だけだ。台本はもちろん、どんな些細なことがらもすべて耕平から版元である出版社の担当者に送られ、しかるのち朱音に届く。七菜たちにとって朱音は、いわば雲の上の存在だった。

「初めまして。上条です」

ふたりの頭上に、きん、とよく響く高音が降ってくる。テレビで聞くよりずいぶん甲高い声だなと七菜は思う。

「佐野くん、椅子をこちらに。さ、先生、どうぞおかけください」

李生がさっとチェアを広げた。朱音は李生を一顧だにすることなく、落ち着き払ったようすで椅子に腰かける。

「板倉くん、すぐにみんなをここに集めて。先生、お寒いでしょう。なにやってんだ、時崎くん、早く先生にカイロをお渡しして」

ふだんはゴムの伸びきったパンツのようなだれんとした雰囲気の耕平が、めずらしくきびきびと指示を出す。頼子がマイクに向かって短く囁いた。腰につけたポーチに手を伸ばす七菜を、

「いらないわ。暑いくらいよ」ぴしりと朱音が制する。

確かにこの寒さのなか、厚いファンデーション越しに朱音の頬にはうっすら汗が浮いている。

「失礼いたしましたッ」

七菜が返答するよりさきに耕平が言い、腰を直角に曲げた。急いで七菜も最敬礼する。

視界の隅に、スタッフや俳優たちが、ものすごい勢いでこちらに向かって駆けてくるのが映る。どの顔も緊張のためか引き攣って見えた。

原作者。このやっかいな生きもの。

ドラマや映画において、原作者は絶対的な存在だ。原作者が首を縦に振らない限り、どんな案件も進行しない。よしんば一度は通った企画でも、万が一原作者に機嫌を損ねられたら、すべてひっくり返る可能性すらあり得る。苦労に苦労を重ねて撮ったシーンがまるごと消えるなんて日常茶飯事だ。それを考えれば、みなの緊張ぶりも当然のことだと七菜は思う。しかも。

ようやく頭を上げた耕平にやや遅れて、七菜も面を上げる。しかも今回の相手はあの上条朱音だ。この業界では知らぬものなどいない、あの。

「上条先生、初めまして。今回、環子役をやらせていただきます小岩井あすかと申します。どうぞよろしくお願いいたします」

最初に駆けつけたあすかが椅子の真ん前に立ち、髪のさきが地面につくほど深く頭を下げた。

「よろしく。よくテレビで見てるわよ」

「え、ほんとうですか。すごい光栄です。わたし、ずっと前から先生のファンで。ご著作はすべて拝読しております。ですからこの役に決まったときは、もう天にも昇る心地でした」

頰を紅潮させてあすかがこたえる。目にはうっすら涙さえ浮かんでいる。さすがプロ。七菜はこころのなかで唸る。

ついで一輝が、監督の矢口が朱音に挨拶をする。その隙をついて、頼子が耕平を脇に引っ張ってきた。

「岩見さん、どういうことですかこれは」

押し殺した声。

「どうもこうも、今朝いきなり言われたんだよ『これからロケ見舞いに行く』って」

耕平の声も頼子に負けず劣らず低く小さい。

「せめて事前に電話を」

「そんな暇あるかい。とつぜん会社にやってきて、そのまま拉致されたんだから、おれ」

眉も目も鼻も口も顔面パーツすべてが垂れた耕平が、さらに垂れを増強させて抗議する。

「どうするんですか、今日の撮影、ぱっつんぱっつんなんですよ」

「んなこと言ったって来ちゃったものは仕方ねえだろ。とにかくご機嫌を損ねないよう、精いっぱいがんばるしかねえ」

耕平の顔には悲壮感すら漂っている。頼子が、ふぅう、大きく息をついて首をちからなく振った。

「挨拶はもういいわ。さっさと撮影に戻って頂戴。あたくしはロケを見るためにわざわざここまで来たんですのよ」

苛ついた朱音の声が響きわたり、現場の空気が一瞬で凍りつく。

「ですよねですよね。さあみなさん、仕事に戻りましょう」

ぱんぱん。耕平が両手を打ち鳴らした。蜘蛛の子を散らすように全員いっせいに駆けだした。

「ささ、先生、どうぞもっと前へ」

耕平に先導された朱音が、大股でカメラに向かい歩いてゆく。あとを追おうとした七菜を、愛理が呼び止めた。

「七菜ちゃん、えらいことになっちゃったねぇ」

愛理の眉間には、くっきりとした縦皺が浮かんでいる。

「まさかいきなり来るとはね、あの上条センセイが」

「うん……」

ちからなくこたえる七菜の横合いから、無邪気とも思える声で大基が尋ねる。

「え、なんで？　そんなにすごいひとなんですか上条先生って」

「そっか、平くんは初めてよね、センセイに会うのは」

暗い顔のまま愛理がこたえる。

「へえ。おれ、全然知らなかったです、だってあのひとの本、読んだことないし」

大基のことばに、愛理がぎょっとしたように立ちすくむ。七菜の全身から音を立てて血が引いてゆく。あわてて前を行く朱音を見やる。どうやら幸いにも大基の声は耳に入らなかったらしい。朱音が振り向くことはなかった。

「――近づくな」

七菜は、じぶんより頭ふたつは大きい大基を睨み上げる。

「へ？」

「近づくな、平大基。上条先生の半径十メートル以内に絶対に近づくな！」

「な、なんすかそれ」

大基が怯（おび）えた声を出す。

「落ち着いて七菜ちゃん」愛理が七菜の腕を押さえた。

「理由を教えてあげなきゃ。平くん、初めてなんだからさ」

愛理の声に平常心が少しだけ戻ってくる。深呼吸してから、七菜は慎重にことばを選んで大基に告げる。

「上条先生はたいへん神経質で繊細な性質なの。ほんの些細なことでおへそをお曲げになられる。だから」

「あーつまりクレーマーってことですね。了解っす！」

おどけたようなしぐさで大基が敬礼のまねごとをした。

張り倒したい。完膚なきまでに。

怒りが鬼火のように、ぼっぼっ、七菜のこころに浮かぶ。

カメラ前のあすかのもとに戻ると、すでにあすかはチェアに座っていた。背すじをぴっと伸ばし、まっすぐ正面を向いている。十メートルほど後方、大きな木の下に座る朱音を意識しているに違いない。

日傘を広げようとする七菜を制して「時崎さん、お願いがあるんだけど」あすかが七菜を見上げた。

「なんでしょうか」

「悪いけど事務所に電話してくんない？　そんで誰でもいいから空いてるひと、至急ここに寄越してって頼んで」

「わかりました」

七菜は日傘を置き、スマホを取りだして登録してあるあすかの事務所の番号をタップし、出た相手にあすかの言づてを伝える。

「すぐ手配してくださるそうです」

スマホを切ってあすかに伝える。

「ありがと。まったくもお、なんでよりによってこんなときにいないのよ、村本ちゃん」

あすかがぼやく。村本とはあすか専属マネージャーのことだ。

「これじゃ先生に名刺、渡せないじゃん。子役のマネですら渡してるのに」

苛々した声であすかがつぶやいた。

「ですよね」

同意を示しながらあすかに日傘を差しかける。

原作者と繋がりを持っておくのは俳優にとって切実な問題だ。原作者に気に入られれば、次に作品が映像化されるとき、いい役を回してもらえるかもしれない。しかも相手はかの上条朱音だ。あすかにとって、こんな貴重なチャンスは滅多にないだろう。

「シーン18テスト入ります。小岩井さん、お願いします」

助監督が大きな声で呼ばわる。

「はい！」

教師にあてられた生徒のように、あすかがはきはきとこたえ、立ち上がって監督の指示した場所へ駆けていく。その背を見送ってから、そっと七菜は背後を窺った。

椅子に体重を預けた朱音が、両腕と足を組み、あすかや一輝の一挙手一投足を見守っている。猛禽類を連想させる、かっと見開かれた両目。薄暗い木陰で、真っ赤なルージュが空に浮いたように光る。横に控えた耕平が、あれこれと話しかけているが朱音はなにも言わない。首ひとつ振ることもない。七菜は視線を外し、ふっと息をついた。

現場全体を圧するような強いオーラが朱音から発されている。ふだんは張りつめてはいても、シーンの合間には穏やかな空気が流れる矢口組が、いまは氷のアイロンでプレスされたように緊張感で凍りついていた。七菜自身、朱音の迫力に気圧(けお)され、背中を中心にからだじゅうが強張っている。

と、七菜のレシーバーから耕平の声が聞こえてきた。

「時崎、時崎」

「はい、なんでしょうか」

「ちょっと、ちょっとこっち来いや」

振り向く。朱音から見えないところで耕平が小さく手招きしていた。不審に思いつつも日傘を置いて、七菜は小走りで耕平のそばへと走る。

「ここ任せるから、あとよろしくな」

七菜の耳もとで耕平が囁く。

「は？　な、なにを」

「おれさ、別の現場に呼ばれてて。そっち行かなくちゃなんねぇんだ」

嘘(うそ)だ。七菜は直感する。

いや半分はほんとうかもしれない。だが残り半分は一刻も早くここから逃げだしたい、その一念だろう。

「待ってください、あたしは小岩井さんの」

「そんなの誰かに任せろ」

耕平は、七菜に返事する間を与えず、さっと屈(かが)み込んで朱音に告げる。

「先生、たいへん申し訳ないのですが、わたくし別の現場に戻らなければならなくなりまして。先生のお世話はここにいるアシスタントプロデューサーの時崎が引き継ぎますので」

「い、岩見さん」

七菜は耕平のコートを摑んだ。七菜を無視し、耕平がつづける。

「なにかございましたら、どうぞなんなりと時崎にお申し付けくださいませ」

ちらり。朱音が七菜を見上げる。その目にはなんの感情も浮かんでいない。まるで道ばたの石ころでも見るような目つきだった。

「あ、そう」

「せっかく先生にお会いできたのに残念でたまりません。どうぞごゆっくりとご見学なさってくださいね」

朱音が面倒くささうに首肯する。

「では。ではではでは。失礼いたします」

水飲み鳥のようにお辞儀を繰り返すと、さっと耕平がコートを翻した。ふらんふらんした足取りで去ってゆく耕平の背中を、なかばぼう然と七菜は見つめる。

ずるい。ふつふつと怒りがわいてくる。耕平はいつもこうだ。ひとたび面倒ごとが起こると、頼子や七菜に任せ、さっさと逃げてしまう。これってパワハラじゃないの。

とはいえ上司の業務命令だ。逆らうことはできない。

「ふつつかものですが、上条先生、どうぞよろしくお願いいたします」

怯みそうなこころを奮い立たせ、七菜は朱音に頭を下げる。朱音はなんの反応もしない。仕方なく七菜は朱音の斜め後方に立ち、目を正面に向ける。ちょうどテストが終わり、照明や音声スタッフが位置取りを始めたところだった。あすかがモデルのような優雅な足運びでじぶんの椅子に戻ってゆく。

誰か代わりの人間をあすかにつけなくっちゃ。

七菜は血走った目で周囲を見回した。折よく、ブースから歩いてくる李生が目に入る。七菜はマイクに小声で告げる。

「佐野くん、悪いけど小岩井さんについてくれる」

「え、でもおれ」

「お願い。動けないの、いま」

「動けないって、時崎さんいったい」

立ち止まった李生が、きょろきょろあたりを窺う。しばらくして七菜を見つけた李生の顔が強張る。七菜は無言で頷く。勘のいい李生はそれだけですべて悟ったようだ。やはり無言で頷き返すと、まっすぐあすかのもとに向かった。

よかった、すぐに代わりが見つかって。

少しだけほっとした七菜に、とつぜん朱音が声をかけた。

「なんなのあの子。こども塾の講師にしちゃ、ちょっとちゃらちゃらしすぎよ」

あわてて朱音の視線を追う。視線のさきに、李生と親しげに会話するあすかがいた。あすかを睨みつけたまま朱音がつづける。

「あんなに髪、長くして、爪、真っ赤に染めて。あれじゃまるで水商売の女じゃないの。それになに、あの子役。あんな小生意気な子、実際のこども塾にはいないわ、ひとりも」

朱音が吐き捨てるように言う。

原作小説『半熟たまご』は、実際に朱音が運営しているこども塾がモデルだ。NPO法人で、確か朱音のひとり息子が理事長を務めていると聞いている。朱音自身もひんぱんに塾を見舞い、なんやかや子どもたちの世話を焼くと、よくテレビのワイドショーで語っていた。

とはいえ小説とドラマは違う。視聴率が命のドラマでは、お茶の間の関心を引くようにキャラクターを強めに造形しなければならない。ましてやあすかはアイドル女優だ。髪型やメイクなど、事務所から細かい指示を出されている。

朱音は延々とあすかと子役に対する不満を述べ立てている。じぶんのことばにじぶんで酔っていくようにも見える。

なんとかしなくては。七菜は焦る。

子役はともかく「あすかを降板させる」などと言いだしたらえらいことになってしまう。とりあえず朱音の興味をあすかから逸らさなくてはならない。なにかないか、ほかの話題はなにか。

七菜は必死に頭を回転させる。

と、強い北風が吹いた。大木の枝が音を立てて揺れる。

「へくしょいっ!」

大地を揺るがすような大音量で朱音がくしゃみをした。

チャンス到来。すかさず七菜は朱音に話しかける。

「先生、ここだとお寒くありませんか。木の影で陽が遮られておりますし。もしよかったらひなたに移りませんか」

「そうねえ……」

ティッシュで鼻を押さえながら朱音が考え込む。

「せっかくお見舞いに来てくださったのに、お風邪など召されては大変です。なにより先生は大事なおからだです。先生が万一、ご体調を崩されでもしたら、日本じゅうのファンが心配してしまいます」

重ねて言うと、ようやく首を縦に振った。

「あなたの言うこともっともだわ。椅子を動かして頂戴」

「かしこまりました」

恭しく頭を下げると、七菜はチェアを木陰から出し、日当たりのよい芝地に移した。朱音が腰かけるのを待って、さらに声をかける。

「先生、コーヒーでもお持ちしましょうか」

「いらないわ。コーヒーは苦手なの」

そんなことも知らないのかといわんばかりに朱音が顔をしかめる。

「失礼しました。ではハーブティーなどいかがでしょう。カモミールとペパーミント、ラベンダーもございます」

「そうなの。じゃあカモミールをいただこうかしら」

朱音の声がじゃっかん和んだ。

「すぐに取ってまいりますね」

言うや七菜はブース横に向かって駆けだした。簡易テーブルに並べられた箱のなかからカモミールのティーバッグを取りだし、紙コップに入れ、ポットの熱い湯をそそぐ。ふと目を転じると、頼子の生姜湯が入った保温ポットが視界に入った。

そうだ、これも。七菜は紙コップに生姜湯を満たした。

ふたつの紙コップを持ち、なるたけ早足で朱音の横へ戻る。

「お待たせいたしました。こちらカモミールティーです。あともし先生がお好きでしたら」

カモミールのカップを差しだしつつ、もうひとつのカップを見せる。

「スタッフ特製の生姜湯です。おからだが温まるかと思いまして」

「あら、ありがとう。せっかくだから両方いただくわ」

朱音の頬が緩む。ほんの少しだけ迷ったあと、朱音はまず生姜湯のカップを手に取り、ひと口、含んだ。味わうように目を閉じる。

「生の生姜を使ってるのね。香りが違うわ。甘みが尖っていないってことは、お砂糖じゃなくてはちみつね、これは」

「さすが先生、ご名答です」

「あら？　なにかしらこの種……」

朱音がクミンに気づいたらしい。

苦手でなければいいけど。七菜は緊張する。

だが幸いにも杞憂だったようだ。まぶたを上げた朱音が感心したように首を振る。

「クミンシードね。これ胃の働きを助けてくれるのよね。ありがたいわ。締め切りつづきで胃が弱ってたから。でもまさか生姜湯に入れるとはね。よく合うわ、生姜とクミン」

満足げに頷く朱音を見て、七菜はこころの底からほっとする。

「ありがとうございます。カモミールティーはこちらへ置きますね」

お辞儀をしてから、ディレクターズチェアの右のカップ入れに置いた。

生姜湯をさらにひと口飲んだ朱音が、チェアの左に設けられたもうひとつのカップ入れに紙コップを置こうとからだを捻る。その拍子に、死角になっていた朱音の左肩が七菜の視界に入る。

とたん、

「うっ」

七菜は思わず息を詰めた。

朱音の真っ赤なコート、その左肩に、深緑混じりの白っぽい汚れがついていた。

こ、これは。七菜は汚れを凝視する。どうみても鳥の。

知らんぷりを決め込もうか。一瞬七菜の脳裏にその思いがよぎる。

いやそんなことはできない。どうせすぐに誰かが気づく。

『トラブルにはなるたけ早く対処すべし』。七菜がアッシュに入って、最初に叩き込まれたそれは教訓だった。

勇気を振り絞って七菜は朱音に声をかけた。

「あの先生、お召しものの左肩になにか……」

「え？」

ひょいと左に顔を向けた朱音が、甲高い悲鳴を発した。その場にいるスタッフ全員がさっとこちらを見る。

「なに、なにこれ⁉」

反射的に朱音が汚れに触ろうとする。七菜はあわててその手を摑んだ。

「触っちゃだめです。たぶん鳥のフンかと」

「鳥の⁉」

「先生、とりあえずコートをお脱ぎください。すぐになんとかいたします」

言いながら七菜はじぶんのダウンジャケットを脱ぐ。朱音の脱いだコートを受け取り、代わりにダウンを渡した。

「こんなもので申し訳ありませんが、ないよりはましかと思います。お羽織りになってください」

さすがの朱音も動転したのだろう、素直にダウンの袖に手を通した。

「少しお借りしますね」

コートを手に持ち、七菜はスマホに「鳥　フン　洋服　処理」と打ち込んだ。出てきた検索結果のひとつをタップする。ざっと目を通してから、七菜は公園のトイレ目指して駆けだした。

手洗い場に駆け込むと、スマホの指示に従い、まず乾いたティッシュでフンを摘むようにして取り除く。これで固形状の汚れは取れたが、生地に広がったシミがまだまだ残っている。七菜はスマホをスワイプした。

『次に液体せっけんなどでシミの周辺から中心に向かって叩くように拭きます』

液体せっけん。手洗い場を見回すが、公園のトイレにそんな気の利いたものなど備えられてはいない。

せっけん。洗顔料——七菜はぱっと顔を上げた。

愛理さん！　ヘアメイクの愛理さんならきっと持ってる！

トイレを飛びだし、愛理のすがたを探す。すぐに心配そうな顔でこちらを見ている愛理と目が合った。

「愛理さん！」叫んで、愛理のもとへ走る。

「どうしたの七菜ちゃん」

「先生のコートに鳥のフンが。愛理さん、洗顔料、持ってない？」

すぐに事情を察したのだろう、愛理がメイク道具の入った小箱を引っ掻き回し、ポンプ型の洗顔料を手渡してくれる。礼を言い、ミネラルウォーターで湿したティッシュペーパーに洗顔料を数滴、垂らす。シミを叩き取るあいだ、作業しやすいように愛理がコートを広げて持っていてくれる。根気よく叩いていくと、広がっていたシミがじょじょに抜けていった。数回、同じ作業を繰り返してから、今度は水だけを含ませたティッシュで洗顔料を吸い取っていく。最後に乾いたティッシュで水分を拭き取ると、コートに変色した部分は残ったものの、なんとかフンは取り除くことができた。

「ありがと、愛理さん」

「いいから、早く先生のところへ」

愛理に急(せ)かされ、駆け足で朱音のところへ向かう。そんな七菜を周囲のスタッフが気遣わしげに見ていた。

「先生、なんとか応急処置はできました」

息を弾ませながら、赤いコートの左肩を朱音に見せる。朱音が目を見張った。

「すごいじゃない。よくこんなすぐに取れたわね」

「あくまでも応急処置ですから。お帰りになられたら必ずクリーニングにお出しください」

念を押してから、朱音にコートを差しだす。

朱音はひとつ頷くと、七菜の顔をまっすぐに見上げた。

「わかった、ありがとう。助かったわ。あなた、なんてお名前だっけ」

「時崎です」

「時崎さん、ね。機転の利く素晴らしいひとだわ、あなた。よく覚えておくわね」

朱音がゆったりとした笑みを七菜に向ける。

よかった。なんとか切り抜けられた。

安堵とともに、誰かの役に立てたという深い喜びが七菜のこころを満たしてゆく。

「乾杯！」

愛理が持ち上げたビールのジョッキに、七菜もじぶんのジョッキをかちんとあて、黄金色の液体を勢いよく喉に流し込んだ。

夜十時過ぎの和風居酒屋。周囲は仕事帰りのサラリーマンや学生でいっぱいだ。

撮影のあとのビールって、なんでこんなに美味しいんだろう。毎回思うことだが今夜のビールはいつもよりさらに美味しく感じられた。

あのあと三十分ほどで、朱音は帰っていった。あすかの事務所の人間が到着したのはその五分後で、結局朱音に会うことはできなかった。

朱音は上機嫌極まりなく、見送る頼子やスタッフ、俳優たちに対し、いかに七菜が頭の回転が速く、有能な人材であるか、聞いている七菜が気恥ずかしくなるくらい褒め称えた。だがおかげであすかや子役に対する不満はどこかに消し飛んでしまったらしい。それがなにより七菜には嬉しかった。

「落ちてきたのってなんのフンだったの？」

突きだしのなめこおろしを箸で摘みながら愛理が問う。

「たぶん鳩だと思う。カラスならもっとおっきいでしょ」

「なんだ。カラスならよかったのに」毒づいて、愛理がジョッキを持ち上げる。

「そのくらいの天罰があたっても当然なのにさ」

「そんなに厄介なの、あの先生」

七菜もぐっとビールをあおる。愛理が顔をしかめた。

「厄介も厄介、いわば現場を荒らす害獣だよあのひとは」

「愛理さんはけっこう現場行ってるんだっけ、上条先生の」

「四回くらいかなぁ。まあひどいもんよ。決まってるシーンに口挟むわ、スタッフを怒鳴りつけるわ、ちょっとでも気に入らないとすぐ俳優を替えたがるわ……」

危なかった。七菜はこころのなかでほっと息をつく。今日も一歩間違えれば最悪の事態を招いてしまったかもしれない。

「とにかくもう現場には来て欲しくないね」

「そうはいかないでしょ。なんたって原作の先生だもの」

「ほーんとやんなっちゃうよね、わがままな作家は……」

愛理がつぶやき、ビールの残りを一気に干した。

「とにかくお疲れさま。七菜ちゃんに感謝だよ」

「こちらこそありがとう。愛理さんがいてくれたおかげだよ」

七菜が頭を下げると、愛理が綺麗に整った眉を緩ませてほほ笑む。

「飲もう！　今夜はとことん飲もう。すいません、ビールお代わり！　七菜ちゃんは？」

「え、でも愛理さん、愛結(あゆ)ちゃんは」

愛理は七菜の四つ上の三十五歳だ。同い年で雑誌編集者の夫とのあいだに、愛結という一歳になる女の子がいる。

「いいの。今夜は実家の母に寝かしつけまで頼んできたから」

「そっか。実家の隣だもんね、愛理さんち」

フリーランスである愛理も編集者の夫も、時間が不規則で、時には長い出張が入るような仕事ぶりだ。なので結婚する際、将来子どもができることを見越して、愛理の実家を取り壊し、二世帯住宅を建てたと聞いている。

「いいなあ、実家のお母さんに頼れる育児」

セロリの浅漬けを頬張る愛理の顔を、羨ましい思いで眺めながら七菜はつぶやいた。愛理がちらりと七菜を見やる。

「もしかして決まったの？　拓ちゃんとの結婚」

「あ、ううん、まだ全然」

七菜はあわてて右手を振った。

愛理は拓の存在を知っている数少ない仕事仲間のひとりだ。三人で二回ほど飲んだこともある。

「そっかあ」

ぽりぽり。愛理の口もとからセロリをかじる小気味よい音が響く。七菜は視線を落とし、テーブルの上で頬杖をついた。

「でもさ、やっぱ考えちゃうんだよ。もしいまの状態で拓ちゃんとのあいだに子どもができたら、とかさ」

「広島のお母さんは？　頼れないの？」

「無理むり。上京するだけでも、お母さんを説得するの、すごい大変だったんだよ。子どもできたら『仕事なんか辞めて専業主婦になれ。子どもは母親が育てるものだ』って言いだすに決まってるよ」

「じゃあ拓ちゃんのお母さんは？　確か都内に住んでるんだよね」

「うん、成城」

「なら近いじゃん」

視線を落としたまま、七菜は数回会った拓の母の、いかにも成城マダムといった風貌を思い浮かべる。

「うーん……望み薄、かなぁ」

「なんで」

「拓ちゃんのお母さん、ずっと専業主婦なんだよ。前に会ったとき、手もとで拓ちゃんとお兄さんお姉さんを育て上げたって言ってた。だからきっと働く女、しかもこんな不規則な仕事をしてるあたしに好意的とはとても思えないんだ」

「そんなの、話してみなけりゃわかんないじゃん」

愛理がもっともなことを言う。

「そりゃあそうだけどさ……」

七菜は、テーブルに垂れた水の粒を右の人差し指で丸くなぞる。

「いちばんいいのは、拓ちゃんが家事や育児を分担してくれることなんだけどね」

「そうだよ。拓ちゃんの会社、でっかいじゃん。育休とか、育児時短とかしっかりしてそう」

愛理が上半身を乗りだした。七菜はちからなく首を振る。

「いや制度の問題じゃなくてさ。拓ちゃん、家事、なーんもできないんだよ。全部お母さんにやってきてもらったから。そんなひとが、いきなり赤ちゃんの面倒みられると思う？」

憂鬱な気分が暗雲のようにわいてくる。

愛理が両腕を組み、低い声で唸った。

「とはいえ……いつまでもこのまんまってわけにもいかんでしょ。出ないの？　ふたりのあいだで将来の話とか」

「そりゃあ……出ないことはないけど」

「なんてこたえてんのよ」

「まあ……『また今度ね』とか『いま忙しいから』とか……」

語尾がどんどん小さくなる。愛理が大げさにため息をついた。

「なにそれ。逃げてるだけじゃない」

「わかってるよ。だけどさ、うちらの仕事ってかなりブラックじゃん？」

「まあね。残業多いし、休みの日でもいきなり呼びだされたりするしね」

「でしょ。だからなかなかさきの予定、立てづらいんだよ」

「言えてる。ほんと古い体質の業界だよねー」

「まじでもうちょっとうちらのこと考えて欲しいよね」

ふたりして大いに日ごろの不満を愚痴っていると、愛理のビールが運ばれてきた。礼を言って受け取った愛理は、そのままジョッキに口をつけ、ひと息に三分の一ほど干した。ふう、息をひとつついてから、愛理がまっすぐ七菜を見る。

「とはいえさぁ、七菜ちゃん、いまいくつだっけ」

「三十一。今年の秋で三十二」

「子どもは作らないって決めてるの？」

「そんなことはないよ。欲しいなって思ってる。いつかは」

「なら、そろそろ本気で取り組まないと。仕事が大変なのはもちろんわかってるけどさ、子どもなんて簡単にできるって思ってると痛い目を見るよ」

本気で取り組む。七菜は愛理のことばを胸のうちで繰り返す。それはすなわち、いまの仕事をいまと同じようにはつづけられなくなるということだろう。

アッシュに子どものいる女性社員はいない。頼子もずっと独身で通してきた。せっかく今回のように、微力ではあってもチームに貢献できるようになってきたというのに。ドラマ撮影の仕事がどんどん面白くなってきたというのに――

「ごめん、七菜ちゃん」

暗い顔になった七菜を見て、言いすぎたと思ったのだろう、愛理がぺこりと頭を下げた。

「せっかくふたりで飲む時間が作れたのにね。この話は終わり。なんか別のこと話そ」

愛理が左手を伸ばし、テーブルの上に置いた七菜の右手に重ねた。そのまま、とんとんと軽く叩く。

「うん、ありがと。心配してくれて」

七菜は愛理の左手を、右手でぎゅっと握りしめる。考えても仕方がない。せめていまはこの時間を精いっぱい楽しもう。

「あたしも飲も。すいません、ビールください」

近くを歩く店員に声をかける。

「かしこまり！　ビールひとつ！」

店員が元気のよい声で、カウンターに向かって叫んだ。

スタッフの愚痴、俳優への不満、早朝から深夜に及ぶ仕事の厳しさ——気心の知れた愛理との会話は弾みにはずみ、空のジョッキやグラスがどんどん増えてゆく。

と、七菜のスマホがぶるりと震えた。愛理に断って、スマホのロックを解除する。

届いていたのは頼子からのＬＩＮＥで、大基の作った明日のエキストラ名簿を再度確認するようにとの指示が書いてあった。

いまは無理だな。家に帰ったらやろう。

七菜は「了解です」と打ち込み、スマホをポケットに戻した。

「だいじょうぶ？」

ほっけの身をほぐしながら愛理が聞く。

「だいじょぶ、だいじょぶ」

笑顔で愛理にこたえる。

だいじょうぶ、まだ十一時過ぎだもの。家に帰って熱いシャワー浴びて、頭をすっきりさせてからやれば全然だいじょうぶ。

酔った頭のなかで繰り返しながら、七菜は何杯めになるかわからないビールを飲み干した。

#3 あつあつチリビーンズスープ

ずんずんずんずん。

眉間から両の側頭部にかけて、重い鐘を突くような鈍痛が絶え間なく襲ってくる。吐き気で胃が喉もとまでせり上がり、苦くて酸っぱい汁が口のなかにこれでもかとわきあふれる。少しでも気を抜いたら、胃のなかのものすべてを戻してしまいそうだ。

澄んだ青空、透明で清冽（せいれつ）な冬の大気のなかで、七菜はひどい二日酔いに苦しんでいた。

うう、飲みすぎた。昨夜は完璧に飲みすぎた。

わいてくる唾を、七菜はごくりと飲み込む。とたん、さらに激しい吐き気を催し、七菜はぐっと歯を食いしばって耐える。

腕時計に目を落とす。時計の針は十時二十分を指していた。

こんな状態であと十二時間、撮影に立ち会うのか。七菜は気の遠くなるような思いで、浅い呼吸を繰り返す。

今日の撮影は「さくらこども塾」が開かれているという設定の公民館、その出入り口から始まっている。

「塾に通う中学生が公園で煙草を吸っていた」という苦情が寄せられ、「素行不良の生徒が集まる『さくら塾』は町から出ていけ」と近所の住民が一輝とあすかに詰め寄るシーン。

近所の住民役、およそ三十名は全員がエキストラだ。出入り口のガラスのドアを背に、必死になだめる一輝とあすか、ふたりを半円形で取り囲むようにエキストラが配置されている。住民という設定なので男女半々、年齢も二十代から七十代と多岐にわたる。

撮影の邪魔にならないよう、七菜は車道一本隔てた歩道でテストを見守っていた。

エキストラを含む大勢の出演者がいる撮影は、位置取りやせりふのタイミングが難しい。さらには遠景で状況を、俳優たちのアップで細かい感情や関係性を捉えねばならないので、必然的にテストと本番の回数が増えていく。

はたして予定通り昼前に終わるだろうか。七菜は不安になってくる。午後まで持ち越すとなると、ロケ弁の追加が必要だろうな。

ロケ弁。

イメージしたとたん、新たな吐き気が込み上げて来、七菜は思わず手を口もとにあてた。七菜の横に立つ李生が、ちらりと視線を投げてくる。

なにか言われるかな。一瞬七菜は身構える。だが李生はなにも言わず、ふいと視線を前に戻した。

矢口監督が右手を上げる。

「シーン14、テスト３！」

「はい、シーン14、テスト3、行きます！」

助監督が復唱し、カチンコを切る。主役ふたりの前に立った田村が、肩に担いだカメラをエキストラの中央に向けた。町内会長役のエキストラ男性が声を張り上げる。

「だからね、信用できないって言ってるんだよ！　煙草吸ってたのも一回だけじゃないって言うし」

「そうよ、そうよ。万引きしてるって噂も聞いたわ」

加勢するように叫ぶのは、ＰＴＡ役員役の女性だ。ふたりに同調する声が、あすかと一輝を取り囲むエキストラたちから次つぎに上がる。一見、それぞれが勝手に喋っているように見えるが、これもテストを繰り返すうちに決まったせりふだった。

ひとくちにエキストラといっても、さまざまなランクがある。町内会長やＰＴＡ役員役のふたりのように、きちんとしたせりふがあり、アップの撮影にも耐えられるエキストラはベテランというより、もはやプロのエキストラで、当然ながら時給も高い。

対して「ガヤ」と呼ばれるその他大勢にも、エキストラ慣れしているひとから今回が初めてというど素人まで、いろいろな人間が交じっている。高いひとで一日拘束して日給七千円、いちばん安いランクだと三千円。なるたけ製作費を安く上げたい制作側の七菜たちにしてみれば、「お高い方から順に帰していく」のがいちばん望ましい。とはいえ実際の撮影に入ると、そううまくは行かないのが常ではあった。

ひと通りクレームのシーンが終わったところで「はい、ＯＫ！」矢口監督の声が響く。

「次、本番行きます。その前に照明とカメラ位置、ちょっと直します」

監督の指示を聞いて、エキストラたちがばらばらとスタッフの輪の外に出ていく。村本がすかさずあすかに駆け寄り、日傘を差しながら待機場所のチェアにいざなった。待っていた愛理が手早くあすかのメイクと髪を直す。愛理の動きは潑剌（はつらつ）として、表情にもまったく疲れは見られない。あすかと楽しげに会話しながら、手際よく作業を進めていく。

昨夜はあたし以上に飲んだのに。いったい愛理さんの肝臓はどうなっているんだ。ウコンでも分泌しているのだろうか。七菜は羨望と敗北感の入り交じった目で愛理を眺めた。

ひとの減った出入り口前では矢口監督と撮影チーフの田村、それに照明チーフの諸星が、手振りを交え、なにやら真剣に相談をしている。どうやら監督のオーダーに、ふたりが異を唱えているようだ。

七菜はふたたび腕の時計を見やる。十時半を少し越えたところだ。

このあとはベテランエキストラふたりを先頭に住民がなかへ押しかけようと詰め寄るシーン、それを阻もうとするあすかと一輝のシーン、エキストラたちのアップ、そしてカメラを後方に引いて全体をひとつのフレームに収めるシーンとつづく。

シーン数としては四つだが、たいていの場合、角度や構図を変えて多めに撮るケースが多い。たとえ捨てカットになっても、尺が足りなくなるよりはずっとましだからだ。

ここまでで終了予定は十一時半。でもこのペースでは午後に持ち越す可能性が高かった。頼子さんに指示を仰いだほうがいいかもしれないな。頭痛と吐き気でぼんやりした頭で考える。いちばん近いコンビニまで歩いて十分はかかる。しかも三十名分の弁当だ、買うのも運ぶのもひと苦労だろう。

七菜は痛む頭をゆっくり動かし、スタッフのなかに頼子のすがたを探す。けれど外に集うスタッフのなかに頼子のすがたは見られなかった。きっと公民館の給湯室で、ロケ飯の支度をしているのだろう。

仕方ない、なかに入って聞いてこよう。

砂のみっしり詰まった袋のようにからだが重たい。一歩踏みだしただけで、頭ががん、と鳴り、猛烈な吐き気が襲ってくる。

でも行かなくちゃ。時間がないんだから。七菜は気力を掻き集め、慎重に歩きだす。

と、そのとき。

「やめてください！」

斜め前方から、男性の悲鳴にも似た大声が響いてきた。反射的にそちらを見る。あすかの全身を覆うように日傘を差しかける村本、その横にぼう然とした表情で立つ愛理、そしてものすごい勢いで走りだす背の低い男が視界に入った。

「盗撮です！　捕まえてください！」

金切り声で村本が叫ぶ。その間も男はスピードを緩めず、走ってゆく。男に突き飛ばされたエキストラが悲鳴を上げた。

盗撮⁉　捕まえなくては！

あわてて駆けだそうとしたとたん、錐で突かれたような鋭い痛みが脳髄を刺した。眩暈がして、ぐらりと天地が揺らぐ。踏ん張ろうとした右足に左足が絡む。重心が傾く。そのまま七菜は右半身から倒れ込み、アスファルトに激しく頭を打ちつけた。

「七菜ちゃん！」

愛理の叫び声。近づいてくるスニーカーの音。

「動かすな！　頭打ってる！」

田村の野太い声が間近で聞こえる。捻れ、ひっくり返った胃から、七菜は大量の胃液を吐きだした。

「まずい、吐いてる。救急車、早く！」

田村の、切迫感に満ちた声が周囲に響きわたる。

ぼうっと霞む意識のなか、地面に倒れ伏した七菜は目だけで男を追う。車道を渡ったところで、李生が男に背後から抱きついた。暴れる男を、李生はからだじゅうで押さえ込んでいる。李生から逃れようと、男はからだを捻り、手足をめちゃくちゃに振り回す。ぶ厚く四角いからだに、不釣り合いな細く長い手足。

どこかで見た。しかもつい最近――途切れがちな意識を、七菜は必死で繋ぎ止める。縺れていた記憶がひとつの像を結ぶ。

思いだした。路地でぶつかった男、あの蟹男だ、あいつは。

駆けつけたスタッフが、男が握りしめたスマホを取り上げた。

「……なんであいつがここに……」

村本の呻き声が耳に届く。

意識が薄れてゆく。ひとびとの慌ただしく動く気配を感じながら、七菜は暗黒へと飲み込まれていく。


最初に見えたのは、薄いクリーム色の天井だった。

どこだろう、ここは。ぼんやりとした意識のなかで七菜は不思議に思う。うちの天井じゃない。そういえば寝てるベッドも違う——

起き上がろうと七菜は首を持ち上げる。

「動いちゃだめ！」

枕もとの右から女性の鋭い声が聞こえてきた。

頼子さん？　なんで頼子さんが。

七菜は首を枕に戻し、傾けて、右側を見る。薄いブルーのカーテン、その前に真剣な表情を浮かべた頼子が座っている。

「頼子さん」

七菜は反射的に起き上がろうとする。ふたたび頼子が鋭い声を発した。

「動いちゃだめだって。頭、打ってるんだから」

頭を打った？　あたしが？

七菜は驚いて右手を頭にあてる。右のこめかみにガーゼのようなものが貼られているのがわかる。鈍い痛みが頭の芯で疼く。

なんで？　どうして？　七菜は混乱する。ほうっ、頼子が重たげな息をついた。

「ようやく目が覚めたわね」

「頼子さん、いったいなにが？　あたし、どうしてここに」

「覚えてないの？」

問われて七菜は記憶を辿る。

ええと、確かロケをしてて、そう、公民館の前で。誰かが叫んだ、ああ村本さんだ、あすかのマネージャーの。それでそっちを見たら——

記憶が情景として鮮明によみがえってきた。

「盗撮！　どうなりましたか、あの男！」

またしても起き上がろうとする七菜を、みたび頼子が制した。

「だから動いちゃだめだって。何度言えばわかるの、もう」

「ご、ごめんなさい。あのでも頼子さん」

「男は佐野くんが捕まえて、その場で画像を消去させたわ」

「よかった……」

「よかったじゃないわよ、まったくもう」

頼子が再度深いため息をついた。

「え、なんでですか？　撮影どうなりました？　てか、ここどこですか？　いま何時ですか？　あたしどれくらい気絶してたんですか？」

思いだしたとたん、疑問がいちどきにわいてでた。頼子が目を瞑って眉間を揉んだ。

「撮影は中止、ここは国立市の総合病院、いまは午後四時半、あと——気絶してたんじゃない、たんに寝てただけ七菜ちゃんは」

「え、でもあたし頭打って」

「CT撮ったけど特に異常なし。ただ頭を打ったのは確かだから、二十四時間は要経過観察で絶対安静と医師の診断が下りたの」

「……絶対安静……二十四時間……」

七菜は頼子のことばを繰り返す。頼子がまぶたを上げ、強い視線を七菜にあてる。

「——猛烈に酒臭かったわよ、七菜ちゃん。昨夜相当飲んだようね」

「え？　あ、は、はい」

「だから忘れたの？　昨夜のわたしの指示を」

昨夜の指示？　七菜は必死に記憶を手繰る。

そうだ、愛理さんと飲んでるとき、頼子さんからLINEが入ったんだ。確か「エキストラ表をチェックして」と。それで帰ったらやろうと思って、でもあたしそのまま——

そこまで思いだし、七菜の全身から音を立てて血が引いてゆく。

「……もしかして……あの男、NG猛者だったんですか？　それがエキストラに交じってて」

「その通りよ……だからわざわざ確認してねと頼んだのに」

頼子の切れ長の目がすっと細まった。

「で、でもあのリストは平くんが作って」

「だからこそ七菜ちゃんにチェックをお願いしたんじゃないの。なのにあなたはやらなかった。結果、ＮＧ猛者が現場に入り込んでしまった」

頼子のことば一つひとつが七菜の胸を抉る。

ＮＧ猛者とは熱狂的なファンのことだ。いやファンというよりストーカーに近い。あすかのような人気若手女優にはあの男のようなしつこいストーカーが何人もついており、時には私生活にまで入り込んでくる。入り込んでくるだけでなく、危害を及ぼす危険性すらある。だから事務所側はそのような危険人物を常に把握し、絶対にそばに近寄らせないようリストにして制作会社に渡している。例えばエキストラに交じって近づいてこないように。なのに。

——やってしまった。

七菜は両手で顔を覆った。頼子のことばがつづく。

「平くんのせいにはできないわよ。彼はたんなるアルバイトにすぎないんだから。責任を負うのは、七菜ちゃん、社員であるあなたなのよ」

顔を覆ったまま、七菜は小さく頷く。見えずとも、突き刺さるような頼子の視線を感じた。

「小岩井さんの事務所は激怒しているわ。『いったい現場はなにをやっているのか。もう信用できない』と。当然今日の撮影は中止。明日以降の予定もすべて白紙。明日、岩見さんが直接謝罪に行くけれど、事務所側がどう出てくるか、まったくわからない状況よ。ほんとうに……なんてことをしてくれたの、七菜ちゃん……」

最後は囁くような小声だった。

「……すみません。本当にほんとうにすみませんでした……」

七菜は腹の底から声を絞りだす。長く深い吐息とともに頼子がこたえる。

「起こってしまったことはもう取り返しがつかないわ。あとはどう対処するか、とにかく最善の策を考えるしかない」

「あ、あたしも行きます！　岩見さんと一緒に」

両手を顔から外して訴える。頼子が左右に首を振った。

「同行したほうがいいのかどうか、わたしには判断できないわ。一応岩見さんには伝えます。とにかくいまは安静にして、一刻も早く元気になって。それじゃ」

頼子が席を立った。ベッドの足もとに向かって歩いてゆく頼子に、七菜は夢中で声をかける。

「あ、あの頼子さん！」

「なに？」

「……ごめんなさい。現場のみなさんにも、そうお伝えしてください……」

それだけ言うのがやっとだった。いや、それしか言うべきことばが見つからなかった。

頼子の顔がふっと緩んだ。

「……大きな怪我（けが）がなくてほんとうによかった。もし七菜ちゃんになにかあったらと思ったら、わたし……」

込み上げてくるものを必死で抑えるように、頼子がくちびるを噛んだ。そのまま視線を合わせることなく、足早にカーテンをくぐり、去ってゆく。

ひとり残された病室で、七菜はぎゅっと目を閉じ、シーツを頭までかぶった。心臓のどくどくと打つ音が、どんどん速く大きくなってゆく。胃が縮み、鋭い痛みを感じる。手足が急速に冷えていくのがわかった。

なんてことしちゃったんだろう。後悔が波のように押し寄せる。

確認を怠るなんて。しかもよりによってNG猛者がまぎれ込んでいたなんて。全部あたしの責任だ。あたしがうっかりしていたから。いや、うっかりでは済まされない。それほどの大事をしでかしてしまったんだ。

空調は効いているはずなのに寒くてたまらない。七菜はシーツを掻き寄せる。

撮影が中止されたということは、それだけで何万、いや何十万円もの損害を引き起こしたということだ。お金の問題だけじゃない、スタッフキャスト一人ひとりに多大な迷惑をかけ、さらには現場でいちばん大事な信頼関係、それを壊してしまったのだ、あたしは。

消えてしまいたい。七菜はシーツの闇のなかで思う。いっそこのまま死んでしまいたい。頭の打ちどころが悪くて死んじゃえばよかったんだ、あたしなんか。

いまからでも遅くない。

七菜のこころのうちを、暗く冷たい衝動が走る。呼吸が荒くなってゆく。冷たい汗が額に滲む。七菜はシーツの端を強く握りしめた。爪が手のひらに食い込み、鈍い痛みが広がった。

落ち着け。馬鹿なことを考えるな。

頭の片すみで、もうひとりのじぶんが声を上げた。

死んでどうなるというのだ。よけい頼子さんやスタッフキャストに迷惑をかけるだけじゃないか。そんなことを考える暇があったら、これからどうしたらよいか、それを考えろ。逃げるな。甘えるな。七転び八起きの七菜だろう、おまえは。声がしだいに大きくなってゆく。

そうだ、その通りだ。七菜はシーツから顔を出し、冷静になろうと深呼吸を繰り返す。

大きなミスを犯してしまったけれど、それで誰かが死んだり怪我をしたわけじゃない。誠意を尽くして謝罪すれば、きっとリカバリーできるはず。そのためにはなんとしても明日退院しなくっちゃ。だとしたらいまは医師の指示通り、ひたすら安静にしているしかない。

眠ろう。七菜は静かに目を閉じる。眠れないかもしれないけれど、せめて目を閉じ、じっとしていよう。いまやれることを全力でやろう。

七菜は全身のちからを抜いた。頭を空っぽにして、規則正しい呼吸を繰り返す。連日の寝不足がかえって功を奏したのか、しばらくするうちに睡魔がとろとろと忍び込んできた。流れに逆らわぬよう、七菜は意識をさらに深いところへと沈めてゆく。ああ、眠れそう――だが、そこまでだった。

とつぜん派手な音を立てて、カーテンが引き開けられた。

「七菜！　七菜ぁ！」

低く野太い女性の声が病室に響きわたる。七菜の心臓が跳ねる。一気に眠気が引いてゆく。目を開けた七菜の視界に飛び込んできたのは、小太りで背が低く、真っ黒に日焼けした熟年の女性——母親の民子(たみこ)だった。

「……お母、さん？」

まだぼんやりした頭で七菜はつぶやく。

なぜここに母が？　幻でも見ているのだろうか。

だが幻ではなかった。その証拠に、母はベッドの枕もとに走ってくるや、シーツに包まれた七菜の肩に抱きつき、ものすごいちからで前後左右に振り回し始めた。世界がぐるぐる回る。

「お、お母さま！　患者さんは絶対安静ですので！」

後ろから走ってきた女性看護師があわてたように母を止める。ようやく揺さぶりが収まった。喘(あえ)ぎながら七菜は問う。

「な、なんでお母さんがここに」

「会社から電話来たけえ。たまげたんよぉ『頭打って病院に運ばれた』言うけえ、もうぶちびっくりしたけえ、取るものも取りあえず駆けつけたんよ」

黒い顔に並ぶちんまりとした両目。いまその目には、うっすらと涙の膜が張っている。髪の毛にはきついパーマがあてられ、ところどころ紫色のメッシュが入っている。真っ赤なセーターにヒョウ柄のズボン。肩にはゴブラン織りの巨大なバッグがかけられていた。

「それではわたしはこれで。のちほど入院受付までおいでくださいね」

看護師が落ち着いた声で告げる。

「はい。ありがとうございました。ほんとうにありがとうございました」

何度も頭を下げる母に一礼し、看護師が静かな足取りでカーテンの向こうに消えてゆく。

「べつに来なくてもよかったのに」

看護師がいなくなるやいなや、七菜はくちびるを尖らせて抗議した。母の小さな目がまん丸になる。

「なに言うとるんね。入院するんじゃやけえね、あんた。誰が保証人になるというんよ」

「入院ったって一日だけだし」

「馬鹿言うとるんじゃないんよ。一日じゃ言うても入院は入院、親族のハンコじゃなんじゃ必要になるんじゃけん。父ちゃんも『一緒に行く』言うとったんじゃけど、どがい言うても仕事があるんじゃけん、うちが飛んできたんよね」

母の声がどんどん高くなる。カーテン越しに右隣のベッドから、わざとらしく咳をする音が聞こえてきた。

「わかったから。静かに話して」

七菜は小声で注意する。まったくもう、どうして田舎のひとってこんなに声がでかいんだろうか。

「で、怪我の具合はどうなん」

母が七菜の全身を舐めるように見る。七菜は右のこめかみに貼られたガーゼを指さす。

「切ったのはここだけみたい。ＣＴ検査では特に異常はなかったたって」

「顔にこがいな傷を作ってから、嫁入り前の娘が」

母が不安と非難の綯い交ぜになった声を上げる。

「仕方ないじゃん、仕事中だったんだから」

「仕事仕事言うて、あんたいっつもそればっかじゃろ。正月にも帰ってきやせんし」

「帰れるわけないでしょ。撮影前のいちばん忙しい時期に」

「正月なんじゃけ。みーんな休みなんじゃろ。そがいなときまで働かんでも」

「お母さんやお父さんの仕事とは違うの。何度も説明したでしょ」

畑仕事の傍ら、父は農協で事務を、母はスーパーでレジ打ちのパートをしている。小さな町の、残業など縁のない仕事。七菜の住む世界とは正反対の場所だ。

母の太い眉がぐっと上がった。

「そんな仕事ばっかしとるけん、結婚もできんのかいねえ。あんた、じぶんがなんぼになるかわかっとるんね、三十一よ、三十一」

ああ、始まってしまった。七菜は深いため息をつく。この「攻撃」が嫌で、実家にはなるたけ寄りつかないようにしているというのに。

七菜のため息などつゆほども気にせず、母はまくしたてる。

「あたしが三十一のときにはねぇ、あんたはもう小学生になっとったんよ。ほら中学のとき仲良しじゃった律ちゃん、あの子なんかもう子ども三人おって、上の子は、はあ来年中学生なんよ。梨華ちゃんじゃって二人おるし、梨華ちゃんのお姉ちゃんの望ちゃんなんか去年孫が生まれたんじゃけんね」

「そんなんひとそれぞれじゃん」

「減らず口叩いとるうちに、あんた、どんどん歳食うていくんじゃけ。子も産めんようになったら、どうするんかいね。結婚もせんし、子もおらんのじゃったら」

「だからそれは」

ごほ、ごほん。ふたたび右隣から咳き込む声が響いてきた。七菜は急いで声を低める。

「とにかくいまそんな話してる場合じゃないでしょ。わざわざ来てくれたのは嬉しいけど、その話はまた今度」

「今度こんど言うて、あんた、いっつもそればっかりじゃろ」

「七菜ちゃん！」

とつぜん降ってきた男性の声に、母がぎょっとしたように振り返る。

ああ。絶望感にかられて七菜は目を閉じる。最悪のタイミングだ。

「ど、どちらさん？」

母が警戒心に満ちた声を発した。カーテンの前で立ちすくんだ拓が、母を見、七菜を見、そしてもう一度母を見た。

「あの……ぼく、いえわたくし、七菜さんの友人で佐々木拓と申しますが……ひょっとして、あの七菜ちゃん、いえ七菜さんの……」

母が、ひゅっと音を立てて息を呑んだ。

「ええ母です、母の時崎民子と申します。あらまあご友人の。あらまあそうでしたか。いつも七菜がお世話になっております」

ひと息に言い、腰を直角に折った。つられたように拓も深く頭を下げる。

「いえこちらこそ。七菜ちゃん、七菜さんにはいつもお世話に」

「あらあらまああ。わざわざご丁寧に」

だめだ。このままではふたり、世界が終わるまでお辞儀し合うに違いない。諦めて七菜は割って入った。

「挨拶はもういいから。それより拓ちゃん、なんでここに」

拓ちゃん、と口にしたとたん、母が振り向いてにんまりと笑んだ。さっきまで吊り上がっていた眉は、いま盛大に垂れ下がり、口もとがこれでもかというほど緩んでいる。

「愛理さんからＬＩＮＥが入って。ごめん、さっきまで会議中で来るのが遅くなって」

母の向こうから拓がこたえる。母が、ずざっとからだを引いた。

「佐々木さん、でしたかしら。どうぞどうぞ七菜のそばへ行ってやってくださいな」

「あ、はい、でも」

「いいからいいから、ね？」

母は拓の袖を摑まんばかりの勢いだ。

「失礼します」

拓が母の横をすり抜け、枕もとに立った。すかさず母が椅子を勧める。礼を言ってから拓が椅子に腰をかけた。その一挙手一投足をひとつも見逃さじといった目で、食い入るように母が見つめる。

「転んで頭打ったって聞いたけど、どうしたの、だいじょうぶなの？」

心配をあらわにした顔の拓に向かい、七菜は先ほど母にしたのと同じ説明を繰り返す。話し終えると同時に、拓が詰めていた息を吐きだした。

「そっか。とりあえずはよかったよ」

「ごめんね、心配かけちゃって。それにまだ仕事中でしょ」

「いいよいいよ仕事なんか。それより七菜ちゃんの顔が見られてほんとにほっとしたよ」

拓が大きく首を振る。拓の斜め後ろに立つ母の顔が、さらに笑み崩れてゆくのが見えた。

んんっ。母が喉の奥で痰を切る。はっとしたように拓が振り返り、席を立った。

「すみませんお母さん。どうぞおかけください」

「……おかあさん……！」

感に堪えぬ、といった風情で母がつぶやいた。そんな母を、拓が不思議そうなまなざしで見つめる。

ああ、怪我なんてしなけりゃよかった。七菜はこころの底から後悔する。

よっこらしょ、声を上げて母がベッドの足もとに腰をかけ、拓に向き直った。

「ところで佐々木さん、いつごろから七菜の、その、お友だちなんですか」

「二年ほど前からです。あの、七菜ちゃんからはなにも……」

「えーえー、この子いうたらじぶんのことはなにも話してくれんのんですよ」

非難するようなまなざしを七菜に投げる。

「それで佐々木さん、お勤めはどちらに」

「アタカ食品という食品メーカーに勤めております」

「ええっ！『あったかアタカ、あったか家族、アタカのカレー』でおなじみの、あのアタカ食品に⁉」

ご丁寧にテーマソングまで歌い上げ、まじまじと拓の顔を見つめる。

「いえ古いというだけでそれほどの会社では」

拓があわてたように手を振った。母の目がさらに輝きを帯びる。

「お歳はなんぼなんですか？　お住まいはどちらで？　ご家族は？」

「お母さん！　失礼でしょ、いきなりそんな」

動けない七菜は、首だけを傾けて母に言い返す。

「いいって、七菜ちゃん。自己紹介ができてかえって好都合だよ」

拓が笑顔で七菜の顔を覗き込み、それからふたたび母のほうへ振り向いた。

「三十歳です。実家が成城にありまして、そこから通勤しています。家族は両親と兄、姉ですが、兄も姉も結婚して家を出ております」

拓が律儀にこたえる。母が瞑目（めいもく）して天を仰いだ。

「……成城……次男坊……」

母のこころのうちが見えるようだ。七菜はどんどん憂鬱になってゆく。

「じゃあ拓さんも、いずれ結婚して家を出ようと？」

いつの間にか佐々木さんから拓さんに呼びかたが変わっている。

「そうですね、いずれは、と思っているのですが……」

拓がちらりと七菜を見た。何気ないふうを装って七菜は視線を外す。

「……七菜ちゃんの仕事が忙しくて、なかなか話をする時間が取れなくて」

母が、我が意を得たり、といった顔で大きく頷いた。

「ほうですよね。あたしもようよう言うとるんですよ『仕事が忙しすぎる』いうて。『これじゃあ結婚できん』って」

今度は拓が深く頷いた。

「ほんとうにお母さんのおっしゃる通りです。終電で帰れればまだよいほう、時期によっては徹夜がつづくことすらありますから、七菜ちゃんは」

「ま！　そんなに遅いんですか」

母が、小さな目を思いきりひん剝く。

「拓ちゃん」

懇願の思いを込めて呼びかけるが、拓には届かなかったらしい。

「仕事が充実してるのはよいことだとぼくも思うんですが……限度があるといいますか。ほらいまは働き方改革で、残業じたい禁止されてることも多いでしょう。ぼくの会社でも定時退社や、残業規制がかなり徹底されていて」

「ええ、働き方改革。ええ、ええ」

「それに比べると七菜ちゃんの会社は」ちらりと拓が七菜を見やる。「かなりブラックっていうか、仕事のさせかたに問題があると思わざるを得ないんですよ」

「ブラックじゃないよ、うちの会社は」

むっとした思いで言い返す。負けずに拓が早口で言い募る。

「だけど実際ブラックじゃないか。残業多いし、休みも取れないし」

「でもちゃんと残業代出てるよ。それに忙しい時期は休めないけど、そのぶん暇な時期にはまとめて代休も取れるし。なによりじぶんがやりたくてやってるんだから、ブラックとは違う、絶対に」

「いつも言ってるけどさ、ぼくは七菜ちゃんのからだが心配なんだよ。いまのような働き方をしていたら、きっとからだを壊してしまう。今日の怪我だって無理が祟ったせいなんじゃないの」

「いや今日は」

反論しかけた七菜を母の野太い声が遮る。

「ほんまにそうですよね。人間、なに言うても健康がいちばんですけんね。それに男のひとと違うて、女には妊娠できる限界がありますけんね。この子ももう三十一、それを思うたら、もう毎日心配でしんぱいで」

母が、芝居がかったしぐさでそっと目頭を指で押さえた。

「お母さん」

拓が席を立ち、母の肩に手をかける。

いい加減にしてくれ！　叫びだそうとしたそのとき。

「あら。まだここにいらしたんですか」

カーテンが揺れ、手に血圧計を持った先ほどの看護師があらわれた。

天の助け。七菜は看護師に縋るように問いかける。

「入院の手続きをしなくちゃいけないんですよね」

「ええ。受付は六時で閉まってしまうので、そろそろ行っていただかないと」

腕時計を確かめて看護師がこたえる。

「というわけだからお母さん」

シーツから手を出し、しっしっと追い払うしぐさをする。母が眉根を寄せる。

「そうなん？　ほいじゃあ一度受付行って、また戻ってくるけん」

「いいよ、もう来なくて」

「じゃけどあんた」

「患者さんのことならご心配なく。当院は完全看護ですので」

母を安心させるように看護師がほほ笑んだ。七菜はこころのなかで看護師に手を合わせる。

拓が不安げな顔で七菜を見つめる。

「ほんとにだいじょうぶなの、七菜ちゃん」

「うん。なにかあったらすぐ連絡してもらうから」

「そう……じゃあ行きましょうか、お母さん」

看護師の邪魔になると思ったのだろう、拓が母の肩を軽く揺さぶった。母がようやく縦に首を振る。

「わかったけえ。今日はもう帰るけん」

「ありがと、お母さん。遠いところをわざわざ」

「明日また来るけん、おとなしゅうしとるんよ」

「え!?　明日も来るの!?」

悲鳴のような声が出てしまった。

「そりゃあそうじゃわいね。大事な娘じゃけんね」

母の面持ちは真剣そのものだった。全身から七菜を心配する気配が漂ってくる。今日初めて、七菜は母に対して申し訳ない気持ちになった。

「そっか。わかった」素直に頷く。「それで泊るところはもう手配してあるの?」

「まだなんじゃわ。東京に来るんは十年ぶりじゃけえね、なんもわからんよね」

「だったらあたしの部屋に泊ればいいよ。ちょっと待って、いま鍵を」

「動かないでください」

反射的に身を起こそうとした七菜を看護師が止める。拓がやんわりと言う。

「いいよ七菜ちゃん。お母さんはぼくが送っていく。合鍵あるから、それ使ってもらえば」

「アイカギッ！」

母が化鳥（けちょう）のような叫びを発し、その場にいた全員がびくりとからだを震わせる。右隣のベッドから短い悲鳴が聞こえた。

「す、すみません。も、もちろん七菜ちゃんの許可はもらっていますので」

恐るおそる申しでる拓に、母が光り輝くような笑顔を向ける。

「ええですええです、合鍵の十個や二十個」

そんなに作ってどうする。七菜はこころのなかで呻く。

「じゃあぼくらはこれで。あとはよろしくお願いします」拓が看護師に頭を下げる。

「七菜ちゃん、くれぐれもお大事に。退院したら連絡してね」

「わかった」

「また明日ね、七菜」

母が盛大に手を振り、拓に先導されるかたちで病室を出ていった。

なんという一日だろうか。七菜は重い吐息をつく。いままでの人生で最低最悪なのは間違いない。目を瞑り、眉間を揉んだ。

「どこか痛いところがあるの？」

血圧計のカフを伸ばしながら看護師が聞く。

「いいえ」

七菜はちからなく首を振る。

痛いのはからだじゃないんです、こころです、とはさすがに言えなかった。

青山一丁目で地下鉄を降り、七菜は地上に出た。向かって右手に国道２４６号が走っている。スマホで位置を確かめてから、２４６を背に、七菜は外苑東通りを乃木坂方面に向かって歩き始める。

繰りだす足が重い。こころも重い。逃げだしたくなる気持ちを必死に抑えて七菜は歩く。

平日の昼過ぎだが、外苑東通りは車の途切れることはない。行き来する車は、青山という土地柄か、高級外車が多い。

冷たい風が広い通りを吹き抜けていき、七菜は思わずコートの襟をきつく合わせた。朝からどんよりとした厚い雲が広がり、いまにも雨が降りだしそうな雲行きだ。

いっそ雪ならいいのに。そう思ってから、いや、と七菜は首を振る。

ドラマの設定は初夏だ。雨ならまだしも雪に降られてはどうにもならない。

今日の午後から撮影を再開すると、朝方頼子からＬＩＮＥが入った。とりあえずあすかの出ないシーンを先撮りすることに急きょ決まったらしい。合わせて午後一時に、あすかの所属する大手芸能事務所「スケイリーン」の本社で、先方の責任者と耕平の話し合いが持たれると書いてあった。

「わたしも同行してもいいでしょうか」

すぐさま返すと、折り返し頼子から返信が届いた。

「異常なく退院できたらOK。『スケイリーン』のビル前に十二時五十分集合と岩見さんより」

直接謝罪できる。七菜はほっと胸を撫で下ろした。が、すぐに緊張と不安が襲って来、みぞおちがぎゅっと絞られるような痛みを感じた。

午前十時の診察で医師から退院の許可を取りつけた七菜は、大急ぎで私物をまとめ、精算を済ませて病院を出、自宅へと向かった。

自宅にいた母に事情を話し、なかば喧嘩別れするかたちでタクシーに押し込み、じぶんは青山に向かったのだった。

外苑東通りを五分ほど直進し、銀行の角を左に曲がる。目指すビルは曲がったすぐそばにあった。ガラスを多用した十五階建ての瀟洒な造り。その十階から最上階までが「スケイリーン」のオフィスだ。

覚悟はだいぶ固まってきているものの、やはり実際にオフィスを見ると、朝方感じたみぞおちの痛みがぶり返してきた。腕時計で時間を確かめる。十二時四十五分。耕平はもう来ているだろうか。磨き抜かれた大理石のエントランスをこっそり覗き込む。

「なにやってんだ時崎」

いきなり背後から降ってきた声に驚いて、七菜は危うくつんのめりそうになる。いつものぴらぴらのコートを羽織った耕平が歩道に立ち、こちらを眺めていた。肩に黒い鞄をかけ、左手に紙袋を提げている。

「お、おはようございます」

なんとか体勢を立て直し、頭を下げる。

「具合はどうなんだよ」

寒そうに肩を竦めて耕平が尋ねる。

「だいじょうぶです。ご心配おかけしました。それから——今回のこと、ほんとうにすみませんでした」

「まったくだよ、ほんとによぉ。このクソ忙しいときによぉ」

「すみません……」

「とにかくやっちまったことは仕方ねえ。ほれ」

耕平が左手に持った紙袋を差しだしてきた。

「なんですかこれ」

「菓子折りだよ菓子折り。常識だろうがよ」

そっか、そうだよな。なんで思いつかなかったんだろう。七菜は歯がゆさを嚙みしめる。

「さて、じゃあまあ行くか」

耕平がふらんふらんと歩きだす。あわててその背を追った。

「あの、あたしはどうすれば」

「ひたすら頭下げてろ。よけいなことは言うんじゃねえぞ」

前を向いたまま耕平がこたえる。七菜は神妙に頷いた。

厳重なセキュリティチェックを幾度もくぐって通されたのは、十一階にある狭い会議室だった。楕円形のテーブルにパイプ椅子が六脚。壁という壁はすべて「スケイリーン」所属の俳優やアーティストが出演するポスターで埋まっている。案内してくれた若い女性が去り、耕平とふたり、硬い椅子に座って待つ。

心臓の脈打つ音がどんどん高まってくる。口のなかがからからに乾き、両の手にじわりと粘っこい汗が浮いてきた。

七菜は右横に座る耕平をちらりと見た。いつもの、なにを考えているのかわからぬ表情のまま耕平は四方に貼られたポスターを眺めている。無言の時間が過ぎてゆく。七菜は、部屋の壁がどんどんこちらに向かって狭まってくるような錯覚を覚える。

約束の時間を五分ほど過ぎたころだろうか、ドアが開き、男性がふたり部屋に入ってきた。ひとりはあすかのマネージャーである村本、そしてその前に立つのは七菜の知らない男性だ。中肉中背、引きしまったからだをしている。ゴルフ焼けだろうか浅黒い顔に、意志の強そうな太い眉とすっと通った鼻すじが印象的だ。

ふたりが入ってくるなり耕平がさっと立ち上がる。わずかな間をおいて七菜も席を立った。

「山崎部長。お忙しいところをわざわざ申し訳ありません」

耕平が首を垂れる。七菜は耕平よりさらに深く頭を下げる。

「こちらこそご足労いただきまして。さ、どうぞおかけください」

張りのある低音で山崎がこたえ、右手で椅子を指し示した。山崎と村本が腰かけるのを待ってから、耕平、そして七菜の順で席に座り直す。耕平が顎を引き、目だけを動かして七菜を見る。膝に置いた紙袋を七菜はそっとテーブルに置いた。

「つまらないものですが」

耕平が言うと、山崎が口もとをわずかに緩ませた。

「これはこれは。お気遣いいただきまして」

山崎が言い終えるや村本が紙袋を手繰り寄せ、空いている椅子に置く。

「こちらの方は？」

すっと目を細め、山崎が七菜を見た。

「アシスタントプロデューサーの時崎と申します」

「初めまして。いつもたいへんお世話になっております」

七菜は両手で名刺を差しだした。受け取った山崎が口角を歪めて名刺を見る。

「ああ、例の」

七菜は両の拳をぎゅっと握りしめた。

「このたびは当方の不注意により、多大なご迷惑をおかけして誠に申し訳ございませんでした」

語尾が震える。ともすると涙が浮かびそうになる。

「おっと、ここで泣かないでくださいよ。女性はすぐ感情的になっちゃうからなあ」

山崎の声が頭上に降ってくる。

七菜はじぶんの顔が引き攣っていくのを感じた。

「だいたいの経緯は村本から聞いております。困りますよね。アーティストの安全を守るのがなによりも大切ですから」

「おっしゃる通りです」

「特に小岩井はね、ほらアイドル出身でしょう。熱狂的というか、まあ目に余る行動に出るファンもけっこうおりまして」

「それはもう、よく。なんといっても若手女優の人気ナンバーワンですから」

小刻みに何度も耕平が頷いた。七菜はくちびるを嚙みしめ、俯いてテーブルを見つめる。どんなに叱られようが罵倒されようが仕方がない。じぶんが招いてしまった事態なのだから。

山崎が、こつこつと爪でテーブルを叩いた。

「ああ見えて小岩井は繊細なところがありましてね。今回の件でかなり精神的なショックを受けて、いまは食事も喉を通らないような状態ですよ」

隣で村本が盛大に頷く。

え、あのあすかが⁉　さすがにそれはないんじゃや。思わず頭を跳ね上げた七菜の足を、耕平が軽く蹴飛ばす。

「当然ですよね。あれだけの目に遭われたんですから」

「今回のドラマはうちとしてももちろんですが、なにより小岩井自身がとても気合を入れて臨んでいましてね。なにせ初主演ですし、このドラマに賭けるという気魄がひしひしと伝わってきていました。ですので、こういうかたちで出ばなを挫かれるのは、なんといいますか……残念というか、不本意極まりないというか」

こつこつこつ。テーブルを叩く音が七菜の耳に響く。

確かにあすかのがんばりには並々ならぬものがあった。「このドラマに賭けている」という山崎のことばに嘘はないだろう。そんなあすかの信頼を踏みにじってしまったんだ、あたしは。心臓に無数の針を刺されたような痛みを七菜は感じる。

「ほんとうに申し訳ありませんでした」

耕平が、テーブルに両手をつき、再度深く頭を下げる。

「申し訳ありませんでした」

小声で言い、七菜も首を垂れた。ふう、と山崎が大きな息をつく。

「いくらことばで謝罪されてもねぇ。誠意を見せていただかないことには、わたしとしても上を説得するのが難しいんですよね」

「誠意、と申しますと」

「それはアッシュさんが考えるべきことなのではないですか」

山崎が鋭く言い放った。村本がまたしても盛大に頷く。

耕平が腕を組み、眉間に皺を寄せ、目を瞑って黙り込む。パーツのすべて垂れ下がった顔が泣き笑いのような表情に見える。

誠意。七菜は必死に頭を働かせる。

土下座すべきだろうか。でもそれでは謝罪のつづきにしかならない。もっとほかになにか誠意を伝えるすべは。ああ、こういう場合、どうしたらいいんだろう。

　こつこつこつ。こつこつこつ。

　沈黙が支配する場に、爪の音だけが響く。

　こつこつこつ。こつこつこつ。

　脳内深くに音がじわりと入り込み、広がってゆく。考えがまとまらない。まとまらないどころか、思考が停止してしまう。もう七菜には、こつこつという音以外なにも感じられない。

　と、耕平がまぶたを上げ、山崎の背後を指さした。

「そちらに貼られているポスター、あれですよね、御社所属の岡本翔輝さんが準主役で出てらっしゃる、この春公開の話題の映画……」

　半身を捻り、山崎が後ろを見る。

「ああ、そうです。棚山監督の『ラスト・ラン』」

「じつはわたくし、試写で拝見いたしまして。岡本さんの若々しく潑溂とした素晴らしい演技に、いやあこころの底から感服いたしました」

「それはそれは。ありがとうございます」

　ずいっ。耕平が上半身をテーブルの上に乗りだした。

「いかがでしょう。今回のドラマに、岡本さんにキーパーソン役としてご出演いただく、というのは」

「キーパーソン。それはまたどんな」

山崎の両目が光る。空咳をひとつついてから、耕平が話しだす。

「じつはですね、後半の山場に、小岩井さん演じる環子の元カレが、よりを戻そうとあらわれるシーンがありまして」

耕平のことばで、ようやく七菜は我に返った。息を呑んで耕平の横顔を見る。いま現在、そんな役もシーンもシナリオにはない。どころか原作にもいっさい存在しない。

「い、岩見」さん、と言いかけた七菜は、またしても足を蹴られてしまった。

「ほう。それはなかなか面白そうな役ですね」

ようやく山崎の指が止まった。耕平がさらに身を乗りだす。

「悪役ではないんです。というより視聴者に好感を持たれるような役でして。環子と別れたのもお互いの誤解とすれ違いがもとで」

「なるほど。で、結論としてはやはり別れるんですか」

「いえ、ラスト近くでよりを戻します。ですからね山崎さん、もしもこのドラマが高視聴率で、続編が制作されることになれば必然的にこの元カレも登場することになるわけで」

「それはいい展開ですねぇ」

山崎が椅子ごと背後に向き直った。

「いえね、岡本は当社としてもちからを入れて売りだしていきたい若手で。見た目も演技力も申しぶんないんですが、いかんせんデビューしたばかりで知名度がね、いまひとつでしてね」

「もったいないですよね、こんな素晴らしい俳優さんが」

「そうか、小岩井の恋人役……そうですか……」

椅子に背を預け、山崎が視線を上に這わせる。その姿勢のまま、たっぷり一分は考えていただろうか。やがて目を耕平に戻し、おもむろに口を開いた。

「なるほど、アッシュさんのお気持ちはよくわかりました。いまのお話を持って上と相談してみますよ。小岩井も後輩と共演するとなったらきっと気持ちも前向きになると思います。なあ村本くん」

「ええ、ええ。その通りです」

村本が猛烈な勢いで頷く。

「山崎部長、ありがとうございます！」

貧相なからだのどこから出たのか不思議に思えるくらいの大声で耕平が叫んだ。一連の出来事をただただあっけに取られて見ていた七菜は、みたび足を蹴られて、はっと正気に返る。

「あああありがとう、ごございます」

舌を縺れさせながら頭を下げる。視界の端に、満足げなようすでくちびるを舐める山崎のすがたが映った。


「どうするんですか、あんなこと言っちゃって」

ビルを出、外苑東通りを地下鉄青山一丁目駅に向かって歩く耕平の背中に七菜は声をかける。

相変わらず、ふらんふらんと左右に揺れる不安定な歩きかただ。

「どうもこうもねえだろ。いまから大至急で変更するんだよ」

前を向いたまま耕平がこたえる。

「で、でもシナリオにも原作にも」

「シナリオはなんとかなる。悪いがライターにがんばってもらう。スタッフにはあらかじめ連絡しとく。問題は――」

強い風が吹き、耕平のコートがぴらりと翻った。

「――原作、だな」

「そうですよ、無理ですよ。あの上条先生がこんな変更、許してくれるわけが」

「そこをなんとかするんだよ」

「なんとかって、いったいどうやって。だいたいどうしてこんな大事なことをいきなり」

とつぜん耕平が足を止めた。勢いあまって、七菜は耕平の背中にぶつかってしまう。耕平がゆっくりと振り向いた。垂れた目が射るように七菜を見つめてくる。

「時崎。おまえのやるべきことはなんだ」

「え？」

唐突な問いに七菜は面食らう。耕平がいつもより一段低い声を発した。

「おまえが、いまやらなくちゃいけないことはなんだって聞いてるんだよ」

「え、あ、あの……ドラマを完成させること、です」

「そのためには？」

「え……撮影をつづけることです」

「そのためには？」

「……小岩井さんに戻ってきてもらうこと、です」

「そのためには？」

「……『スケイリーン』に許してもらうことです」

「そのためには？」

七菜は、両の拳をきつく握りしめた。

立ち止まったふたりをよけるように、ひとびとが横を歩き過ぎてゆく。

「……無理だとか、簡単に言うな。できない理由なんて探しだしても意味がねえ。まず動くんだよ、前だけを見て。やれることをやれ。目の前の仕事に全力で取り組め。そうしているうちに——動かねえと思ってたもんが動きだしたりするもんなんだ」

耕平の、細い目が強い熱を放つ。こんな耕平を見るのは初めてだ。なかば無意識に七菜は頷く。

「わかったら現場に行け。おれは事務所に戻って上条先生に連絡を取る。おまえはおまえのできることを精いっぱいやれ」

耕平が踵(きびす)を返した。ひとの群れを器用にかわしながら、駅の出入り口目指していっしんに歩いてゆく。

やれることをやれ。目の前の仕事に全力で取り組め——

耕平のことばが頭のなかでこだまする。

七菜は、出入り口の階段を下りてゆく耕平の背中に向かってひとつ頭を下げた。

スマホを出し、ＪＲ信濃町駅の位置を確認してから、七菜は急ぎ足で２４６号の交差点を渡り始める。

タクシーが到着するのとほぼ同時に、ロケバスが公民館に戻ってきた。

厚い雲の切れ間から弱い西日が射し込んでくるなか、タクシーを飛び降りた七菜は、バスの出入り口めがけ全力で走る。

最初にステップを降りてきたのは塾長役の橘一輝だった。七菜を認めると、おや、というように軽く右の眉を上げた。

「橘さん、今回はご迷惑をおかけして申し訳ありませんでした」

膝に手をあて、直角に腰を折る。

もともと寡黙な性質の一輝は、わずかに顔をしかめたあと、なにも言わずそのまま公民館へ入っていった。

つづいて降りてきたキャストやマネージャーたちに、七菜はひたすら頭を下げる。

「お、七菜坊。もうだいじょうぶなのか」

野太い声が響く。首にタオルを巻いた撮影監督の田村を真ん中に、矢口監督と照明の諸星が並んで立っていた。

「はい。ご迷惑ご心配をおかけしてすみません」

さすがに今日は「七菜坊」と呼ばれても口ごたえできない。

「ますます嫁のもらい手が減るな」

ちょんとじぶんの右の額をつついてから、田村が豪快に笑う。

「それセクハラだよ、タムちゃん」

丸い腹を擦りながら諸星が横から口を挟む。

「これくらいでセクハラかよ」

「そうだよ今日び『可愛いね』って言っただけでセクハラなんだから」

「なんだよそれ。馬鹿じゃねぇの」

くちびるを尖らせる田村を「まあまあ」と手であやしてから、

「とにかく大した怪我でなくてよかったですね、時崎さん」

矢口が落ち着いた口調で言う。

「はい。ありがとうございます」

七菜は素直に頭を下げた。矢口が、穏やかだが鋭い視線を七菜に投げかける。

「でも今回のようなことは二度としでかさないように。このチームはみんないいひとだからよかったものの……もしも現場が違ったら……」

そこでことばを切る。軽口を叩き合っていた田村と諸星も、いつの間にか真剣な顔で七菜を見ていた。七菜は神妙な面持ちで頷く。

矢口監督の言う通りだ。このチームは主要キャストはじめスタッフみんな心根の優しいひと

たちばかり。陰険ないじめや陰湿な雰囲気はまったくない。これがもしほかのチームだったら
——想像しただけで、七菜の背筋が凍る。

「肝に銘じます」

七菜がこたえると、矢口監督がゆっくりと首肯した。

「行こうか、タムちゃん、モロちゃん」

監督が公民館の玄関に向かって歩いてゆく。その背を諸星が追う。七菜の横を通るとき、田村がぽんぽんと軽く七菜の肩を叩いた。

このチームのために全力を尽くそう。あたしに「帰るべき場所」を残しておいてくれたみんなのために。改めて七菜はこころに誓い、三人の後ろすがたに最敬礼をした。と、

「あれ、時崎さん、もう無罪放免ですかぁ」

大基の甲高い声が背後から降ってきた。振り返る。李生と大基がちょうどバスのステップを降りてくるところだった。大基の言い草にむっとしつつも七菜はなんとか笑顔を作る。

「うん、いろいろごめんね。ありがとう」

李生がかすかに顎を引き、なにも言わずに公民館へ入っていった。大基が最後の段をぴょんと飛び降りる。

「やっちゃいましたねー時崎さん!」

なんだその言いかたは。半分はおまえの責任だろうが。こころのなかで七菜は叫ぶ。

「ほんとにね。これからは気をつけようね、お互い」

お互い、にちからを込めて言い返す。大基がぽかんとした顔をした。

「はあ？　てか、おれなんも悪くないっすよ。見逃したのは時崎さんの責任でしょ」

のほほんとしたもの言いに、七菜の頭でばちんとなにかが弾けた。

「あのねえ、平くん」

言い募ろうとしたそのとき。

「なにやってるのふたりとも！　早く仕事に戻りなさい」

頼子の、澄んだ声が轟いた。振り向くと、仁王立ちになった頼子が両腕を組み、玄関先に立っていた。

「ふぁーい」

大基がそそくさとその場を離れる。七菜は頼子のもとに走り寄る。

「頼子さん、あたし、あの」

「だいたいのことは岩見さんから電話で聞いたわ。いいから七菜ちゃんはロケ飯作りを手伝って頂戴」

「え？　この時間に、ですか？」

驚いて聞き返す。すでに四時を過ぎているはずだ。頼子が軽く頷いた。

「今日は午後からの撮影だったから、ロケ弁を夜に回したの」

「あ、そか。はい」

歩きだした頼子の横に並ぶ。

「体調はどう？　怪我は平気なの」

「だいじょうぶです。傷もほとんど痛みません」

「そう……よかった」

頼子の声に、ほっとしたような響きが混じる。

動き回るスタッフをよけながら廊下を進んでいく。控え室の八畳間を過ぎ、メイク部屋の前まで来た。ちらりと視線を飛ばすと、一輝の髪を整えている愛理と鏡越しに目が合った。愛理のくちびるがすばやく動き、声には出さずに「ごめんね」と伝えてきた。七菜は笑顔で首を振る。愛理さんのせいじゃない。じぶんの管理不行き届きだもの。

そのさき、給湯室から、スパイスのよい香りがぷぅんと漂ってきた。オリーブオイルで炒めたにんにくの、食欲をそそる匂いも混じっている。

七菜はコンロにかけられた寸胴鍋を覗き込んだ。かりっと炒(いた)めたにんにくと刻んだ唐辛子、それに適度に脂ののった牛肉が真っ赤なスパイスをまとって鍋のなかに収まっている。

「頼子さん、にんにく……」

「今日のキャストは男性ばかりだから、少しくらい入れてもいいかなと思って」

「献立はなんですか」

「チリビーンズスープ」

頼子がガスのスイッチを捻った。鍋がじゅうじゅうと小気味のよい音を立て始める。頼子が葉を取りよけたセロリの束を指さした。

「七菜ちゃん、セロリの筋を取って。それから一センチ角に刻んでくれる？　それが終わったら玉ねぎ。できるだけ同じ大きさに切ってね」

「はい」

七菜の横で、頼子はピーマンを刻み始めた。相変わらずスピーディでテンポがよい。時おり長い木べらで鍋を掻き回しては、こまめに火加減を調節している。

セロリを切り終わり、七菜は皮を剝いた玉ねぎに取りかかる。野菜をすべて刻み終えると、ピーマンだけを抜いて、頼子はセロリと玉ねぎを鍋に投入した。火を強め、全体をぐるっと回すように炒め合わせる。

「ピーマン、入れないんですか」

不思議に思って尋ねると、

「火を通しすぎるとピーマンは色が悪くなるし、歯ごたえもなくなっちゃうからね。最後に入れるのよ」

明快な返事が返ってきた。つづけて頼子は目で調理用に持ち込まれた長机を指し示す。

「七菜ちゃん、チリパウダーの袋取って」

「はい」

業務用の大袋を頼子に手渡す。長机の上にはほかに大小合わせて二十個ほどの缶詰と、オレガノ、バジルの袋が置いてあった。

チリパウダーを受け取った頼子は、袋の口を開け、中身をざっと鍋に回し入れた。焦げつかないようにだろう、木べらをせわしく前後左右に動かす。

「もう入ってますよね、チリパウダー」

「さっきのは味を素材に沁み込ませるためのもの。いま入れたぶんは香りとコクを出すため」

「これは最後じゃないんですか」

「スパイスは炒めたほうが香りが立つの。チリだけじゃなく、カレーや麻婆豆腐なんかも炒めてから使うといいわよ」

なるほど、ピーマンは炒めすぎない、逆にスパイスはしっかり炒めるのか。七菜は感心して頷いた。

頼子がいったんガスの火を消した。長机に並べた十缶ほどのトマトの水煮缶を木べらで指す。

「蓋開けてどんどん渡してくれる？」

「これ全部ですか？」

「そう」

開けたそばから頼子に手渡すと、勢いをつけてトマトの水煮を鍋に放り込んでいく。トマトをすべて入れ終えると、ふたたびガスの火をつけた。木べらで掻き回さずに強火で一気に加熱する。

「焦げちゃいませんか」

心配になって尋ねると、鍋を睨んだまま頼子がこたえる。

「沸騰する直前まではだいじょうぶ。こうやって火を入れるとトマトの赤が鮮やかになるのよ」

またまた知らなかった事実だ。いったいどうやって頼子はこんな知識を身につけたのだろう。

トマトがふつふつと煮立ち始める。ようやく頼子は木べらを動かし始めた。

「次はマッシュルーム缶。あ、缶の汁は捨てないでね。鍋に入れるから」

「え、なんで」

「いいお出汁が出るのよ」

頼子は渡されたマッシュルーム缶を、これまた景気よく鍋に入れていく。マッシュルームの次は大豆の水煮缶。これはしっかり水を切るように言われた。トマトの残り缶に張った水を入れ、コンソメとローリエを加える。火を中火に落とし、おたまで浮いてきたあくを掬う。掬い終えるとさらに火を弱め、鍋に蓋をした。満足げに頼子が頷く。

「あとは野菜が柔らかく煮えるのを待つだけ」

「え、バジルとオレガノは？」

「これはピーマンと一緒に最後に。沈まず、表面に浮くようにね」

よっこらしょ。声を上げて椅子に座ってから、頼子が苦笑した。

「やあね。おばさんみたい。というかおばさんだけどね」

「頼子さんはおばさんじゃないですよ。永遠のお姉さんです」

お追従（ついしょう）でもなんでもなく、本心から七菜は言う。頼子がかすかにほほ笑んだ。この二日間の騒動で疲れているのだろうか、目の下にうっすら隈が浮き、肌も少し荒れている。

あたしのせいだ。隣の椅子に腰かけながら七菜は思う。あたしがいっぱい心配かけちゃったから、頼子さん、疲れて——

　謝ろうと向き直ったとき、長机に置いた頼子のスマホが震えだした。すかさず頼子が手を伸ばし、タップする。

「はい……あ、はい……はい、はい」

　こたえながら、ちらりと七菜を見た。数度、相づちを打ってから七菜にスマホを差しだす。

「岩見さんからよ」

　受け取り、耳にあてる。

「代わりました、時崎です」

「上条先生に連絡ついたぞ」

　挨拶もなにもなく、耕平が用件を切りだした。どくんと七菜の心臓が跳ねる。

「あ、はい。それで」

「会ってくださるそうだ。明後日三時に赤坂の先生の事務所。時崎ひとりで来いと先生のご指名だ」

「え？　あ、あたしひとりですか」

「ああ。おれも行くと言ったんだが」

「あたしなんかがひとりで伺っていいんでしょうか」

　不安が声に滲みでてしまう。ピーマンを鍋に入れていた頼子が、目だけでこちらを見た。

「先方がそう言うんだから仕方ねぇだろう。ずいぶん気に入られたようだな、え？　時崎」

「はあ……」

嬉しさ半分、心細さ半分で七菜はこたえる。

「とにかく誠心誠意、先生の説得に努めろ。ヘマすんじゃねぇぞ。明日にでもライター入れて具体的な打ち合わせをしよう。また板倉に連絡する。じゃあな」

言うだけ言って電話は切れた。大きく息をついてから、七菜はスマホを長机に戻す。

「ひとりで行くの、七菜ちゃんが」

おたまで全体を掻き回しながら頼子が問う。

「……はい。正直、気が重いです」

真っ赤なスープに目を落として七菜はこたえる。

「いいじゃない。それだけ先生の信頼が厚いってことよ」

七菜は無言で俯いた。先生の気持ちは嬉しいし、なによりありがたい。頭ではわかっている。わかってはいるのだが。

「しっかりしなさい。失敗を挽回する絶好のチャンスじゃないの」

頼子がすっと視線を七菜に投げる。プラスチックのカップを取り、ひと混ぜしたチリビーンズスープを半分ほどよそう。

「できた。味見してみて」

スプーンとともに差しだされたカップを受け取る。表面に浮いたバジルとオレガノの香りが鼻腔をくすぐる。赤いスープにピーマンの緑が鮮やかだ。

「いただきます」

七菜はスプーンで掬ったスープに息を吹きかけてから、口に含んだ。トマトの甘みと酸味に、チリパウダーの辛味が絶妙に絡む。大豆は舌でつぶせるほど柔らかい。朝からほとんどなにも食べていない胃に、スープの温かさが沁みわたる。ほどよい辛さとあいまって、食べればたべるほど食欲がわいてくる。口にしてすぐには感じなかった辛さが、あとから追いかけて来、額にぷつぷつと汗が浮いてきた。

「美味しいです。この辛さがちょうどいいアクセントになってて」

すべて平らげ、頼子に告げる。

「どう？　少しは頭がしゃっきりした？」

「はい」

「よかった。気持ちを切り替えるのに、スパイスはとても役立つからね」

頼子が顔じゅうに笑みを浮かべる。

ようやく七菜は気づく。誰のためでもない、じぶんのために、今日頼子はこのスープを作ってくれたのだと。

残りもの洋風鍋焼きスパゲティ

上条朱音の事務所は、赤坂の駅を出て広い通りを進み、細い路地を右に曲がった閑静な住宅街のなかにあった。

全面が真っ白なタイルで覆われた九階建ての瀟洒なマンション。その八階と九階のペントハウスが朱音の事務所兼自宅だ。凝った造りの重厚なドアを押し開け、七菜はエントランスに入る。ぴかぴかに磨かれた壁にじぶんのすがたが映った。強張った頰、眉間にはかすかな皺が寄っている。

落ち着け。笑顔だ。

七菜は眉間に指をあててほぐし、無理やり口角を上げてみる。かなり引き攣ってはいるものの、なんとか笑顔らしきものが壁に映った。

右手に提げた紙袋の皺を伸ばす。手土産は朱音の大好物と聞いている神楽坂の和菓子屋でもとめた最中(もなか)だ。鞄に昨日深夜までかかってまとめた変更案が入っているのを確かめてから、七菜はインターフォンに「８０１」と打ち込んだ。チャイムが鳴る。だが返事はない。

おかしいな、時間間違えたかな。焦って腕時計に目を落とすが、針は三時ちょうどを差している。

七菜は再度、チャイムを押した。

「……はい」

ややあってから、低くてか細い男性の声がスピーカーから聞こえてきた。

誰だろう。秘書かアシスタントだろうか。呼吸を整え、七菜はインターフォンに呼びかける。

「お世話になっております。アッシュの時崎と申しますが」

数秒ほど間が空いたあと、先ほどの声がこたえる。

「……ええと上条に御用でしょうか」

「あ、はい、三時のお約束で」

「そうでしたか……どうぞお入りください」

ガラスの扉が静かに開く。磨き抜かれた大理石の外廊下を通り、突き当たりのエレベーターに乗り込む。八階のボタンを押すと、ゆっくりとエレベーターが上昇を始める。階数表示が上がっていくにつれて、七菜の心拍数も増してゆく。

だいじょうぶ、あたしは上条先生に気に入られてるんだから。

七菜は、先日ロケ現場でじぶんに向けられた朱音の笑顔を思いだす。大げさすぎるほどの賛辞を思いだす。

だいじょうぶだいじょうぶだいじょうぶ。

呪文のようにこころのなかで繰り返した。

８０１号室は、エレベーターを降りて左の角部屋だった。仰々しい書体で「オフィス　上条」と刻まれた赤い金属プレート、そしてその下に簡素な文字で「ＮＰＯ法人　ウィズ・キッズ」と書かれた銀色のプレートが張られている。

「ウィズ・キッズ」？　どこかで聞いた名前だ。

一瞬考えたのち、そうだ、朱音が理事として関わっているこども塾の運営母体だと思いだす。どうやらこの部屋には、朱音と「ウィズ・キッズ」、ふたつの事務所が入っているらしい。

大きく息を吐きだしてから、ドアのベルを押す。チャイムが鳴り終えてしばしあってからドアが開き、痩せて背の高い男性が顔を覗かせた。やや長めの黒髪に、緩いパーマをかけている。特徴的なわし鼻と厚いくちびるが朱音にそっくりだ。

もしかして。七菜は気づく。上条先生の息子さんだろうか。そういえばＮＰＯ法人の理事長をしているとどこかで聞いたな。

だが似ているのは鼻と口もとだけで、やや垂れ気味の細い目、その目を縁取るまばらなまつ毛や、尖った顎、うりざね型の輪郭は朱音とはまったく似ていない。なにより発する雰囲気が全然違う。周囲を威圧するような空気はまるでなく、どちらかというと女性的で繊細な印象だ。

男性が、七菜と目を合わせないまま軽く頭を下げた。

「すみません。上条はいま留守にしておりまして。すぐに戻ると思いますが」

耳を澄まさないと聞き取れないくらいの小さな声。あわてて七菜は会釈を返す。

「そうでしたか」

「……ここじゃなんですから。どうぞお上がりください」

男性が俯いたままドアを広げる。

「ありがとうございます。おことばに甘えて失礼させていただきます」

礼を言ってからドアをくぐり、なかに入る。広い玄関ホール、ここだけで七菜の部屋のリビングより広そうだ。天井からは豪奢なシャンデリアが下がり、板張りの床がその光を反射して輝いている。

「上条が戻るまで、こちらの部屋でお待ちください」

向かって左手の部屋を指すと、男性は早足で奥へ引っ込んでゆく。ふたたび礼を言い、七菜は示された部屋に入った。

十五畳ほどの洋室、おそらく「ウィズ・キッズ」の事務局なのだろう、あちこちに書類や教育系の雑誌が詰まった段ボール箱が置かれている。玄関ホールに比べると質素でモダンな設えの部屋。特に特徴のない部屋のなかで、金属製の額縁に収められた油絵が数枚、異彩を放つように飾られていた。

面白い絵だな。七菜は壁に近づいてゆく。

基本的なテーマは、街や風景らしい。日本の下町や、中国の繁華街、ヨーロッパのどこかと思われる漁村、ニューヨークの高層ビル群。

だがそれらは写実的というよりも、画家の心象風景を重ねて描かれたもののように思われる。奇妙に歪み、あるいは渦を巻く風景。街がさらに別の街へと繋がり、捻れていくような不思議な感覚。しかもタッチがまた独特だ。スノッブというか猥雑（わいざつ）というか、ちょっと古い漫画を思いださせる画風だった。

ノックの音とともにドアが開く。絵画に見入っていた七菜はあわてて振り向いた。湯気の立つコーヒーカップを載せたお盆を手に、先ほどの男性がそっと入ってくる。

「面白い絵ですね。もしかしてご自身で描かれたんですか？」

七菜が問うと、カップをテーブルに移しながら男性が頷いた。

「はい、まあ……どうぞ、おかけください」

男性に促されて、七菜は壁際から離れた。いったんデスクに寄った男性が、銀色のケースから名刺を一枚引き抜き、七菜に手渡す。

「はじめまして。上条聖人（まさと）です。いつも母がお世話になっております」

やはり朱音の息子だったのか。両手で名刺を受け取りながら七菜は納得する。腰を折って、七菜もじぶんの名刺を差しだした。

「はじめまして。こちらこそお世話になっております。ドラマ制作会社アッシュの時崎七菜と申します」

「時崎さん……ああ、あの」

「え、わたしをご存じなんですか」

驚いて首を傾（かし）げると、名刺を見ながら聖人が小さく頷いた。

「母が言っていました。『今度の現場にはとても気のつくＡＰさんがいる』って」

「いえ、わたしはなにも」

手を振り、否定しながらも、七菜のこころに喜びと安心感が広がってゆく。ほんとうに先生はあたしを買ってくれているんだ。息子である聖人に話すくらいだもの。

聖人が七菜の対面に腰かけた。七菜もようやく腰を下ろす。聖人は、やはり七菜の顔を見ないまま、ひたすらコーヒーカップを揺らせている。

ひょっとして人付き合いが苦手なのかも。気まずそうにカップを覗き込む聖人を見ながら七菜は思う。

「お仕事の邪魔をして申し訳ありません」

「いえ……大したことはしていませんから」

「でも『半熟たまご』、何度も拝読しましたが、とても大変そうなお仕事で」

「ああ……まあ、あれはあくまでもフィクションですから」

聖人の口角がわずかに歪む。謙遜、というよりどこか自嘲の響きが感じ取れた。

「素晴らしいお仕事だと思います。学習が困難な子どもをボランティアで教えるなんて」

無言のまま、聖人がコーヒーを啜った。つられて七菜も口に含む。手間をかけて淹れた、丁寧な味がした。

「……撮影は順調に進んでいますか」

押しだすように聖人がことばを発する。一瞬返答に詰まったが、すぐに七菜は明るい声を出した。

「はい、おかげさまで」

「……ドラマの制作なんて、ぼくはまったくわからないんですが、それこそ大変なのではありませんか」

「そうですね。残業も多いし、他人からはよく『ブラックじゃないか』なんて言われますけども……でも、すごくやりがいのある仕事ですから」

「やりがい……」

初めて聖人がちらりと七菜を見上げた。だがすぐに視線を逸らし、

「……やりがいって、どんな？」

聞き取りにくい声で問うてくる。

「そうですねぇ……」

七菜も視線を落とし、しばし考え込む。

「モノを作る楽しさというか……なにもなかったところから、ひとつの物語が生まれる。その瞬間に立ち会える喜びや感動……あと、完成した作品が視聴者に届いたときでしょうか。じぶんが関わったドラマを見て、ほんの少しでも誰かのこころを動かすことができた、そう感じたとき、幸せだなって思います。それまでの苦労も吹っ飛びます」

聖人が小さく、けれどもしっかりと頷いた。

「……わかります、よく」

「あ、もちろんまったくのゼロではありません。上条先生の原作があってこそ、ですから」

「いいんですよ、気を遣わなくて」

それだけ言い、ふたたび口を閉ざす。話の接ぎ穂に困り、七菜は部屋を見回した。壁に掛けられた印象的な油絵の数々が目に飛び込んでくる。

「あの、絵はどこかで学ばれたんですか」

「いいえ。まったくの独学で」

「え。独学でここまで」七菜は純粋に驚く。「すごいですね。てっきり芸術方面の教育を受けてらしたのかと」

「……できれば、そうしたかったんですけども……」

そこで聖人は口をつぐんだ。話のつづきを待ったが、それ以上のことばは出てこなかった。外はよく晴れているのに、部屋のなかは薄暗く感じる。

「じゃあ絵はご趣味で？」

あえて明るい口調で七菜は尋ねる。聖人の肩がぴくりと震える。ゆっくりと面を上げ、聖人が七菜を正面から見る。表情の乏しい顔に、一瞬、苦しげな影が差した。なにか言おうとして口を開き――だが思い直したようにつぐんで俯いた。

「……ええ。趣味、です」

聞いてはいけないことを聞いてしまったんだろうか。話を変えよう。不安になった七菜が必死に考えをめぐらせていると、玄関のほうから、がちゃり、鍵の回る音が聞こえてきた。

「母が帰ってきたようです」

ほっとしたように聖人が言い、立ち上がる。七菜も救われた思いで、ソファから腰を上げた。

「おかえり、母さん」

「ただいま。なんだか暑いわね、この部屋」

朱音の甲高い声が響く。聖人がからだをずらし、背後の七菜を手で指し示す。

「お客さん、見えてるよ」

「客？　……ああ」

朱音が、例の、目じりの上がったアーモンド形の瞳でまっすぐに七菜を見つめる。七菜は背すじをぴんと伸ばし、それから深々と頭を下げた。

「上条先生、本日はお忙しいところお時間頂戴しましてほんとうにありがとうございます」

「時崎さん、ね。よく来たわね」

朱音が、一音いちおん区切るようにゆっくりとこたえる。

「あのこれ、つまらないものですが」

もう一度お辞儀をしてから、七菜は持参した紙袋を差しだした。朱音の右手が伸び——ばしっ。

次の瞬間、七菜の両手から勢いよく紙袋を叩き落とした。紙袋が床に落ちる。はずみで袋が破け、なかの菓子箱が床に転がった。七菜はぼう然とその光景を見つめる。後ろで聖人が息を呑む気配がした。

「……よくもまあ、のこのこと来られたものだわね、あんた」朱音の巨大な目がぎらぎらと輝く。

「恥知らずっていうのはまさにあんたのことね」

射すくめるような鋭い朱音の視線。頬は真っ赤に紅潮し、太い眉毛はこれでもかと吊り上がっている。

「あ、あの先生、い、いったいこれは」

あまりの驚きで舌が縺れる。朱音はそんな七菜を見下すように両腕を組み、ホールに仁王立ちしている。

「――あんた、こないだ言ったわよね。コートはこれでだいじょうぶですって。だから安心して大事なパーティに着て出かけたら……」いったんことばを切り、七菜の全身を睨めつける。

「残ってたわよ、シミがしっかりと！　おかげでどれだけ恥ずかしい思いをしたか！」

「え？」

朱音の大声に、空気がびりびりと震える。七菜は必死であの日の出来事を思いだす。確かに言った、応急処置はできました、と。けれどつづけて念を押したはずだ。

勇気を振り絞って七菜はこたえる。

「で、でも先生、お帰りになられたら必ずクリーニングにお出しくださいと確か」

「聞いてないわ、そんなこと！」

「いえ、申し上げました、これはあくまで応急処置なのでと」

「あたしに口ごたえする気!?」

朱音の喚き声が耳をつんざく。迫力に気圧され、七菜はじりじりとあとじさった。代わって聖人がほんのわずか、前に出る。

「ちょっと落ち着きなよ、母さん」

「まあちゃんは黙っていなさい！」

一喝され、聖人が黙り込む。顎をしゃくってドアを示した。

「あんたの顔なんか見たくもないわ。とっとと出てってよ！」

七菜の膝が震える。額にじんわりと汗が浮いてくる。心臓が胸のなかで跳ね回る。一刻も早くこの場を離れたかった。けれどもここで逃げたらすべてが台無しになってしまう。七菜はありったけの勇気を掻き集め、朱音に訴える。

「先生。今日わたしが伺ったのはお願いがありまして」

「お願い？」

「事情がありまして、シナリオの後半を改変させていただけないかと。あ、あの、改変後のプロットをお持ちしました」

鞄をまさぐり、茶封筒を引っ張りだす。朱音が、ふん、と鼻で笑った。

「そんなこと許すはずがないじゃないの。そうよ、だいたいねえ……」

腕を組んだまま朱音が一歩近づいてくる。

「原作も引き上げるわ。そもそもあんたの会社なんかに大事な小説を任せたのがいけなかったんだわ。原作は引き上げ。ドラマ制作はなかったことにする」

原作引き上げ。ドラマ制作はなし。

朱音のことばが頭のなかでくるくる回る。だが回るだけで、一向に意味を成さない。

「せ、先生、あの……それはどういう」

「どうもこうもないわ。文字通りの意味よ。わかったらさっさと行って！　さあ早く！」

朱音が七菜の腕を摑んだ。長く伸ばした爪が食い込む。思いのほか強いちからで、七菜はホールを引きずられていく。

「先生、せめてこれを」

必死で茶封筒を朱音に押しつける。

「こんなもの……」

茶封筒をびりびりと引き裂くや、丸めて七菜の顔めがけ投げつけてきた。

「母さん！」

聖人の悲鳴が響く。

「黙ってなさいと言ったでしょ！」

言いざま、七菜を三和土に突き飛ばした。はずみでよろけ、七菜は三和土で尻もちをついた。

「と、時崎さん」

駆け寄ろうとした聖人を、ぐいと朱音が引き留める。

「出ていけ、早く！」

七菜の頭上を怒号が嵐のように通り過ぎてゆく。壁に手をつき、なんとか立ち上がる。ヒールに足を突っ込み、よろけながらノブに手をかけ、ドアを開けた。さっと冷たい風が吹き込んでくる。なかば無意識に七菜は外へ出る。ぎくしゃくとした動きで、七菜は後ろを振り返った。

底深く、暗い光を放つ朱音の目。その横でくしゃりと歪む聖人の顔――残像を残し、ドアがぴったりと閉まった。

「――まさか、鳩のフンひとつでそんなことになるとはなぁ」

長テーブルの上に肘をつき両手を組んだ耕平が、ため息とともにつぶやいた。

「……申し訳、ありません」

それだけをやっとの思いで言うと、じぶんの膝に視線を落とした。少しでも気を抜いたら涙が溢れでてきてしまいそうで、七菜は歯を食いしばる。

深夜十一時、アッシュの会議室。撮影を終えて戻ってきた頼子と李生が同じテーブルを囲んで座っている。大基のすがたはない。まだ社員ではない大基にこの件を知らせるべきではないと頼子が判断したからだ。

耕平も含め、みな一様に疲れきった顔をしていた。部屋の隅の蛍光灯が切れかかり、不規則な点滅を繰り返す。

「今回ばかりは七菜ちゃんのせいじゃないわ」

頼子が励ますように言う。隣で李生も小さく頷いた。耕平が目を閉じ、眉間を揉んだ。

「とはいえ、なんとか先生の怒りを収めないと。このままじゃあ……」

じじ、じじじ。蛍光灯が耳障りな音を立てる。

「……板倉。このあとのスケジュールは？」

「明日はロケがあります。明後日は撮休日でそれからはしばらく休みなしですね」

背後のホワイトボードに張られた日程表を見ながら頼子がこたえる。

「どうして……どうしてこんなことになっちゃったんでしょう。あのとき確かに先生に『クリーニングに』って言いましたし、先生だって……『わかった、ありがとう』って……」

食いしばった歯のあいだから七菜はことばを押しだす。今日、何度も繰り返してきた思いだった。

「……忘れちゃったんじゃないすか」

ぼそりと李生がつぶやく。

「そんなことって」

「あの先生ならありそうじゃないすか」

「パワハラじゃない、それって」

「やめろ、その話は。いまさら蒸し返してもどうにもならねぇだろ」

耕平が割って入る。

「そうね。いますべきことは、このあとどうしたらいいか、それを考えることだわ」

頼子のことばに七菜はくちびるを嚙んだ。わかっている。頭ではよくわかっている。けれどもどうしても釈然としない気持ちが噴きだしてしまう。

「……五日、いや無理だな。もって三日、ってところか。原作引き上げの件を伏せて撮影をつづけられるのは。それ以上過ぎれば、絶対にどっかから話が漏れる」

耕平ががりがりと頭を掻いた。

「ですね。わたしもそれが限界だと思います」

頼子が頷いた。耕平が前に座る三人の顔を順に見る。

「板倉と佐野はとにかくいつも通り撮影をつづけろ。時崎は、先生を説得することを最優先に動け。もちろんおれも全力を尽くす」

「はい」

「わかりました」

頼子と李生の声が重なる。

「いいな、時崎」

「……はい」

七菜はふたたび俯いて膝こぞうを見つめる。

「まず今夜中におれから先生に詫びのメールを入れる。時崎、明日はとりあえずロケに行け。電話で指示する」

「……はい」

「よし。じゃあ今日はここまで。お疲れさん」

耕平が首を左右に曲げた。ぼきぼきと威勢のいい音が響く。

「お疲れさまでした。さ、帰りましょ七菜ちゃん」

頼子に促され、七菜はゆっくりと立ち上がる。見慣れた会議室が、どこか違う場所、違う国の風景のように感じられた。一瞬、目の前が真っ暗になる。足が縺れ、からだが大きく揺れた。

「だいじょぶっすか」

背後から伸びてきた李生の腕が、しっかりと七菜の肩を摑んだ。

「……ありがとう、だいじょうぶ」

七菜は無理やり笑みを浮かべ、李生の顔を見た。李生の切れ長の目に強い光が宿っている。

「……がんばりましょう」

「……うん」

李生の目を見つめたまま、頷いた。李生が軽く顎を引く。

そうだ、がんばろう。チームみんなのために、なによりこのドラマを完成させるために。

ドア口で待つ頼子に向かって、七菜は一歩、踏みだした。


「はい、シーン3、OK！」

カチンコが鳴り、矢口監督のきびきびした声が響く。

助監督が復唱し、カメラマンの田村や照明の諸星が、ふっと肩のちからを抜いた。

「シーン3、OKです！」

今日の撮影は、定休日のスーパーを借りて行われている。主役のあすかと一輝がカメラ位置の野菜売り場を離れ、休憩用のディレクターズチェアに引き上げてゆく。次のシーンを撮るため、矢口監督が田村と諸星を呼んで打ち合わせを始めた。現場に和やかな空気が流れる。談笑するスタッフ、ほっとした顔のエキストラたち。活気溢れる現場にあって、七菜はひとり、みなから少し離れた場所に立ち、ぼうっとした顔で周囲を見るともなく見ていた。

昼休憩の終わった午後二時。残るシーンはあと四つだ。今日はずっとこのスーパーでの撮影なので、たぶん大きな遅れもなく、スケジュール通り夕方には終わるだろう。

七菜はポケットからスマホを取りだし、着信がないか確認する。ディスプレイ上、緑の受話器アイコンにはなんの変化もなし。朝からずっと耕平からの連絡を待っているのだが、まだなにもかかってこない。

横を通りかかった李生が、ちらりと心配そうな視線を投げて寄越した。七菜が首を横に振ると、軽く頷いて音声マイクのほうへ走ってゆく。

昨夜出したはずのメールに返事はあったのか。朱音の怒りは収まっただろうか。それともまだメールを読んでもいないとか。考えれば考えるほど不安と焦りが増してゆく。考えても仕方ないと思いながらも、つい同じことばかりを考えてしまう。

「時崎さん、時崎さん！」

耳もとで名を呼ばれ、七菜ははっと我に返る。

パーカーのポケットに両手を突っ込んだ大基が呑気そうな顔でこっちを見ていた。

「ごめん。なに」

「小岩井さんが呼んでますよ、ほら」

大基が指をさす。チェアに腰かけたあすかが、手招いているのが見えた。

「あ……ごめん、ありがとう」

「どしたんすか、朝からぼーっとして。また二日酔いすかぁ」

無神経な大基のもの言いを聞いても、なんの感情も浮かばなかった。

「なんでもないよ」

平静を装ってこたえ、七菜は小走りであすかのもとへ急ぐ。

「すみません、なんでしょうか」

「悪いけどこれ、愛理さんに返しといてくれる？」

あすかがハンドクリームのチューブを七菜に差しだした。

「あ、はい」

「あ、待って、時崎さん」歩きだそうとした七菜をあすかが呼び止める。

「ね、ね。岡本くんて、いつごろからロケに来るの？」

岡本くん、と言われて、誰のことか思いだすのに数秒、要した。岡本翔輝。あすかの元恋人役にキャスティングされた若手の男優だ。

「あ、えと、まださきですかね。シナリオの改稿が終わってないので」

「そっかあ。改稿終わったら、すぐ読ませてね」

あすかが顔をほころばせる。

「はい、もちろん」

「なんかラッキー。岡本くんと共演できるなんて。ＮＧ猛者、来てくれてよかったかも」

「ちょっとあすかちゃん」

村本があわてたようすで、あすかの肩をつつく。あすかがおどけたように瞳をくるりと回した。無言で頭を下げると、七菜はレジの前に設けられたヘアメイクのブースに向かう。

後半の改変。ほんとうにできるのだろうか。いやそれどころか、このまま撮影がつづけられるのか——

またしても巨大な不安が頭をもたげる。不安を振り払おうと首を大きく振った。

「愛理さん、これ小岩井さんから」

メイクボックスの整理をしている愛理にハンドクリームを手渡した。

「あ、ありがと。よかったね七菜ちゃん、あすかちゃん、すっかりご機嫌になって」

愛理が曇りのない笑顔を向けてくる。

「うん」

「ここだけの話だけどさぁ」

愛理がすっと七菜の耳もとに口を寄せた。

「あすかちゃん、岡本くんのこと、かなりお気に入りみたいよ。事務所も同じだしお互い独身だし、みんな大目に見てるらしいけど」

「そうなんだ」

「でも浮かれて変なこと、やらかさないで欲しいよねー。やだよ、スキャンダルで放映中止なんかになったら」

何気ない愛理のひと言が七菜の胸を抉る。顔が引き攣ってゆくのを七菜は感じる。そんな七菜を見て、愛理が不思議そうに首を傾げた。

「どしたの？　どっか具合でも悪いの」

「ううん、べつに」

「でも顔色が」

と、ポケットのスマホが振動し始めた。

「ごめんね、電話だ」

早口で愛理に告げ、ひとのいないレジの裏に回る。スマホには「岩見さん」と表示されていた。心臓が跳ねる。脈がどんどん速くなってゆく。

「はい、時崎です」

「いま、上条先生と電話で話した」

前置きもなにもなく耕平が切りだす。鼓動がさらに激しくなる。

「先生はなんて」

一拍の間。

「だめだ、すっかり感情的になってて。こっちの言うことにまったく耳を貸してくれない」

耕平の暗い声に、絶望感が広がってゆく。

「……そうですか」

「参ったよ、まったく。原作引き上げたら、あちらさんだって困ることになるのに……その理屈をわかろうとしないんだもんな」

スマホの向こうで、耕平が大きなため息をついた。

理屈が通らない。それはまさに昨日七菜が朱音に対して感じた思いだった。

「おい、聞いてるのか時崎」

「あ、はい」

「おれはこれから出版社の担当と直接話をしてくる。ドラマ化を見越して重版かけてるからな、版元だって先生の説得に手を貸してくれるだろうさ。じゃあ」

「あの、あたしもやれることをやってみます」

通話を切ろうとした耕平に、無我夢中で呼びかける。

「やるってなにを?」

「それは……まだ」

耕平が黙り込んだ。七菜を動かしたほうがいいのか悪いのか、判断に迷ったのだろう。ややあって耕平の声が聞こえてきた。

「……まあいい、好きなようにしろ。どっちみち……いまよりひどい状態になるってこたぁねえんだからな」

自嘲めいた笑いを残して通話が切れた。

スマホを握りしめたまま、七菜はその場に立ち尽くす。レジの向こうでは、すでに次のシーンのテストが始まっている。

なにができるだろう、あたしに。もう一度事務所に行くか。いや、きっと行っても追い返されるだけだろう。手紙を書く？　七菜の脳裏に、びりびりに引き裂かれた茶封筒が浮かぶ。じゃあどうしたら。先生に会って詫びるにはどうしたらいい？

スタッフが指示を飛ばし合う声が聞こえる。

動線を決めるために、キャストがいろいろな動きを試している。

とにかく先生の情報を集めよう。七菜はスマホのロックを解除し、検索アプリに「上条朱音」と打ち込み、タップする。画面が切り替わり、ウィキペディアを先頭にずらりと項目が並んだ。上から順にスクロールしていく。ページの最後に『上条朱音先生　サイン会のお知らせ』という文字を見つけ、七菜は急いでタップする。大手出版社のサイトに切り替わり、笑みを浮かべた朱音の写真とともに最新刊のサイン会概要が掲載されていた。七菜は夢中で文字を追う。

『二月十六日　十五時開始　三省堂書店神保町本店・一階特設会場にて　新刊「空の果て」お買い上げのお客さま　先着順百名様限定』

十五時、神保町。急げば間に合う！　頼子に断わりを入れてから、七菜はコートとバッグを引っ掴み、スーパーの出入り口目指して駆けだした。

地下鉄神保町駅から走りに走って三分。靖国通り沿いの交差点に建つ三省堂書店神保町本店ビルに、息を切らせながら七菜は飛び込んだ。特設会場は正面入り口に面した広いスペースで、すでに長い列ができている。ひとが多すぎて、朱音のすがたは見えない。

あわてて列に並んだ七菜に制服すがたの若い書店員が声をかけてきた。

「お客さま。列に並ぶのは書籍をお買い上げのあとになります」

「あ、すみません」

書店員に案内され、新刊『空の果て』が積まれた平台に向かう。すでに多くが買われたあとで、残りは十冊ほどだった。

一冊手に取り、レジに向かおうとして七菜は足を止める。一冊では少ないかもしれない。誠意を少しでも感じてもらうため、もっとたくさん買ったほうが。

平台に戻り、もう一冊摑む。いや待て、いっそ残りの本すべて買ってしまおうか。ぶ厚い単行本をすべて抱え上げる。いやいや待てまて。ここであたしが全部買っちゃったら、ほかのファンに行きわたらない。それではかえって朱音の怒りを買ってしまわないか。

迷いにまよったあげく、七菜は三冊を胸に抱え、レジに向かった。会計を済ませ、列に並ぼうとして、またもや迷いが兆す。

まだ残りの本があるということは、あたしの後ろに並ぶ客がいるということだ。関係者がファンよりさきにサインをもらうというのは失礼なのではないだろうか。七菜はサインを待つ列から離れ、じっと平台を見つめた。

「お客さま。列にお並びにならないのですか」

先ほどの書店員が不思議そうな顔で問うてくる。

「あの、最後尾につこうと思いまして。いけませんでしょうか?」

「いえ……そういうことでしたら」

やや不審げなまなざしを向けてから、書店員が一歩身を引いた。

そうこうしているうちに残りの数冊が売れてゆき、平台に『完売御礼』の札が立った。最後の客が列に並んだのを確認してからようやく七菜もサインを待つひとの群れに加わった。

列はゆっくりと進んでいく。それにつれて七菜の鼓動も高まってゆく。

あと数人、というところで初めてテーブルに座る朱音のすがたが目に入った。昨日七菜を叱り飛ばしたのと同じ人間とは思えぬ柔和な笑みを顔に湛え、ファン一人ひとりに優しく話しかけている。朱音の背後には背の高い男性書店員が立ち、左右には私服の男性と女性がひとりずつついている。おそらく出版社の担当者なのだろう。

どうか先生と無事に話せますように。七菜は祈るような思いで新刊書を抱きしめる。

七菜の前に並んだ客が、朱音と固い握手をしてから名残惜しそうに去ってゆく。とうとう七菜の番が来た。

「先生、この方で最後です」

私服の女性が朱音に囁く。頷く朱音の前に、七菜は『空の果て』を三冊、並べて置いた。

「まあ。三冊もお買い上げに？　嬉しいわ、ありがとう」

満面の笑みで朱音が顔を上げる。七菜と朱音の目が合う。とたん、笑顔は急速に消え、怒りに満ちた険しい表情が草原を焼く野火のように顔全体に広がってゆく。怒りの「熱」を全身に浴びながら、七菜は必死でことばを押しだす。

「先生、あの昨日は」

「――なにしに来たの、あんた」

冷たく硬い声。吊り上がった瞳は、七菜を射殺さんばかりの鋭い光を放っている。

「わ、わたしは、ただ、あの、お詫びをしようと」

「馬鹿なこと言ってんじゃないわよ！」

甲高い声で叫ぶと同時に朱音が立ち上がった。勢いで椅子が倒れ、耳障りな音を立てる。思わず七菜は一歩あとじさる。周囲に残っていた客がいっせいにこちらを見た。

「せ、先生」

「どうされました？」

担当者ふたりが、壁を作るように朱音の前に立つ。朱音が七菜に向かって指を突き立てた。

「いいこと？　二度とあたしの前にあらわれないで頂戴。もしまた近づいてきたら――」すっと目が細められる。「警察を呼ぶわ。脅しじゃないわよ、本気だからね」

言い放つや、身を翻して歩きだす。

「先生、こちらのお客さまにサインは」

追いすがった女性担当者が朱音に尋ねるが、

「必要ないわ。とっとと追いだして頂戴」

振り向くことすらせずに、朱音は歩いてゆく。女性担当者が急ぎ足であとを追う。居合わせた客や書店員が、そのようすをあっけに取られて見ている。

なにが起こったんだろう。なにがいけなかったんだろう。

木偶(でく)のように七菜はただひたすら立ち尽くす。

思考がたわみ、縺れ、切れぎれになってゆく。聞こえているはずの音が、見えているはずの風景が急速に遠のく。

「……あの。たいへん失礼ですが……」

男性の担当者が小声で話しかけてきた。

耳もとで囁かれたそのことばすらも、いまの七菜には、遠い。


どこをどう通って辿り着いたのか、まったく記憶にない。気づいたら七菜は自宅ドアの前に立っていた。機械的に鍵を出し、ドアを開ける。三和土には男物のスニーカー。奥のリビングからテレビの音が流れてくる。ああ拓ちゃん来てるんだ。頭の隅でぼんやり考える。

ふらつく足を踏みしめ、廊下を通ってリビングに入った。ここ数日、あまりにいろいろなことがあったせいで、部屋はいつも以上に荒れている。脱いだままの洋服が山を成し、床のあちこちにコンビニ弁当の殻やペットボトルが落ちている。しばらく掃除機をかけていないフローリングの床は、埃(ほこり)や髪の毛でべたつき、なんだかぜんたいに白っぽい。二月だというのに、キッチンからは生ごみの腐った臭いがした。

そんな部屋のなか、ソファに寝そべった拓が、ポテトチップスをぱりぱりとかじっている。七菜に気づいた拓が、首だけ曲げてこちらを見た。

「おかえり――」

言いかけた拓の顔が固まる。

「ど、どうしたの七菜ちゃん」

「……どうって」

七菜はその場にへたり込んだ。もう一歩も動けない。肩にかけたバッグを下ろすのさえ億劫だった。

「七菜ちゃん」

拓が駆け寄ってきた。両手が肩に置かれる。

「傷が痛むの？　それともほかがどこか」

「違う」

「じゃあどうしたんだよ、なにがあったんだよ」

拓が七菜の肩を揺さぶる。振動に合わせて首が前後にかくかくと動いた。床を見つめたまま、七菜はゆっくりと口を開く。退院した日から今日までのことをぽつぽつと語った。涙が出るかと思ったが、まるで他人に起こったことのように実感がわかない。なんの感情も浮かんではこない。

「……そんなことが……ひどすぎるね、その先生」

拓が苦々しげに眉根を寄せた。能天気なテレビの音だけが、ふたりの頭上を通り過ぎてゆく。両腕を組み、じっと空を見つめてなにごとか拓が考え込む。もはや七菜の思考は完全に停止している。まるで脳のすべてが干からび、萎びきってしまったようだ。

目の前に落ちていた髪の毛を七菜は摘む。まっすぐで硬いのがあたしの。細くてわずかにカールしているのが拓ちゃんの。あたし、拓ちゃん、拓ちゃん、あたし、あたし。いつの間にか片手いっぱいに抜け毛がたまっていた。

拓がリモコンを手に取り、テレビを消した。聞こえてくるのは外を通る車の音だけ。テーブルにリモコンを戻し、拓がゆっくりと七菜のほうへ首をめぐらせた。

「……仕事を辞めたらどうかな、七菜ちゃん」

拓がなにを言っているのか、瞬時には理解できなかった。七菜はそろそろと顔を上げる。

「……仕事を、辞める？」

拓が大きく頷いた。

「このままではからだも、それにこころも壊れてしまうよ」

「でも……あたしは今回のことを招いてしまった張本人で」

「それはそうだ。でもこれ以上、七菜ちゃんにできることがあるの？」

「あたしには責任が」

「責任を取るのは七菜ちゃんの仕事じゃない。最終的には管理職の仕事だ。それを七菜ちゃんに押しつけようとするならそれこそブラック企業だよ」

「そうは言っても」

「仕事をしていればいろんなことがあるさ。ぼくだっていろんなケースを見てきた。そのうえであえて言わせてもらうよ。仕事のためにじぶんを犠牲にしちゃいけない。仕事なんて結局金を稼ぐための手段でしかないんだから」

拓の最後のことばがこころに小さな引っ掻き傷を作る。

「拓ちゃんにとってはそうかもしれない。でもあたしはこの仕事が好きなの。やりがいを感じているの」

「仕事はあくまで仕事だよ。やりがいを求めるほうが間違ってるよ」

「やりがいを求めてなにが悪いの！」

叫んだ七菜をなだめるように拓が両手を広げた。

「やりがい、やりがいってよく七菜ちゃんは言うけどさ、それってたんに精神論でじぶんをごまかしてるだけじゃないの」

「そんな」

「いっときの感情に流されないほうがいい。人生は長いんだ、もっと大局的にものごとを見なきゃ」

「でも……」

七菜はくちびるを嚙みしめる。

「仕事を取ったら、あたしにはなにも残らないよ……」

「ぼくの奥さんになればいい」

七菜は驚いて拓を見る。いままで見たことがないくらい真剣な目をしていた。

「ずっと考えてた。言うタイミングを探してた。いまがそのときだと思った。結婚しよう、七菜ちゃん」

まっすぐな拓の視線を七菜は受け止めることができない。こたえるべきことばがすぐには見つからない。拓が落ち着いた声でつづける。

「七菜ちゃんはじゅうぶん闘った。やれることはすべてやった。それでいいじゃないか」

ほんとうにそうだろうか。七菜のこころが揺れる。

「生活費ならぼくが稼ぐ。貯えだってある。だから七菜ちゃん、無理して働く必要はないんだよ」

「でもあたし、拓ちゃんに養われる人生なんて嫌だ」

「わかってる、七菜ちゃんの気持ちは。一生、専業主婦でいろなんて言わない。落ち着いたらまた仕事に戻ればいい」

「落ち着いたらって、それいつの話？」

「それはだから……」

初めて拓の目が泳いだ。

「もしも子どもが生まれたら？　ある程度自立するまで、けっこう時間がかかるよ。そのあいだの面倒をみるのはあたしでしょ？　だとしたら落ち着くのなんていったいいつになるの」

「いやもちろんぼくも手伝うよ。家事だの育児だの」

拓のことばに全身が熱くなる。いままで抑えていた不満が一気に噴きだした。

「だって拓ちゃん、家事なんてしたことないじゃない！　食べたら食べっぱなし、掃除も洗濯も全部あたし任せで」

汚れきった部屋をぐるりと指してみせる。

「それに手伝うってなによ、その感覚がすでに間違ってるよ！　そもそも家事や育児は夫婦ふたりでやるもんでしょう⁉　どっちか一方だけが背負うもんじゃないでしょ！」

「けどぼくはフルタイムで働いてるんだよ！　限界があるのは仕方ないじゃないか！」

「じゃああたしはフルタイムで働いちゃいけないの⁉　パートタイムでドラマの制作なんてできないよ！　そんな中途半端な働きかた、あたしは嫌だ！　働くなら精いっぱい全力で働きたいの！」

いつの間にかふたりとも立ち上がり、わずかな間をおいて睨み合っていた。ふだんは穏やかなほほ笑みを浮かべている拓の顔が引き攣り、くちびるは真一文字にきつく結ばれている。握りしめた両の拳、関節が白く浮いて見えた。

お互いの視線が空中でぶつかり合う。ばちばちと爆ぜる音が聞こえてきそうな気がした。

さきに視線を外したのは拓だった。

「……勝手にすればいい。ぼくはもう知らない」

ひったくるように紺のボディバッグを掴むと、七菜の脇をすり抜け玄関に向かって歩いてゆく。廊下を踏みしめる音が響き、乱暴にドアが閉められた。勢いで部屋が揺れる。足音が遠のいてゆき――やがて、消えた。

膝がかくかくと揺れる。立っていられなくて、七菜はとすんと床にへたり込んだ。

泣きたかった。喚きたかった。からだを床に打ちつけ、転がり回って叫びたかった。

だが意思に反して、指の一本すら動かすことができない。

七菜はただぼう然と、拓のいた空間を見つめる。ピースの欠けたジグソーパズルのように、拓の輪郭だけが白く抜けて、見えた。


食欲がまったくわかない。水すら飲む気になれない。

ベッドの上で頭から毛布に包まり、ひたすらからだを丸めて七菜は翌日を過ごした。

明日は期限の日だ。どうにかしなくては。そうは思うものの、すべてが億劫で、起き上がることすらかなわなかった。

どうしようどうしようどうしたらいい。焦りと不安だけが募ってゆく。

明るかった窓の外がどんどん暗くなり始めた。部屋の空気が冷たくなる。いま何時なんだろう。壁の時計を見ようと毛布から顔を出したとき、部屋のチャイムが鳴った。

拓か。反射的に思ってから七菜はそんなはずはないと思い直す。拓なら合鍵を持っている。いままでチャイムを押したことはない。ならばセールスか勧誘か。いずれにしても出る気になれなかった。

もう一度鳴ってから、チャイムは止んだ。ほっとして毛布に潜り込もうとすると、今度はテーブルに置いてあるスマホが振動し始めた。七菜はベッドから手だけを伸ばしてスマホを摑む。ディスプレイに「頼子さん」の文字が浮かんでいる。

心臓が、とん、と跳ねる。なにかあったのだろうか。タップし、耳にあてた。

「はい時崎です」

「七菜ちゃん。いまどこ？」

頼子の、おっとりした声が響いてくる。

「あ、家ですけども」

「そう。じつはね、いま七菜ちゃんちの前にいるの。チャイム押したけど返事がなかったから」

居留守がばれてしまった。気まずさで頬が赤くなる。

「お邪魔していいかな。そんなに長くはいないから」

「あ……はい。あの、ちょっとだけ待っててくださいね」

スマホを切り、七菜はベッドから這いでる。洗面所に飛び込んで顔を洗い、歯をざっと磨いた。鏡に映ったすっぴん顔は、我ながらひどいものだと思ったけれど、寒いなか、頼子を待たせておくのは申し訳ない。ジャージの上下という部屋着のまま、七菜はドアを開けた。

「お待たせしました。どうぞ。すごい荒れてますけど部屋」

マフラーを何重にも首に巻き、長いダウンのコートを羽織った頼子がほほ笑む。寒さのせいだろうか、頼子の頰は血管が透けて見えるほど白く、目の縁とくちびるだけが異様に赤い。

「ごめんね、せっかくのお休みの日に」

「いえ……なにもしてませんでしたから」

部屋に招き入れ、リビングに通す。ごみや雑誌、洋服の山を隅に押しやって、なんとか頼子の座るスペースを作った。キッチンに入り、コーヒーのドリップの袋を破り、マグカップに据える。ケトルで沸かした湯をそそぐと、香ばしい香りが立ち込めた。

「どうぞ」

「ありがとう。いい香り」

頼子がカップに口をつけ、コーヒーを啜った。

「……あの、なんかあったんですか」

立ちのぼる湯気を見ながら七菜は問うた。

「ううん、べつになにも。ただ七菜ちゃん、どうしてるかなと思って」

安堵と不安が同時に押し寄せる。

「……明日ですよね。もう一日しかないのになにもできずにすみません」

「まだ、一日よ。一日あるのよ」

「でも……あたしにやれることなんて、もうなにも……」

俯いて、カップのふちを指でなぞった。

「ほんとうに、そうなのかな」

両手を後ろにつき、背を反らせるようにして頼子が天井を見上げる。

「七菜ちゃんにできること、ほんとうにもうないのかな」

「ないです。というより、あたしがなにかやればやるほど事態は悪化していくばかりで……」

語尾が震え、砂に沁み込んでゆく水のように消える。背を反らせた姿勢のまま、頼子が首をこちらに向けた。頼子の視線を感じる。感じるけれども受け止めることができない。

「うんしょ」

頼子が立ち上がった。

「七菜ちゃん。ちょっとキッチン、借りてもいい？」

「は？　あ、はい、構いませんけど」

「それじゃ遠慮なく」

頼子がキッチンへ足を踏み入れた。冷蔵庫を開け、中身を検めると、ついでカップ麺や缶詰の並んだカートを見、最後に鍋やフライパンがしまってある収納棚を確かめた。

「見事になにもないねぇ」

「すみません」

「謝ることじゃないけどね。まあ、いっか」

棚から、旅先で買って食べ、そのまま持ち帰った釜めしの釜を取りだす。冷蔵庫を漁って、干からびた玉ねぎと萎びた大根、半欠けのにんにく、そしてとっくに賞味期限の切れたベーコンをシンクの脇に並べた。

「頼子さん、なにを」

「いいからいいから。七菜ちゃんはそこで待ってて」

とんとんとととと。

包丁で野菜を刻む小気味のよい音がキッチンから響いてくる。ガスコンロに火がつけられ、野菜やベーコンの煮える温かい匂いが漂い始める。思えば一昨日から、食べものらしきものをなにも口に入れていなかったことを七菜は思いだす。

「コンソメ……ないか。麺類、麺類は……と……あ、これでいいや」

カートを探るがさがさという音とともに、頼子の独り言が聞こえてくる。

いったいなにを作る気だろう頼子さん。膝を抱え、カウンター越しにせわしなく動き回る頼子を見守る。

十五分ほど経ったろうか、鍋つかみの代わりに布巾で釜のふちを持った頼子がキッチンからあらわれた。

「七菜ちゃん、なにか鍋敷きの代わりになるものない？」

「あ、はい」

隅に寄せた服の山からタオル地のハンカチを引っ張りだしてテーブルに敷く。その上に頼子が釜をとん、と置いた。釜からは、くつくつと煮え立つ音がする。

「なんですか、これ」

「いいから。食べてたべて」

渡された布巾を手に、七菜はそっと蓋を取る。

ほわあ。トマトの酸いような甘いような匂いが七菜を包み込む。表面を覆ったスライスチーズがとろけ、鍋の具材を包み込んでいる。

「……いただきます」

両手を合わせてから、七菜は箸を鍋に差し入れる。チーズと絡み合った玉ねぎや大根、そしてスパゲティを七菜は口に含んだ。

「……美味しい」

塩気が適度に効いたトマトスープとチーズの相性がばつぐんだ。スープの旨みを吸った玉ねぎと大根が口のなかでほろほろと溶けてゆく。スパゲティを啜り込む。ちょっと柔らかいが、ちゃんと芯が残っていた。

「これって……」

「んー。あえて名づけるなら『洋風鍋焼きスパゲティ』かな。麺はうどんでも素麺でもいいのよ」

「頼子さんが発明したんですか？」

「発明ってほどじゃないわ。余りものを使って煮込むだけの料理だもの」

「大根ってトマトスープに合うんですね。意外」

「大根や玉ねぎは水から煮ると、いいお出汁が出るからね。トマト缶がなかったらコンソメ味でも、塩胡椒だけでもいけるわよ。スライスチーズがあってよかったわ。コクが出るし、なにより味がまろやかにまとまるでしょう？」

頷いて七菜は鍋を食べ進んでゆく。萎んだ風船に空気が入っていくように、ひと口ごとにこころが丸くなっていく。空っぽだった胃がじょじょに満たされてゆき、からだの内側からぽかぽかと温かくなってくる。箸を止めない七菜を、隣で頬杖をついた頼子が目を細めて見ている。スープを最後の一滴まで飲み干すと、七菜は箸を置いた。

「ごちそうさまでした」

自然とため息が漏れる。

「どう？　少しは落ち着いた？」

「……はい」

「あのね七菜ちゃん」

頼子が頬杖を解き、正面から七菜に向き直った。崩していた足を揃（そろ）えて、七菜は頼子と相対する。

「仕事って時には理不尽で残酷で、こころが折れそうになることってたくさんあるよね。でもね、そんなときこそ『どんな辛いときでも必ず明日は来る』っていう前向きな気持ちが大事なんじゃないかなあ」

「……『どんな辛いときでも必ず明日は来る』」

「そう。その気持ちを忘れないで。あとは食べること、眠ること、そして少しでも動くこと。この三つができていれば、人間、大概はだいじょうぶ。よく覚えておいて」

食べること、眠ること、そして動くこと。七菜はこころのなかで繰り返す。

「だから動くことをやめないで。『なにもできない』なんて思い込まないで。悪あがきでもいい、なにかやってみて。できるはずよ七菜ちゃんなら。だって――七転び八起きの七菜でしょう」

頼子がゆっくりと右手を伸ばし、七菜の手に重ねる。重ねた手のひらから、頼子の体温がじんわり伝わってくる。頼子の細くて長い指を見ながら七菜は小さく頷いた。

とんとん。軽く七菜の手の甲を叩いてから、頼子が手を離した。

「それじゃ、行くわね」

「え、もう？」

「このあと用事があるのよ」

よいしょ、声を出して立ち上がった頼子が、マフラーとコートを手早く身に着ける。

「頼子さん、ほんとにこれだけのために」

「いいのよ。ついでに寄っただけだから」

小ぶりなバッグを抱え、頼子が玄関に向かって歩きだした。あわててあとを追う。三和土でブーツを履く頼子の背に七菜は声をかける。

「あの、頼子さん」

「なに」

「……ありがとう、ございました」

迷ったすえ、そのひと言を押しだした。軽く頷いて頼子がドアを開ける。冷たい空気が部屋に流れ込んでくる。頼子が足を止め、振り向いた。

「現場で、待ってるわね」

リレーのバトンを渡すように言い、ドアの向こうへ消えた。頼子がいなくなってなお、渡されたことばが飛行機雲のように軌跡を残す。

現場で、待っている。現場で、待っていてくれるひとがいるんだ、あたしには。

七菜はぱちんと両手で頬を叩いた。とにかく動こう。頼子さんの言うように、家にじっとしていてはだめだ。

リビングに駆け戻り、七菜はジャージを脱ぎ捨てた。


日の暮れた街を七菜は歩く。空気は肌を刺すように冷たいけれど、縺れきった思考をしゃっきりさせてくれる。目的地は決めずに、ただひたすら歩いてゆく。

どうしたら朱音の怒りを解くことができるだろう。あたしにできることはなんなのだろう。

人混みをすり抜けながら、七菜は考えつづける。さまざまな思いが泡のように浮かんでは消える。


見覚えのある建物が目に入り、七菜は足を止めた。

クリーム色の壁、うねりをつけた屋根。よく通った早稲田松竹、単館系の映画館だった。いつの間にか中野から早稲田まで歩いてきてしまったらしい。

映画かぁ。もうずいぶん見てないや。

吸い寄せられるように窓口へ行き、なにがかかっているか確かめもせずにチケットを買い、場内に入った。ひとつしかないスクリーンはすでに上映が始まっており、七菜はなるたけ気配を殺して最後列の席に座った。銀幕の映像を追い始めてすぐに七菜は気づく。

『ライフ・イズ・ビューティフル』だ、これ。

二十年ほど前に公開されたイタリア映画。

ナチスドイツに迫害され、強制収容所に入れられた親子三人の物語。いたく感動した叔父に小学生のころDVDで見せられたっけ。そのときはどこがいいのか、いまひとつわからなかったけれど、上京したあとたまたま入った映画館で「再会」して、あまりの素晴らしさに終わったあとしばらく席を立てなかった。

懐かしさの混じった気持ちでスクリーンを眺めているうちに、やがて七菜はすべてを忘れ、映画の世界に没入してゆく。

ラスト近く、ドイツ兵に銃を突きつけられる父親のグイド。息子であるジョズエを怯えさせないよう、グイドはおどけたように振る舞うが、ドイツ兵によって銃殺されてしまう。砂埃とともにあらわれる連合軍の戦車に乗せられ、母と再会するジョズエ。最後の最後に映しだされる文字――『これが私の物語である』

気づくと、七菜は泣いていた。

エンドロールの流れる薄暗い映画館のなか、とめどなく流れる涙が七菜の頰を濡らす。

そう、この映画を観るたび、あたしは勇気をもらった。生きていくちからをもらった。明日を信じ、歩いていけと背中を押してもらった。この映画に出会えてよかった。この映画が生まれてきてくれて、ほんとうによかった――

そう感じた瞬間、七菜は心臓を太い杭で打ち抜かれたような衝撃を受ける。

この映画を観て、生きる希望をもらったひとはあたしだけではないはずだ。きっと世界じゅうで何万、いや何十万ものひとびとが涙し、出会えてよかったと思ったはずだ。

そしてそれは『半熟たまご』も同じではないのか。

あのドラマが完成し、無事放映されたとき、きっとこころを揺さぶられる視聴者がいるはずだ。我が身を重ねるひともいるだろう。いままで生きてきた世界が違って見えてくるひとだっているかもしれない。大切なのは『半熟たまご』が、この世に生まれでることなのだ。あたしがドラマに関わること、それは視聴者にとってどうでもいいことなんじゃないのか。『半熟たまご』を作りたい、その気持ちに嘘はない。けれどそれはあくまでも、あたしのエゴなのではないだろうか。

ほんとうに大事なことを見失ってはいけない。

じぶんの幸せと、ドラマの完成をごっちゃにしてはならない。

いまあたしが守り抜かなくてはならないもの、その原点に立ち返れ――

七菜のこころに、小さな灯が灯る。やがて灯は明るさを増し、淀んだ闇を消し去ってゆく。

エンドロールが終わり、客席が明るくなる。観客が次つぎ席を立つ。両足にちからを込めて七菜も立ち上がる。踏みだした一歩に、もう迷いはなかった。

いまにも雪がちらつきそうな厚い雲の下、七菜は朱音のマンションから道路一本隔てたビルの前で、気配を殺してたたずんでいる。まだ昼前というのにあたりは夕方のように薄暗い。

スマホを眺めるふりをしながら立つ七菜の前を、チワワを抱いた老婦人が横切る。なにごとかチワワに話しかけながら老婦人はマンションのガラス戸を引き開けた。七菜はビルから離れ、すばやく彼女の背後についた。オートロックに鍵を差し込んだ老婦人が、ちらりと七菜を見る。

怪しまれないよう、七菜は親しげな笑みを浮かべた。

居住者だと思ったのだろう、老婦人が笑みを返して来、鍵を回す。開いたドアを彼女につづいてくぐる。エレベーターで八階までのぼり「オフィス　上条」の前に立った。

どうか先生がいますように。

右手を心臓の上にあて、目を瞑って祈る。

不思議と緊張はしていなかった。不安も焦りもない。まるで凪いだ海のように、こころはどこまでも平らかだった。

チャイムを押す。ややあってから、朱音の低いひくい声がインターフォンから流れてくる。

「……警察を呼ぶって言ったはずよね、確か」

いた！　よかった！　七菜はインターフォンにぐっと顔を寄せる。

「ご無礼を承知で伺いました。これが最後です。お会いしてくださったら、もう二度と、一生先生の前にはあらわれません」

「帰って！　話すことなんかなにもないわ！」

「お願いします！　十分、いえ五分で構いません」

「警察を呼ぶわ」

「先生！」

かちり。通話の切れる音が廊下にこだまする。

やはり無理だったか。七菜はくちびるをきつく噛みしめる。どうしよう。このまま退散すべきだろうか。ほんとうに警察を呼ばれたら、ますます会社に迷惑をかけてしまう。七菜のこころに迷いが兆す。

でも、でもでも。これが最後の手段なのだ。じぶんにできることは、もうこれしか残っていないのだ。

覚悟を決め、再度チャイムに腕を伸ばす。と、ほぼ同時にドアが開いた。驚いて身を引く。ドアのすき間から、聖人の青白い顔が見えた。

「……上条さん」

「……お入りください。五分だけなら、と母が申しております」

「もしかして上条さんが先生を」

七菜と視線を合わせないまま、聖人がかすかに頷いた。

「ありがとうございます！」

「いいから、早く」

聖人に急かされ、七菜はドアをくぐった。広い玄関ホール、そのど真ん中に、両手を腰にあて、瞳を怒りで輝かせた朱音が立っていた。

顔を伏せたまま聖人がそっと七菜の脇を通り、朱音の背後に回る。朱音が、すうっ、鼻から息を吸い込んだ。

「――ほんとうにこれが最後よ」

真正面から七菜を見据えてくる。朱音の鋼のような視線を七菜はまっすぐに受け止める。背を正し、直立不動の姿勢で七菜は口を開いた。

「このたびはわたくしの不始末でご迷惑をおかけし、ほんとうに申し訳ありませんでした」

腰を深くふかく折る。

「しつこいわね。詫びならもう聞き飽きたわ。帰って」

七菜の頭上を、朱音の冷たい声が通り過ぎてゆく。七菜はゆっくりと顔を上げた。

「いえ、今日伺ったのはお詫びのためだけではありません。上条先生、わたくしは——」いったんことばを切り、乾いたくちびるをそっと舐めた。

「——わたくしはアッシュを辞めます。今後いっさい『半熟たまご』には関わりません。もちろんほかの制作会社にも勤務いたしません。ドラマの制作現場から永久に去ろうと思っております」

朱音のまぶたがぴくりと震えた。聖人の息を呑む気配が伝わってくる。朱音の目を見つめたまま七菜はつづける。

「『半熟たまご』は素晴らしいドラマです。先生の原作が優れていらっしゃることがもちろん最大の要因ですが、現場のスタッフもキャストもみなこの作品を愛し、全力を傾けて撮影に取り組んでおります。完成し、放映された暁には、きっと視聴者のこころをがっちり摑んで離さないでしょう。こんな魅力に充ちあふれた作品を、たったひとり、わたくしのせいでなかったことにはしたくないのです。だから先生、どうか撮影をつづけさせてください。『半熟たまご』を世に出させてください。この通りです、お願いいたします」

七菜は膝をつき、両手を揃えて額を三和土に擦りつけた。冷たく硬い石の感触が、脛から手から、そして額から伝わってくる。

沈黙が場を支配する。朱音の荒い呼吸だけが耳に届く。

「……辞めるって……本気ですか、時崎さん」

掠れた声で聖人が問う。

「はい。辞表も書いてまいりました」

「でも、前に言ってましたよね。『仕事にやりがいを感じている』って。『ほんの少しでも誰かのこころを動かすことができたら幸せだ』って」

「その通りです」

「それなのに」

「それだからこそ、なんです」

聖人が押し黙る。ややあって、細いが芯の通った声を発した。

「……母さん。ここまで言ってるんだ。許してあげたら、もう」

「まあちゃんは黙ってて」

「いや黙らない」

「まあちゃん」

朱音が驚いたように言う。かすかに顔を上げて七菜はふたりを見上げた。聖人の白い頬にわずかな赤みが差している。瞳にちからを込め、朱音をしっかりと見返していた。

「……部外者のぼくが口を出すべき問題ではないことくらいわかってる。でも……時崎さんの仕事にかける情熱をぼくは素晴らしいと思う。尊敬に値すると、思うよ」

朱音の眉間に深い皺が寄っていく。長いまつ毛が震える。ひとつ大きく息を吸ってから、聖人がつづける。

「その情熱を踏みにじってはいけない。熱意を無にしてはならない。わかるはずだよ、母さんなら。だって……時崎さんと同じ『ものを生み出すひと』じゃないか、母さんは……」

朱音に正対したまま、聖人がひと言ひとことを空に刻み込むように告げる。そんな聖人を、朱音がまばたきもせずに見つめている。思いもかけぬ展開に、七菜はついていくのが精いっぱいだ。

朱音が聖人から視線を外し、七菜に向き直った。あわてて顔を伏せる。

「……そこまでこの作品を愛しているのね」

「はい」

「だったらなぜ、辞めるなんて言えるの？」

伏せていても届くように、七菜は精いっぱい声を張る。

「わたしがいなくてもドラマは完成します。逆にわたしが関わることでドラマが中止になるなら、わたしは去ったほうがいい。ようやくわかったんです、ほんとうに大切なことはなんなのか、が」

「ほんとうに大切なこと？」

「大切なのはわたしの自己満足じゃない。『半熟たまご』が完成すること、その一点だということが――」

ふたたび沈黙が降りてくる。濃密で、呼吸すら憚(はばか)られるような、沈黙。

「……顔を上げなさい」

どれほどの時が経っただろうか。沈黙を破って、朱音が告げる。七菜は恐るおそる額を三和土から離した。心臓を射貫(いぬ)くような鋭い朱音の視線。

「……わかりました。あなたの熱意に免じて、原作の引き上げは撤回しましょう」

「母さん」

「ありがとうございます！」

「ただし！　ひとつだけ条件があります」

「条件？」

「――会社を辞めず、最後の最後までちからを尽くし『半熟たまご』を立派に完成させること。いいわね？」

朱音のことばがゆっくりとこころに沁みわたってゆく。七菜は無我夢中で頷いた。

硬い氷が溶けるように朱音の視線が緩む。

聖人のくちびるがわずかに開き、真っ白な歯が覗く。初めて見る、聖人の笑顔だった。

＃5 うまみたっぷりせんべい汁

朝の十時半、今日最初の撮影場所であるコンビニの前で、七菜はほかのスタッフに混じりモニタを眺めていた。

三月に入って数日、陽射しもだんだんと温かさを増してきた。吹く風にも、かすかではあるが花や樹々(きぎ)の芽吹く匂いが漂っている。

朱音による原作引き上げ騒動が落ち着いたあと、撮影は順調に進んでいる。後半の改変も滞りなく行われ、ロケ場所やスケジュールの変更も一段落したいま、チーム全体にのどかな雰囲気が広がっていた。

あの一件以来、朱音は本心から七菜を信頼してくれるようになったらしい。週に一度は朱音から心尽くしの差し入れが届くようになった。

禍(わざわい)転じて福となす。どうかこのまま無事後半の撮影が終わりますように。七菜は薄い霞(かすみ)のかかった青空を見上げる。

「シーン12、ＯＫ」

インカムから助監督の声が響く。モニタ上に、緊張を解いた一輝とエキストラの顔が映しだされる。だが例によってあすかの顔からは余裕が消えつつあった。そろそろお腹が不平を言いだしたのであろう。撮影が始まって一か月、さすがに七菜もタイミングを摑めるようになってきた。

　通行人を捌く李生に走り寄り「頼子さんの手伝いに行ってくるね」と囁く。李生が軽く頷いてみせた。

　現場を李生に任せ、七菜はロケの拠点である公民館に向かい、早足で歩きだした。とたん、スマホが振動し始める。ディスプレイに表示されているのは「実家」の二文字。頭を怪我して以来、週に一度は母から電話がかかってくるようになってしまった。たいてい撮影中で出るに出られず、それを言い訳に留守電に任せきりにしている。今日もこのまま放っておこうか。一瞬、その思いがよぎるが、いまはたまたま移動中だ。こういう機会でもない限り、話すことは難しいだろう。諦めて七菜はアイコンをタップする。

「七菜？　おはよう、起きとった？」

「起きてるもなにも仕事中だよ、なに、お母さん」

　つい苛々した声が出てしまう。

「あんた具合はどうなん」

「もう全然だいじょうぶ」

「そりゃあええことじゃ。ほんで、拓ちゃんはどうしよるん？」

　拓ちゃん。そのことばに、一気に気持ちが萎んでゆく。

　拓とはあの夜以来、いっさい連絡を取っていない。引き上げ騒動で気持ちにも時間にもまったく余裕がなかったことがいちばんの原因だ。けれどふとした瞬間に浮かんでくるのはいつも拓のことだった。

　このまま別れることになってしまうのだろうか。不安と後悔が頭をもたげるが、七菜にしても「間違ったことは言っていない」という意地がある。その意地が、歩み寄ろうとする気持ちに勝ってしまうのだった。

「ちょっと七菜」

「元気だよ。変わりない」

　つとめて平静にこたえる。ほんとうのことを話したら、あの母のことだ、広島から上京してきかねない。

　電話の向こうで、母がほっとしたように息をついた。

「そんならええけど」

「用事がないならもう切るよ」

「はいはい。あんた、いまは忙しいじゃろうけど、暇になったら拓ちゃん連れて一度こっちへ来んさいよ。父ちゃんも祖母（ばあ）ちゃんも楽しみにしとるんじゃけん」

「わかった。じゃあね」

「拓ちゃんにようよう言うとってね」

　満足そうに言い、母が電話を切った。

　さっきまで軽かった足が急に重く感じられる。スピードを緩め、考えかんがえ七菜は歩く。

確かに拓の言ったことには腹が立つ。あたしの気持ちを理解してくれない頑なな態度。でも――七菜のこころに迷いが兆す。

あたしは拓の気持ちを理解しようとしただろうか。少なくとも拓は真剣に考え、へこみきったあたしをなんとか助けようと結婚の話を持ちだしたのだ。それは純粋な厚意だったに違いない。

拓の顔が脳裏に浮かぶ。

食い入るように映画を観る横顔。感動で滲んだ涙を照れ笑いでごまかしながら目じりを拭うすがた。病室に飛び込んできたときの鬼気迫る表情――

七菜の足が止まる。その横をさまざまなひとびとが通り過ぎてゆく。

レジ袋を提げ、楽しげに会話する母親と女の子。

互いを支え合うようにゆっくりと足を運ぶ年老いた夫婦。

なにかいいことでもあったのか、スマホを見ながら歩く青年の口もとが嬉しげに緩んでいる。

どのひとの顔もようやく訪れた春の陽を浴びてかすかに上気し、浮き立っているように見える。

春が来たんだ。ものみな動きだす春が。

七菜は大きく息を吸い込み、手にしたスマホを見つめ直す。

とにかくもう一度会って、直接話をしよう。たとえ別れることになっても、気まずいまま終わるよりはずっといい。

もう一度深呼吸をしてから、七菜はＬＩＮＥのアイコンをタップする。

公民館の給湯室に入ると、こちらに背を向け、包丁を振るっている頼子のすがたが目に入った。

「すみません、遅くなって」

手早く手を洗い、七菜は頼子の手もとを覗き込む。軽快なリズムで人参(にんじん)を半月形に刻んでいるところだった。頼子の横には大量のごぼうがささがきにされ、水とともに大きなボウルに入っている。

「現場はだいじょうぶ？」

振り向いた頼子は口もとを白いマスクで覆っていた。ここ数日、頼子はひんぱんに咳き込んでいる。風邪ではないかと心配する七菜に「風邪じゃないわ。軽い喘息(ぜんそく)のようなものよ」と頼子はこたえ、いつも通りのスケジュールをこなしている。

「小岩井さんの顔が険しくなっています」

「そんなことだろうと思ったわ」

明るい口調で言うと、頼子が手で山と積まれた丸のままのキャベツを指した。

「ざっと洗ったら、ひと口大のざく切りにしてくれる？」

「はい」

ひと玉手に取り、流水で汚れを落とす。外側の葉を剝こうとすると頼子に止められた。

「捨てちゃだめよ。春キャベツは外側の葉がいちばん美味しくて栄養あるんだから」

「そうなんですか」

確かにしっかりと葉の巻いたキャベツは外側も瑞々(みずみず)しい緑色に輝いている。七菜はまな板にキャベツを載せ、体重をかけて菜切り包丁を芯にあてた。ざくり。いい音を立ててふたつに割れたキャベツは、真ん中までみっしり葉が詰まっている。

　キャベツを刻みながら、七菜はほかの具材に目を遣(や)った。

湯がいたばかりなのだろう、ほんのり湯気を立ちのぼらせたしらたきが、ざるにこんもり盛られている。べつのざるには椎茸(しいたけ)と舞茸(まいたけ)、さらにぷぅんと香気を放つねぎの白い肌がつややかに光っている。パックに入っているのはどうやら鶏(とり)のもも肉らしい。

「今日はけんちん汁ですか？」

　ごほっと咳き込んでから頼子が首を振った。

「違うわ。せんべい汁」

「せんべい汁って、ええと青森の」

「そう、八戸(はちのへ)の郷土料理。食べたことある？」

　七菜は首を振る。聞いたことはあるが、口にしたことはない。

「けんちん汁に南部せんべいが入ったものと言えばわかりやすいかな。八戸にいるときは週に二回は食べたものよ」

「そうか、頼子さん、青森出身でしたもんね。たまに実家に帰ったりするんですか」

　人参を刻み終えた頼子が、パックから出した鶏肉を切り分け始めた。

「ううん、もう全然。わたしひとりっ子だし、両親もずいぶん前に亡くなったから」

「そうなんですか」

「だからね、チームがわたしの家族なの」

つぶやいた頼子の声はあまりにかすかで、あやうく七菜は聞き逃しそうになる。

「え？」

「親もいなくて、親戚とも疎遠で、連れ合いも子どももいない。言ってみれば天涯孤独な境遇だけど」

鶏肉からよぶんな脂を取り除きながら頼子がつぶやく。なんとこたえたらいいかわからなくて、七菜は黙ったまま頼子の手もとを見つめる。

「でもわたしにはチームがある。アッシュという居場所もある。だからこれがわたしの家族。そう思って——過ごしてるの。毎日を」

「確かに。頼子さんはチームのお母さんですよ」

生真面目に七菜が返すと頼子が軽く声を上げて笑った。その拍子にふたたび咳き込み始める。胸の奥のほうから込み上げてくるような咳。思わず七菜は頼子の顔を見る。目が落ち窪(くぼ)み、どす黒い隈が浮いている。マスクから覗く頬は、ここ数日の咳のせいか、削げたように肉が薄い。

「だいじょうぶですか頼子さん」

「平気よ。感染するようなものじゃないから安心して」

「いやそういう意味じゃなくて」

「よし、材料が揃った。仕上げに入るわよ」

明るい声でこたえ、寸胴鍋に切った鶏肉を入れてゆく。

脂の焦げる香ばしい匂いがあたりに広がる。

「ほんとうは手羽中(てばなか)を使ったほうがいいの。骨からいいお出汁が出るからね。でも忙しい現場には不向きだから」

鶏肉にこんがりと焦げ目がついた頃合いを見計らって裏返す。

「七菜ちゃん、水を入れてくれる?」

指示に従い、ペットボトルの水を鍋にそそぎ入れる。しばし待つと水は沸騰し、鍋のふちに白いあくが浮き上がってきた。

「あく取りは最小限にね。油使ってないし、あくには旨みも詰まってるから」

「はい」

「野菜を入れましょう。七菜ちゃん、まずはごぼうと人参取って」

「根菜からは出汁が出ますもんね」

以前教わったことを口にする。頼子の目が柔らかく緩む。

「覚えていてくれたのね。嬉しいわ」

ごぼうと人参が半分ほど煮えたタイミングでしらたき、ついで椎茸、舞茸を鍋に入れてゆく。

「キャベツとねぎは?」

「春キャベツは柔らかいし、ねぎは煮すぎると苦みが出ちゃうから、味つけを済ませたあと」

「せんべいも?」

「せんべいは最後の最後に。ちょっと火を入れすぎると、あっという間にとろけてしまうから」

「そか。せんべいの口あたりを残すところがポイントなんですね」

頼子が目を丸くする。

「すごいわ七菜ちゃん。ずいぶん料理のコツがわかってきたじゃないの」

「いやいやいやいや」

両手を盛大に振る。照れ隠しに、調理テーブルに置かれたせんべいの袋を手に取った。東京の、醤油で黒いせんべいとは違い、薄いベージュで、中央が丸くへこんでいる。そのへこみを縁取るように、ぐるりと薄いつばがついていた。

「これを割って入れるんですか」

「そう。その前に味つけしないとね」

ペットボトルに入った白い出汁を頼子が慎重にそそいでゆく。小皿に取って味を確かめたあと、さらに出汁を追加し、小さじ二杯ほど醤油を足した。満足げに頷く。鶏と野菜から立ちのぼる香気に、ほんのり優しい出汁の匂いが混じる。

「よし。七菜ちゃん、ねぎとキャベツ入れて」

頼子がおたまで作ったすき間に、七菜は野菜を移す。出汁を吸い込んだキャベツとねぎがうっすらと色づいてゆく。鍋がくつくつと心地よい音を立てる。

鍋に顔を近づけて匂いを味わっているとポケットのスマホがぶるりと動いた。つづいて二度、三度。鍋から離れ、スマホを取りだす。ディスプレイに「拓ちゃん」とポップアップされていた。

心臓が、とん、と跳ねる。

「すみません、ちょっと」

頼子に断ってから、七菜は給湯室を出た。誰もいない廊下に、七菜の息遣いだけが響く。ロックを解除し、ＬＩＮＥを開く。七菜の目に飛び込んできたのは短いメッセージ三通。

「連絡ありがとう」

「あのときは言いすぎたとぼくも反省しています」

「ぜひ会いましょう。三月十三日二十時新宿、了解です」

よかった。拓ちゃんと会える。

からだの奥深いところで灯った灯が、瞬く間に全身を明るく照らし上げる。

「ありがとう」

「ではいつものところで待っています」

返事を打つと、すぐに既読のマークがついた。そんな些細なことがいまの七菜にはとても嬉しかった。

給湯室に戻ろうと踵を返したとき、頼子の激しく咳き込む声が聞こえてきた。なにかが床に落ちる音がつづく。

「頼子さん!?」

叫んで、七菜は給湯室に駆け入る。コンロの前にうずくまる頼子のすがたが目に入る。

「頼子さん！　どうしたんですか頼子さん！」

肩を揺さぶると、頼子がうっすらと目を開けた。

「……ごめん、七菜ちゃん。タクシーを呼んでくれる？」

激しい咳を挟んで、切れぎれに頼子がことばを絞りだす。

「救急車のほうが」

「平気……通っている病院があるから……」

顔にまったく血の気がない。目は開いているものの、瞳はまるで深い井戸のように暗く、光を失っている。

「すぐに呼びます！」

無我夢中で七菜はスマホを操作し、アプリをタップする。


第二東病棟312号室、第二東病棟312号室はどこだ。

迷路のようにあちこちへ分岐する巨大病院をさ迷いながら、七菜は必死で頼子の病室を探す。

病院はさながらアジアのハブ空港のように、どこまでも広い通路が繋がっては行き止まりになり、そのたび七菜は最初に戻ってやり直す羽目になる。

行き交うひとの顔はみな険しく、そのあいだを看護師たちが足早に縫ってゆく。

「七時半になりました。面会時間終了まであと三十分です」

館内アナウンスが流れ、七菜は泣きそうな気持ちで何度も確認した院内案内図を再度指で辿る。

七菜の呼んだタクシーは、幸いにもロケバスが戻ってくる前に公民館に到着した。肩を貸して頼子を立たせ、後部座席に座らせる。

ドアが閉まる直前「このことは誰にも言わないでね。心配かけたくないから」と頼子に言われた七菜は、大基はもちろん李生にも「頼子さんは急にべつの現場に行くことになった」とだけ告げ、矢口監督やほかのスタッフにもそう説明した。

頼子のいない午後を、七菜はいてもたってもいられない気持ちで過ごした。とはいえ頼子がいない以上、制作のチーフは臨時に七菜が務めなければならない。あちこちから飛んでくる疑問や指示を、なるたけ手早くかつ的確に処理するために七菜は走り回った。

耕平から電話が入ったのは七時になる直前だったろうか。

「板倉はしばらく入院することになった。引き継ぎしなきゃなんねぇから、時崎、中抜けして病院に行ってくれ」

つづけて耕平は病院名、病室番号を事務的な口調で七菜に告げた。頼子の病状やようすを知りたかったけれども、例によって必要なことだけを伝えると耕平は一方的に電話を切ってしまった。

じぶんで確かめるしかない。

七菜は李生に理由は告げず、二時間ほど抜けるとだけ伝えてタクシーに飛び乗り、教えられた病院に向かったのだった。

あった、ここだ312号室。弾む息を整えながら七菜は病室のドアを見つめる。

看護師に道を尋ね、何度もエレベーターを乗り換えたすえようやく辿り着いた頼子の病室はひとり部屋で、ネームプレートには頼子の名前と年齢、性別が記されている。七菜はノックすら忘れ、ドアを開けて病室に飛び込んだ。

「頼子」さん、と言いかけて七菜の全身が硬直する。

頼子がいた。上半身が立てられたベッドに背を預けて頼子が座っていた。

けれどそれは、七菜の見慣れた頼子ではなかった。

髪が、ない。

頼子のトレードマークともいえるさらりと美しく流れる長い髪。その髪がない。

尼僧のように頼子の頭には毛の一本も生えていなく、青白い地肌が剝きだしになっていた。

頼子がゆっくりとこちらを向いた。

「……ノックくらいするものよ、七菜ちゃん」

軽くひそめられた眉、澄んだ瞳。穏やかな顔にはうっすらと薄い笑みが漂っている。髪がないことを除けば、それはいつもの、七菜のよく見知った頼子そのものだった。

なにか言わねば。七菜は口を開く。だがなんのことばも浮かんでは来ない。ただぱくぱくと無意味に開けたり閉じたりを繰り返すしかなかった。

「突っ立っていないで、こっちにいらっしゃい」

七菜をまっすぐ見つめたまま、頼子が静かに言う。吸い寄せられるように七菜はベッドの脇へと歩いてゆく。反対側に置かれた小ぶりなテーブルの上に、ロングのウイッグが載っているのが見えた。頼子が目で傍らの丸椅子を指し示す。放心した状態で七菜は椅子に腰かけた。

「……せめてこの撮影が終わるまでは、隠しておこうと思っていたんだけどね」

じぶんに言い聞かせるように頼子がつぶやいた。ようやく、ほんとうにようやく七菜の頭が動きだす。ごくりと唾を飲み込んで、七菜はことばを押しだした。

「……頼子さん。もしかして、あの、あの……」

喉の奥でことばが絡み合う。絡み合ったことばは大きく重すぎて、どうしても口から吐きだせない。頼子が七菜から視線を外した。細い手でシーツの皺をたんねんに伸ばす。やや間をおいてから、頼子が静かに話しだした。

「……がんよ。乳がん。見つかったのは半年くらい前。そのときはもう肺と肝臓、そして骨に転移していた。ステージⅣ、手術は無理。いまは抗がん剤で治療をつづけてる」

天気の話でもするような、ごく軽い口調だった。内容とのあまりの落差に、七菜は現実感を失ってしまう。

「でもあの、治るんですよね。だって頼子さん、ずっと元気で」

「完治することはないわ。ここまで進んでしまうと。試せる抗がん剤がいくつかあるから、いまはそれを使って抑え込んでいる状態よ……この撮影はなんとか乗り切れると思っていたのに……かえって迷惑をかけてしまってごめんなさい」

完治することはない。耳で捉えてはいるものの、頭が追いついていかない。

「え、でも、え、じゃあ」

「余命は半年ごとに区切って考えましょうと主治医からは言われているの。だから半年以内に死んじゃうかもしれないし、十年生きられるかもしれない」

「そんな……そんなことって……」

膝の上で拳を固く握りしめる。食い込んだ爪の痛みがかろうじて七菜を現実世界に繋ぎ止める。淡々とした口調で頼子がつづける。

「病気のことを知っているのは岩見さんだけ。ほかのスタッフには言ってないわ。心配をかけてしまうから。でもこうなった以上、佐野くんには伝えるわ」

「はい……」

大基はともかく李生には話しておいたほうがいい。直感的にそう感じた。

「それでね七菜ちゃん、ここからが本題なんだけど。たぶん数日間は入院して、そのあともしばらくは自宅療養しなくちゃならないと思うの。現場に復帰できるのがいつになるか、いまはまだわからない。だからわたしがいないあいだ、七菜ちゃんにアシスタントではなくプロデューサーとして現場の責任者を務めてもらわないといけないの。こんな大変なときにほんとうに申し訳ないけど——どうか現場をよろしくお願いします」

シーツの上に両手をつき、頼子が深々と頭を下げた。やせ細ったうなじに血管が青く透けてみえる。

あたしがプロデューサーに？　七菜の胸に、どっと不安が押し寄せる。

務まるだろうか、こんな未熟なじぶんに。

失敗ばかりして、いつもみんなに迷惑をかけているあたしに——

でもやるしかないんだ。

頼子の薄い肩、痛々しいほど剝きだしの頭部を見つめて七菜は必死で弱気の虫を封じ込める。がんばらなくては。頼子さんに安心して療養してもらうためには、あたしががんばらなくては。

「顔を上げてください、頼子さん。あたし、がんばります。未熟者ですけど精いっぱいやります。頼子さんが戻ってくるまで、現場を絶対に守ってみせますから」

頼子がゆっくりと面を上げた。表情だけではなく全身から、ほっと安堵する空気が伝わってくる。

「ありがとう七菜ちゃん。ほんとうにありがとうね」

頼子がふわりとほほ笑んだ。その笑みを受け止めようと、七菜はしっかりと頷く。

チャイムが鳴り、スピーカーからアナウンスが流れてきた。

「ご面会のみなさまへ。まもなく面会終了のお時間です。お帰りのお支度をお願いします」

「もうそんな時間に」七菜は腰を浮かせる。「すみません、全然引き継ぎができなくて」

「いいのよ、細かいことはメールで伝えるわ。とりあえず七菜ちゃんに事情を話せてよかった」

言い終えるや、頼子が激しく咳き込み始めた。あわてて七菜はその背を擦る。肉の落ちた薄い背中、背骨の一本いっぽんがごつごつと手にあたる。

どうしてもっと早く気づいてあげられなかったんだろう。自責の念が七菜のこころを苛む。この五年というもの、毎日この背を追いかけ、見つめてきたというのに。なにかもっとあたしにできることはないだろうか。頼子の重荷を軽くするようなことがなにか。

そうだ。七菜に閃きが訪れる。頼子の咳が収まるのを待って、七菜は口を開いた。

「頼子さん、ロケ飯ですけど、あれ、明日からあたしが作りますから」

「え」

頼子の動きが止まる。

「毎日のロケ飯作り、さぞ大変だったと思います。でもだいじょうぶ、あとはあたしが」

言いかけた七菜を頼子が遮る。

「いいのよ、七菜ちゃん。入院中は無理だけど、自宅に戻ったらうちで作るね。幸いロケバスの社長さんと懇意にしているから、お願いして毎朝ミニバンを寄越してもらうわ」

「だめですよ、頼子さんはちゃんと寝てないと」

「平気よ、ロケ飯作るくらいなら」

「いいえ、あたしがやります。頼子さんはじぶんのからだを最優先に考えてください」

「わがままを言って悪いけど、ロケ飯作りだけはつづけさせて、お願い」

「作れますって、ロケ飯くらいあたしにも。何年頼子さんを手伝ってきたと思ってるんですか」

胸を張って七菜は言う。少しでも頼子の負担を取り除きたかった。じぶんにできることなら、なんだってしてあげたかった。頼子のためなら。いままでずっと七菜を導き、守ってきてくれた頼子のためなら。

だが意に反して、返ってきた頼子の声は冷たく硬いものだった。

「――ロケ飯くらい、か」

「え？」

驚いて七菜は頼子の顔を見上げる。声と同様に表情は硬く、先ほどまでの明るさは消えていた。

「……今日話したわよね、わたしに本物の家族はいない、だからチームが家族そのものだって。家族に健康でいて欲しい、毎日元気で笑って過ごして欲しい。その思いからわたしはずっとこころを込めてロケ飯を作ってきたの。たかがロケ飯に大げさなって笑われるかもしれない。だけどわたしにはその気持ちが支えだった。生きる意味でもあったの」

いったんことばを切り、呼吸を整えるように頼子は大きく息を吸った。そんな頼子をぼう然と七菜は見つめる。

「七菜ちゃんが純粋な厚意から言ってくれたことはよくわかるわ。わたしが駄々をこねていることも。でもね七菜ちゃん、ロケ飯を軽く扱わないで。わたしから生きがいを奪わないで。『ロケ飯くらいあたしが』っていうのはね――いままで必死にやってきたことを否定されたと同じなのよ……」

頼子が手で顔を覆う。肩が小刻みに上下する。はっはっという荒い息遣いが聞こえてくる。

そんなつもりじゃなかった。頼子を苦しめるつもりなんて毛頭なかった。混乱しきった頭で七菜は考える。どう説明すればいい、あたしはどうすれば――

「本日の面会時間は終了しました。すみやかにご退出をお願いいたします」

チャイムとともにアナウンスが流れる。

「……帰って。お願い、ひとりにして」

顔を覆ったまま、途切れとぎれに頼子が告げる。

「……ごめん、なさい……」

七菜は椅子からよろよろと立ち上がり、ドアに向かって一歩、踏みだした。手も足もからだのなにもかもが、じぶんのものではないような気がする。

病室から出たとたん、後悔が津波のように押し寄せる。揉みくちゃになったこころで、無意識に足を運ぶ。

厚意から言ったことがあんなに頼子さんを傷つけてしまうなんて。考えもしなかった。想像すらできなかった。頼子さんのためにと、頼子さんによかれと思ってあたしは——

そこまで考えて、七菜の足が止まる。

これでは拓と一緒ではないか。

厚意から「仕事を辞めたら」と言った拓に、あたしは傷つき、怒り、どん底まで落ち込んだ。あのときの拓と同じことをあたしは頼子さんにしてしまったんだ——

動かない七菜の脇をすり抜けた中年の女性が、ちらりと同情に満ちた視線を投げてくる。

帰らなければ。ここにいては迷惑なだけだ。

出口を確かめないまま、迷路のように入り組んだ道を七菜は辿り始める。

約束通り、数日後からロケ飯がミニバンで現場に配達されるようになった。

頼子の病気については、あの日病院から現場に戻ったあとすぐに李生を呼んで話をした。李生はひと言「そうですか」と言ったきり、あとはじぶんのなかでなにごとか考えつづけているようすだった。

ほかのスタッフには「肺炎をこじらせて入院している」と伝えた。矢口監督をはじめ、みな心配そうな顔を崩さなかったが、ひとまずはほっとしているようだった。どちらかというと「これから頼子さんの代わりにあたしがプロデューサーを務めます」と言ったときのほうが動揺が激しかったくらいだ。

「時崎さん、だいじょうぶなの」

「だいじょうぶなわけあるかい、七菜坊だぞ」

「まあまあ。時崎さんだってだてに五年も務めてるわけじゃないんだし」

諸星と田村の掛け合いを、いつものように矢口がやんわりと諫(いさ)める。

「もちろんですよ。任せてください」

胸を叩いてみせたものの、七菜は不安とプレッシャーで押しつぶされそうな気持ちになる。

それほどまでに、頼子から送られてきたプロデューサーの仕事は膨大で多岐にわたり、なおかつ繊細で緻密な神経を必要とされるものばかりであった。

滞りのない現場進行はもちろんのこと、予算管理、各種事務手続き、テレビ局との折衝——雪崩を打ってやってくる仕事をひたすら処理しつつ、闘病しながら頼子はよくこれだけの仕事をこなしてきたものだと七菜は改めて舌を巻いた。

ただでさえ少なかった睡眠時間を削り、時には徹夜を重ね、七菜はやるべきことにひたすら取り組んだ。

時間の感覚がだんだんと麻痺(まひ)してゆく。いまが何日の何時だったかわからなくなってくる。最後の食事をいつ摂ったのか。最後に家に帰ったのはいつだったのか。誰と会い、どんな話をしたのか。次に誰と会い、なんの話をすべきか——思考が縺れ、歪み、前に進まなくなる。

規則的だった生理が止まった。肌は荒れ、吹き出物が絶えない。髪はぱさつき、くちびるが常にひび割れ、じくじくと痛んだ。心配した愛理がサプリやフェイスパックを差し入れてくれるのだが、それらを飲んだり貼ったりする時間すら、いまの七菜には惜しい。そんな日々がつづき、かんじんの撮影現場でついぼうっとしてしまうことが増えた。

「時崎さん、時崎さん」

耳もとで響く李生の声で、七菜ははっと我に返った。

三月もなかばとなり、ちからを取り戻し始めた太陽が現場の公園を明るく照らしている。いつの間にか、撮っていたシーンは終わったらしい。矢口が助監督を集め、シナリオを示しながらなにごとか指示を出していた。

「次、シーン16なんですけど。岡本さん、どこに行っちゃったかわかります?」

俳優のスケジュール表を睨みながら李生が問う。

「岡本さん?」

靄(もや)がかかったような頭で七菜は考える。

ええと、確か岡本さんの出番は午前中で終わったはずで、だからロケ飯前に「お疲れさまでした」って言いながらマネージャーとタクシーで帰って……帰った⁉　全身の皮膚が粟立つ。

「やばい、もう帰しちゃった！」

「まじすか」

スケジュール表から李生が顔を跳ね上げた。

「ど、どうしよう、えと、ええと」

頭がうまく回らない。ただひたすら焦りだけが募ってゆく。李生がスマホを取りだし、何度かタップした。険しい表情でスマホに耳を澄ませている。

「岡本さんまだですかって監督が」

助監督が小走りで近づいてくる。

「ご、ごめんなさい。帰してしまいました。あたしのミスで」

「えっ！」

助監督の声が裏返る。スマホから顔を上げた李生が叫ぶ。

「つかまりました！　いま渋谷にいるそうなんで、大至急こちらに戻ってくるよう、マネージャーさんに伝えました」

「どれくらいかかるんです？」

「そうですね……小一時間はかかるかと」

腕時計を睨みながら李生がこたえる。助監督が眉をひそめた。

「そんな。ほかの役者さん、待たせられないっすよ」

「すみません、ごめんなさい」

「謝っても仕方ないでしょう、時崎さん。すぐに監督と相談して、段取り組み直してください。おれは俳優部に事情説明してきますから」

早口で告げると、李生がぱっと身を翻した。

「監督！　矢口監督！」

助監督がカメラ脇で円陣を組む矢口や田村のもとへと走ってゆく。

ああ、やっちゃった、やってしまった。きつくくちびるを嚙みしめ、七菜は彼の背を追う。

矢口監督の判断で、残りの撮影は順番を変えて行われた。けれども予定していた翔輝とあすかのシーンは日没に阻まれ、半分も撮りきれなかった。結果、そのぶん押してしまい、翌日からのスケジュールを再調整せざるを得なくなる。

帰宅した七菜は、シナリオと香盤表をテーブルに広げ、新しいスケジュール表をチェックし始めた。関係者全員にメールを送り終えたときには、すでに空が白み始めていた。

今日こそ失敗するまい。

寝不足と疲労でふらつく足を踏みしめ、一睡もしないまま七菜は現場に向かった。スタッフや俳優に頭を下げて回り、いつものようにこまごまとした仕事をきっちりこなすことに専念する。

放送開始まであと1か月だ。スタッフも俳優たちも、なんとかこれ以上押すことのないように、全神経を張りつめて撮影を進めてゆく。おかげで午前中は順調すぎるくらい順調に進んだ。

よかった。この調子なら、最小限のダメージで済みそうだ。撮影を見守りながら、七菜はほっと安堵の吐息を漏らす。

公民館の撮影を終え、午後、公園近くの道路に移動する。公道を借りきって、あすかと翔輝の喧嘩、そこに絡む一輝のシーンを撮る予定だった。道路でのシーンなので、通行人のエキストラも多数集まっている。

ＮＧ猛者はいないか。必要な性別と年代のエキストラがちゃんと揃っているか。七菜はエキストラ表と、集まったひとびとの顔を見比べながら入念にチェックする。すべて事前の準備通り、人数もメンツも問題ない。

「チェック終わりました。だいじょうぶです」

七菜の報告を聞いた矢口監督が大きく頷く。

「よし、じゃテスト始めよう。シーン８」

「シーン８、テスト入ります」

歩道で相対するあすかと翔輝。しばし見つめ合ってから、あすかが口を開く。

「……なんども言ったよね、誤解だって」

「信じられないな。証拠を見せてもらわないことには」

あすかより二十センチは背の高い翔輝が腕を組み、強い口調でこたえる。

「証拠？　証拠ってどんな」

「それは環子が考えるべきことだろう」

返事に詰まるあすか。助監督の合図で一輝が小走りでフレームインする。

「ここにいたのか、環子さん」

「誰だよ、おっさん」

翔輝が戸惑ったように振り向く。

「悪いけどいまきみに関わり合ってる時間はないんだ。行くよ」

一輝があすかの腕を摑む。

「おい、ちょっと待てよ！」翔輝があすかと一輝のあいだに割って入る。

「大事な話をしてるんだ、そっちこそあとにしてくれよ」

「きみ……」

一輝の目が鋭い光を放つ。負けじと翔輝が睨み返す。緊張感が高まる。あすかが摑まれた手をじっと見つめる。そんな三人にあからさまな好奇のまなざしを向けながら、通行人が脇を通ってゆく――

「はいカット！」

「カットです！」

カチンコが切られ、ふっと場の空気が緩む。矢口が三人に近づいていき、それぞれに細かい演出をつけ始める。

七菜も詰めていた息を吐きだした。寝不足つづきのせいか、頭が重い。両の指さきでこめかみをマッサージしつつ周囲を見回す。

早くも撮影に気づき、野次馬が集まり始めていた。足止めされていたひとたちが警備員に誘導され、反対側の歩道を、右に左に通過してゆく。

特に問題はなさそうだ。七菜は規制線の外側で膨らんでゆく群衆をぼうっとした頭で見渡した。

数回テストが繰り返されたあと、いよいよ本番となった。テストとは段違いの緊張感があたりに漂う。

「シーン8、本番！」

「三、二……」

カン！　カチンコの切られる澄んだ音が響く。あすかと翔輝が演技を始めた。さすがプロ、ちょっとした表情や声音の変化で、ふたりのあいだに流れる不穏な空気が濃厚に伝わってくる。

うん、いい感じ、いい感じ。目を凝らし、七菜はカメラのさきを追う。

と、反対側に集まった野次馬のなかからざわめきが上がった。マイクを掲げた音声監督が、ちらちらと野次馬を見やる。カメラの死角を縫って、すかさず李生が駆けていく。だがざわめきは一向に止まず、どころかどんどん増すばかりだ。音声監督が首を振る。矢口監督が声を張り上げた。

「カット！　一回止めます」言うや、七菜のほうを向く。「どうしたんですか、あれ」

「わかりません。ちょっと行ってきます」

こたえて七菜は小走りで近づいてゆく。群衆のなかでなにごとか言い合う李生と若い男性警官のすがたが目に入った。

警官？　なんで、どうして？

「すみません、ちょっと、ちょっと通してください」

人混みを掻き分け、李生と警官のもとへ辿り着く。

「どうしたの、佐野くん」

振り向いた李生の顔に、めずらしく明らかな困惑の表情が浮かんでいる。

「警察の方が『道路使用許可証を見せてくれ』と」

「え?」

「失礼ですが、本日ここで撮影する許可を所轄署に取っておられますか」

李生を押し退(の)けるように警官が身を乗りだす。

「ええ、もち」ろん、と言いかけて、七菜の全身からざっと血が引いてゆく。

許可証。制作担当に頼まれて取ろうと思って、用意して、署名捺印(なついん)も済ませた。撮影の合間に出向こうと思ってバッグに入れて、それで、それでどうした?

震える手で七菜はボディバッグをまさぐる。李生の顔がみるみる強張ってゆく。

「時崎さん、まさか……」

指が、バッグの隅でくしゃくしゃに縒(よ)れた書類に触れる。七菜は絶望的な気持ちで書類を引っ張りだす。一週間前の日づけの、それは許可申請書だった。

「おれ、ちょっと抜けます」

申請書を見るなり、李生が撮影隊とは真逆の方向に走りだした。七菜は震える手で申請書を警官に差しだす。

「すみません、うっかりしていて。いまお渡ししますので、どうかこのまま」

「無理です。道路使用許可証は撮影日の二日前までの受け取りと決まっていますので」

申請書にさわろうともせず、警官が言い放つ。

「そこをなんとか。もう撮影が始まっていまして」

「規則は規則です。曲げることはできません」

「お願いします、この通りです」

膝に額がつくくらい深く頭を下げる。だが降ってくる声に、微塵も揺るぎはなかった。

「無理だと言ってるでしょう。すぐさま撤収してください」

「でも、それじゃあスケジュールが」

「それはそちらの問題でしょう」警官の、ぶ厚い一重の目が、すっと細まる。

「これ以上押し問答するつもりなら、署までご同行いただくことになりますが」

だめだ。警察に行ったって状況は変わらない。七菜はよろよろと顔を上げた。

「……わかりました。撤収します」

「すみやかに行ってください。撤収が完全に終わるまでここで見ていますから」

警官の射るような視線を背に感じながら、七菜はカメラの前に戻る。矢口監督と諸星、田村が揃って立っていた。異変を察知したのだろう、あすかや一輝たちは人目を避け、それぞれのマネージャーが作る囲いのなかでチェアに座っている。

「使用許可を取り忘れたぁ!?」

七菜の説明を聞くなり、諸星が大声を上げた。周囲のスタッフがいっせいにどよめく。

「……申し訳ありません」

七菜はちからなく地面を見つめる。昨日からいったい何度、同じことばを繰り返してきただろう。

「謝ってもしょうがねぇだろう七菜坊」

田村のいかつい顔が険しさを帯びる。

「参ったな……ただでさえ押してるのに」矢口が文字通り頭を抱える。「なんとか今日じゅうにこのシーンは撮りきらないと。そのつもりでこっちも用意を整えてるんだから」

こたえる気力すらなく、七菜はその場でうなだれる。

「またかよ。勘弁してくれよ」

「いい加減にしろっつの」

舌打ち、囁き合う声。刺すような冷たい視線。スタッフの苛立ちが茨のように全身に絡みつき、ぐいぐいと締め上げる。

「板倉さん、早く戻ってきてくんねぇかな」

誰かの何気ないひと言が、七菜の心の臓を打ち抜く。

やっぱりあたしには無理だったのか。頼子さんの代わりなんて務まるはずがないのか。迷惑をかけつづけるくらいなら、いっそあたしなんか――

「見つかりました!」

李生の大声に、弾かれたように顔を上げる。

「見つかったって」

「代わりの場所が？」

矢口と諸星が同時に叫ぶ。額から汗を流し、はっはっと荒い息を吐きながら李生が頷く。

「すぐそばにでかい家があって。その横の道路に『私道につき進入禁止』って看板が立ってるのを前に見て。だめもとでお願いしたら、使っていいと言ってくれて」

喘ぎあえぎ李生が伝える。

「道路の幅は？　機材は置けそうか？　役者の溜め場は？」

矢継ぎ早に矢口が尋ねる。

「歩道はないですけど、幅はここと同じくらいです。家主さんが協力的で、庭や駐車場も自由に使っていいと」

李生のことばに、スタッフから歓声が上がる。

「でかした、佐野くん。よし、すぐにそっちに移ろう。モロちゃん、タムちゃん」

「あいよ」

「おう」

スタッフに明るさと活気が戻ってくる。各チーフの指示のもと、撤収作業が始まる。

「じゃ、おれ、さきに行ってます」

「あ、待って佐野くん」

踵を返した李生に、七菜は声をかけた。李生が振り向く。

「……ありがとう、ほんとうに」

李生が、ふい、と視線を外す。

「……べつに時崎さんのためにやったわけじゃないすから」

「え」

「チームのため、このドラマを完成させるため——それがおれたちの仕事、でしょ」

片眉を上げ、めずらしくおどけた表情を見せると、軽やかな足取りで駆けていく。

そうだ。七菜は改めてこころに刻み込む。

このドラマを完成させ、無事に視聴者のもとに届ける。それがあたしたちの仕事だ。うじうじ迷っている暇はない。いまはそれだけを考えよう。


予定では今日の撮影は七時に終わるはずだったが、想定外の移動が入ったため、撮影が延びるのは必至となった。七菜は腕時計に視線を落とす。もうすぐ五時。夜のお弁当を手配しないといけないな。

撮影が小休止に入ったのを機に、コンビニに行ってもらおうと七菜は大基を探した。けれどもどこにも大基のすがたが見えない。スタッフで溢れ返る廊下を抜けて、七菜は一階に下りた。

メイク室を覗く。愛理と助手が雑誌を見ながら話をしているだけで、ほかにひとはいない。

ついで七菜は隣の控え室の襖(ふすま)を開ける。八畳間の右隅でこちらに背を向け、立っている大基が見えた。なぜかジャケットを着込み、バックパックを背負って俯いている。どうやらスマホをいじっているらしい。

「平くん、平くん」

「なんすか」

顔も上げずに問うてくる。

「悪いけどお弁当、買ってきてくれない？　ええと数は」

「無理っす。おれ、もう帰るんで」

「は？　帰る？　帰るって」

「今日は五時上がりって、だいぶ前にシフト表に書きましたけど」

ようやく大基がこちらを向いた。顔にはひとかけらの悪気も罪悪感も浮かんではいない。

「え、でも今日は撮影が押してるから」

「それはそっちの事情でしょ。おれには関係ないっす。じゃ、おさきっす」

軽く会釈し、出ていこうとする。あわてて七菜は出口を塞いだ。

「ちょっと待ってよ、ただでさえひとが足りなくて困ってるのに」

「そう言われても。おれもずいぶん前から入れてた飲み会なんで」

「飲み会？　飲み会ごときでそんな」

思わず高くなった声に、大基が不愉快そうに眉を上げる。

「時崎さんにとってはそうかもだけど、おれにとっては大事な会なんすよ。ちなみに岩見さんの許可も取ってあるんで。そこ、どいてください」

目の前に立ち、顎をしゃくる。頭がかっと熱くなる。

「みんな必死で働いてるんだよ！」

「は？　おれ、ただのバイトっすよ」

「四月には社員になるんでしょ！」

「関係ないっしょ、それ！」

「どうしたの、いったい」

穏やかな声が響き、コーヒーのカップを持った矢口監督が、七菜の後ろから顔を覗かせた。

「あ、監督」

さすがに大基がばつの悪そうな顔をする。

願ってもない援軍だ！　七菜は矢口の腕を取り、和室に引っ張り込む。

「聞いてくださいよ監督。平くんったらもう帰るって言うんです。この忙しいときに」

「だから許可は取ってありますって」

「仕事と遊びとどっちが大事なのよ⁉」

「まあまあ。そう熱くならないで」

言い合うふたりを制するように、矢口が一歩、前に出る。気圧されたのか、大基があとじさった。七菜は両の拳を握りしめる。がつんと言ってやってください、監督！

だが矢口の発したことばは意外なものだった。

「帰してあげなさいよ、時崎さん」

「え」

「いーんすか」

七菜は耳を疑う。大基が驚いたように目を瞬く。

「もちろん。だって上司の許可が下りてるんでしょう。だったら平くんの主張が正しい」

大基の顔に満面の笑みが広がる。

「あざっす！　お疲れさまでした！」

言うや、脱兎のごとく七菜の横を抜けて走ってゆく。

「ちょ、平くん！」

「落ち着いて、時崎さん」

大基のあとを追おうとした七菜を、矢口がやんわりと止める。

「仕事の取り組みかたにはそれぞれのスタンスがある。じぶんのやりかたを他人に押しつけてはだめだよ」

「でも……このままじゃ撮影が……」

「もちろんドラマの完成がいちばん大事だ。だけどそれを一個人に、ましてや立場の弱いものに強要しちゃあいけない。こういう言いかたはきついかもしれないけど……それこそまさにパワハラじゃないのかな」

矢口の声音はあくまでも理性的で穏やかだ。だからこそ七菜のこころに深く強く突き刺さる。

「パワハラ……あたしが……？」

口のなかでつぶやく。受けこそすれ、パワハラなんてじぶんが与えることなどないと思っていた。なのに。なのに――

立ちすくむ七菜をじっと見つめていた矢口が、きゅっとコーヒーのカップを握りつぶした。

「さ、そろそろ再開しよう」

ぽん、と七菜の肩を叩き、部屋を出てゆく。

「撮影再開しまーす！」

助監督の声が響いてくる。寛(くつろ)いでいたスタッフがそれぞれの持ち場に戻ってゆく。せわしげに立ち働くひとびとのなかで、七菜だけがひとり、動けずにいる。

「七菜ちゃん……」

いつの間に来ていたのか、愛理がそっと七菜の背に手をかけた。愛理の手のぬくもりが、じんわりとからだじゅうに広がってゆく。

落ち込んでいる時間などない。大基がいないなら、そのぶんあたしががんばらなくては。

「お弁当買ってくるね、愛理さん」

「え？　でも」

「すぐに戻ります！」

「七菜ちゃん！」

なにか言いたげな愛理を振り切るようにして、七菜は公民館を飛びだした。

「お疲れさまです」

「お疲れー」

口々に言い合いながら、スタッフが機材をまとめ始める。

夜の十時過ぎ、ようやく長い撮影が終わった。

あすかたちキャストはすでに帰宅の途についている。次つぎ撤収していくスタッフを見送りながら、疲れきったからだを引きずるようにして、七菜は最終確認のため各部屋を見て回る。火の元をチェックし、簡単に掃除をする。ごみをまとめ、窓の施錠を確認し、ひとのいなくなった部屋の明かりを順に消していく。最後に玄関の鍵をかければ今日の仕事は完了だ。

鍵、どこだっけ。朦朧とする意識で考える。そうだ、朝、ボディバッグにしまったんだ。一階に降り、控え室に入る。

「七菜ちゃん、一緒に帰ろう」

トートバッグを肩にかけた愛理がひょいと顔を覗かせた。

「うん、いま行くね」

ぽつんと残されたバッグのジッパーを開け、公民館の鍵を探していると、手がスマホに触れた。思えば午後から一度もスマホを見ていないことに七菜は気づく。それほどまでに今日はいろいろなことがありすぎた。

なんの気なしにロックを解除する。ＬＩＮＥのアイコンに灯る「４」という数字。なかば無意識にタップした七菜は、ぐらりと地面が波打つような感覚に襲われる。ディスプレイに表示された拓からの短いメッセージ。

「新宿に着きました」

「八時で合ってるよね」

「あと一時間待ちます」

「帰ります」――

拓との約束。今夜だった。拓はちゃんと来てくれた。だのにあたしはすっかり忘れて。連絡すらせずに――

揺らぐからだを支えきれなくて、七菜は長机に手をついた。

「どうしたの七菜ちゃん」

愛理が駆け寄ってくる。かろうじて保っていた細い糸が、ぷつり、音を立てて切れる。溢れでた涙が頬を伝い、滴り落ちて机に不規則な点を描く。

「七菜ちゃん、七菜ちゃん」

愛理が肩を揺さぶる。顎が震え、歯の根ががちがちと耳障りな音を立てる。両の足のちからが抜ける。立っていることが、できない。


「そっ……かぁ」

自宅での喧嘩、そして今夜のすっぽかし。

拓とのあれこれを話し終えると、黙って聞いていた愛理が低い囁くような声でつぶやいた。七菜は俯いて、ジンライムに添えられたライムの皮をそっと撫でる。

泣きじゃくる七菜を抱えるようにして愛理が入ったのは、最寄り駅のそばのビル、その地下一階にある落ち着いたバーだった。店内には低くジャズが流れ、明かりは間接照明のみで、それも極力絞ってある。店の隅のソファ席に座り、注文を終えると、愛理はなにも言わず七菜が話しだすのを待ってくれた。落ち着いて会話ができるようになったのは、一杯めのハイボールを飲み干し、次に頼んだジンライムが半分ほどに減ったころだった。

「……もうだめだと思う。あたしと拓ちゃん」

ライムの緑に目を落としたまま七菜はつぶやく。

「あんなひどい喧嘩して……じぶんから誘っておいた約束もすっぽかして……」

「わかってくれるよ、拓ちゃんなら。ちゃんと事情を説明すれば」

「……でも」

七菜はテーブルに置いたスマホに視線を移す。ＬＩＮＥに気づいてすぐ、謝罪のメッセージを送ったけれど拓からはなんの返事もない。きっと怒りでいっぱいで、もはや返信すらする気持ちもわかないのだろう。

愛理がスコッチのグラスをゆるりと回した。

「……七菜ちゃんはいいの？　別れることになっても」

七菜はくちびるを強く引き結ぶ。さまざまな思いが押し寄せる。けれど思考は千々に乱れ、考えがまったくまとまらない。

「……わかんない。わかんないよ……」

小さく首を振ってジンライムをひと口、含んだ。愛理が耳の脇の毛を指さきでくるくると巻く。

「とにかくさ、もう一度会ったほうがいいよ。もしもだよ、このまま別れることになったとしても……嫌でしょう、こんな別れかたは。お互いの言い分をちゃんと話し合って、それで納得してから決めたほうがいいって、絶対に」

ぜったい、にちからを込めて愛理が言う。

それはそうかもしれない。このままではきっと一生後悔するだろう。でも。

「……そんな時間、作れないと思う。このさきもっと忙しくなるだろうし」

ちらりと愛理が七菜を見る。

「……そうだね。板倉さん、このまま復帰できないかもしれないし」

「え」

愛理のことばに驚いて顔を跳ね上げる。愛理が正面から七菜の視線を捉えた。

「あたしにまで嘘つかなくていいよ七菜ちゃん……がんでしょ、板倉さん。それもかなり進んだ」

「な、なんでそんな」

「あたしプロのヘアメイクだよ。今回の撮影に入ってすぐわかったよ。板倉さんが地毛じゃなくてウイッグだってことくらい」

愛理が悲しげにほほ笑む。七菜は愛理の顔を見つめることしかできない。

「だいじょうぶ、誰にも言わないから。でもね七菜ちゃん、板倉さんの復帰が難しいなら、このさきずっと七菜ちゃんが現場の責任者を務めることになる。だとしたら……いまのような仕事のしかたをしていたら絶対にだめ。拓ちゃんに会う時間どころか、七菜ちゃんまで倒れてしまうよ、きっと」

ひと息に言い、スコッチを干した。手を上げて店員を呼び、同じもののお代わりを頼む。

流れている曲が変わった。

カウンターに座るカップルが、額を寄せ、なにごとか囁き合って笑う。

「……いまのようなやりかたって」

新しいグラスが置かれるのを待ってから、七菜は口を開く。愛理がガラスのタンブラーで琥珀色の液体を揺らせる。

「いまの七菜ちゃんはアシスタントじゃない。責任者なんだから、じぶんで動いちゃだめだよ。ひとを動かすことを覚えないと」

「……ひとを動かす……」

「たとえばね、さっきお弁当をじぶんで買いに行ったでしょ。ああいうときは佐野くんに頼まないと。幸いプロデューサーの判断が必要な場面がなかったからよかったものの、もしも監督やほかのスタッフに呼ばれたらどうするつもりだったの」

「それは……」

正直、そこまで考えていなかった。とにかく目の前の仕事をこなさなければ、それだけしか頭になかった。愛理がことばを継ぐ。

「七菜ちゃんの一所懸命さはよくわかるよ。でもねプロデューサーになったら、他人を動かせるようにならないと。上手にひとを使うこと、それも仕事のうちなんだよ、七菜ちゃんの」

「ひとを、動かす……」

おうむ返しに繰り返す。愛理がスコッチでくちびるを湿らせた。

「ひとりでやろうとする。なんでもひとりで抱え込む。他人に迷惑をかけたくない。その気持ちは理解できるよ。でもその結果――ミスがつづいて、結局周囲を困らせることになってるでしょう、いまは。これって悪循環だよね。だとしたら最初から周りを巻き込んで、仕事を分散させるべきじゃないかな。そのほうがずっと――撮影も円滑に進むと思うけどな、あたしは」

返すべきことばを七菜は持たない。ただじっと溶けてゆくグラスの氷を見つめる。

ややあってから愛理が口を開いた。

「板倉さんは？　なんて言ってるの？」

「……話してない、なにも」

「え、なにも？」

「仕事の連絡は取り合ってるよ。でも……個人的なことはいっさい」

「なんで？　あんなに仲、よかったじゃない」

愛理の声が高くなる。カウンターのふたりがちらりとこちらを見た。

「……なにかあったの、板倉さんと」

声を低めて愛理が問う。病院でのやり取りを、つっかえつっかえ七菜は話した。

ふう、と大きく息を吐き、愛理が苦い笑いを浮かべる。

「そっか……板倉さんらしいっちゃらしいけどね。てか、似たものどうしだよねぇ、七菜ちゃんと板倉さん」

「そうかなあ」

「でもだからこそ、七菜ちゃんが変わらないといけないんじゃないの。板倉さんは七菜ちゃんを信じて現場を任せたわけでしょう。その期待にこたえないと」

頼子の期待にこたえる。それは七菜だっていちばん果たしたいことだ。でも。

「……できるかなあ、あたしに」

つい弱気な声が出てしまう。愛理がソファから身を乗りだし、七菜の手を握った。

「まずは意識を変えること。そりゃすぐには難しいと思う。でも努力をつづけているうちに、きっと変わってくるはずだよ。拓ちゃんとのことだって――いい方向に進むかもしれない」

七菜は無言のまま握られた手を見下ろした。

意識を変える。

じぶんを変える――

――動くことをやめないで。『なにもできない』なんて思い込まないで。悪あがきでもいい、なにかやってみて。できるはずよ、七菜ちゃんなら。だって――七転び八起きの七菜、でしょう――

頼子の声がよみがえる。

愛理が握っていた手を離した。残りのスコッチを喉に流し込む。

「七菜ちゃん、お代わりは?」

首を振ると、伝票を取り上げ、立ち上がった。

「帰ろう。今夜はゆっくり眠ろう。明日は必ずやって来る。だから、明日また元気に『おはよう』って言い合おう」

ちから強い声で言うと、キャッシャーに向かい、歩いてゆく。

そうだ。明日は必ずやって来る。そして新しい一日が始まる。あたしがどんなにへこんでいようとも、時は流れてゆく。けっして止まることはない。

深呼吸をひとつしてから、スマホをバッグに入れ、七菜は愛理のあとを追う。

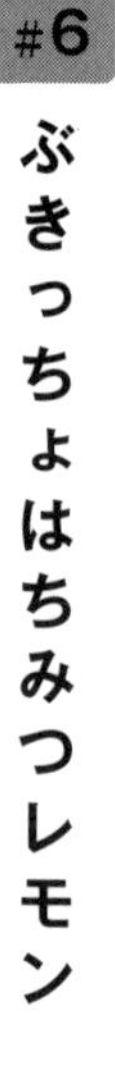

#6 ぶきっちょはちみつレモン

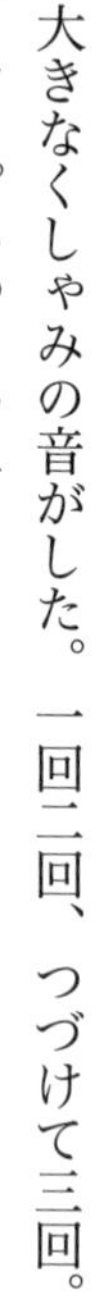

大きなくしゃみの音がした。一回二回、つづけて三回。

「カット。いったん止め」

矢口監督が右手を高く上げる。くしゃみの出どころを探して七菜はカメラのさきを見る。公園の東屋（あずまや）で翔輝と向かい合って会話していた子役が、ずずっと洟（はな）を啜り上げた。子役の母親が駆け寄っていき、ティッシュで鼻の周りを覆う。こころなしか子役の頬が赤い。もろにくしゃみを浴びてしまった翔輝が嫌そうな顔を隠しもせず、手の甲で顔を拭った。

「平くん、あの子にカイロ、追加で貼ってあげて。佐野くん、岡本さんに除菌ペーパーを」

李生が筒状の容器を摑み、翔輝のもとへ走ってゆく。大基は聞こえないふりをしているのか、それともほんとうに聞こえなかったのか、若い女性スタッフと話しつづけていた。

「平くん、悪いけどカイロお願いします」

高くなりそうな声を必死で抑え、口角を無理やり上げて再度七菜は声をかける。ようやく振り向いた大基が、しょうがねぇなあといった風情で肩を竦め、長机に置いてあった携帯用カイロの袋を取り上げた。

これでも大基は指示通り動くようになったほうだ。遅刻や早退もなくなり、勝手に持ち場を離れることもない。ようやっとチームの一員としての自覚が持てるようになったのだろう。

「ありがと、平くん」

七菜はねぎらいのことばをかける。

こころのなかでは苛々が募ってゆくが、それを見せてはならない。大基は叱っても動かない。ならば褒めて持ち上げて動かすまでだ。そうやって育てていくしかない。

七菜のこころのうちを見透かしたのか、愛理が視線を合わせて来、ほほ笑んで深く頷いてみせる。七菜もかすかに顎を引いてこたえた。

わかってるよ、愛理さん。ひとを上手に動かす、それがあたしの仕事だもんね。

愛理に諭された夜から一週間。七菜なりに考え、試行錯誤をつづけてプロデューサーとしての仕事を全うしようとがんばってきた。もちろん頼子の完璧さにはまだ足もとにも及ばない。けれども任された最初のころよりはずいぶんましになったのではないかと前向きに考えるようにしていた。

七菜は除菌ペーパーで口の周りを拭く翔輝に近づき、頭を下げた。

「すみませんでした、岡本さん」

「あ、はい。けど、寒いですね」

翔輝がぶるっとからだを震わせる。

「岡本くん、だいじょうぶ？」

控えのチェアから立ってきたあすかが、心配そうに翔輝の顔を覗き込んだ。共演者というより友人、いやもっと近しい間柄を連想させる声。

いかん、引き離さねば。面倒な恋愛沙汰は、放映が終わってからにして欲しい。七菜はさりげなくふたりのあいだに割って入る。

「ここは寒いでしょう、小岩井さん。さきに公民館に戻っててください」

「でも」

「そうだよあすかちゃん。風邪でも引いたら困るでしょ」

事情を察したらしき村本があすかの腕を引いた。何度も振り返りながらあすかが村本に誘導されていく。

風邪ならまだいいんだけど。七菜は厚い雲の広がった空を見上げる。体温を根こそぎ奪うような冷たい風が公園の樹々を揺らせた。

三月も後半だというのに、この冬最強の寒波が日本列島全域を覆っている。おかげで一度は沈静化したインフルエンザがまた猛威を振るいだしてしまった。

「よし撮影再開」

矢口の声にスタッフがカメラ前から離れていく。七菜はちらりと子役の顔を眺めた。目がとろんと濁っている。頬の赤みも増したようだ。

「お子さん、だいじょうぶですか」

母親に声をかけると、あわてたように何度も頷いた。

「平気です。さっき測ったら平熱でしたし、予防接種も二回、ちゃんと受けてますから」

この世界、子役とはいえキャスト争いは熾烈かつ過酷である。降板となったら、次にいつチャンスがめぐってくるかわからない。だからどの子役の母親も常時目を光らせ、降ろされまいと必死になる。

「タムちゃん、モロちゃんいいかい」

「おうさ」

「いつでもどうぞ」

矢口監督の声に、田村がカメラを抱え直し、諸星が丸々と肥えた腹を揺すってこたえる。

「じゃシーン27、本番行きます」

「シーン27、本番」

カチンコが切られ、屈み込んだ翔輝が子役と目線を合わせてせりふを喋り始める。ひときわ強い風が吹いた。子役の鼻の穴が膨らみ、ぴくぴくと震え始める。

こらえて！　お願い！　七菜の肩にちからが入る。

祈りが通じたのか、今回は問題なくシーンを撮り終えることができた。カチンコの音に、ほっとした空気が漂う。

次のシーンを確認しようとシナリオを開いたとき、レシーバーから李生の声が聞こえてきた。

「時崎さん、ちょっと」

「なに？」

「いいからちょっとこっちへ」

振り向くと、モニタから離れて立つ李生のすがたが目に入った。スタッフのあいだを縫って
そばへ行く。眉間に皺を寄せ、長い両腕を組む李生の横に立った。

「どうしたの」

「いま事務所から電話が来て。玲央くん、インフルになったから今日の撮影は来られないと」

玲央は子役のなかでも主要なキャストのひとりだ。まじで、と言いかけてぐっとこらえる。

「わかった。大至急ほかの子役を手配して」

「性別と年齢は？」

シナリオにざっと目を走らせる。

「今日のシーンはせりふも抜き撮りもないから、女の子でもだいじょうぶ。年齢だけ十歳前後で」

「わかりました」

即座にスマホをタップし、李生が電話をかけ始める。

大基にも探してもらおう。周囲を見渡していると、湯気の立つコーヒーカップを手にした諸
星と目が合った。

「どしたの、時崎さん。顔色変えちゃって」

肉に埋もれた細い目をさらに細くして諸星が問う。

「いいえ、べつになんでも」

平静を装ってこたえる横合いから、

「急病で子役が欠席してしまって。誰かいまからお願いできませんか」

李生の声が響いてきた。諸星が口をまん丸に開ける。

「インフル？　ついに来ちゃったインフルエンザ？」

嘘をつくわけにもいかない。七菜はしぶしぶ首肯する。

「そうかーやっぱり始まっちゃったかぁインフルエンザ……」

「なんですか、やっぱりって」

「いやね、この時期子役が絡む撮影だと、必ずといっていいほどインフルが蔓延するんだよね、現場にね」

頬の肉を持ち上げて諸星が言う。

「嬉しそうに言わないでください」

「嬉しかないよぉ。ただ何十年もこの業界で生きてきた経験から忠告してるんだよ、これから大変なことになるぞって」

「ご忠告ありがとうございます。でも蔓延なんてさせませんから、けっして」

「時崎さんの意気込みはわかるけどねぇ。こればっかりはねぇ」

頬肉をたぷたぷ揺らせて諸星が首を振る。七菜はみっちり肉のついた諸星の背を押した。

「いいから持ち場に戻ってください。あ、みんなには言わないでくださいね、動揺しちゃうから」

「来る……きっと来る……魔のインフルドミノが」

わけのわからないことをつぶやきながら、首を振りふり諸星が去っていく。

冗談じゃない。ただでさえ押し気味なのだ。蔓延なんてさせるものか。

雪だるまみたいに膨らんだ諸星の背を睨みながら、七菜は強くこころに誓う。

だが翌朝、ベテランというものはだてに場数を踏んでいるわけではないことを七菜は思い知ることになる。


「倉林さん、欠席です。インフルに罹ったそうで」

スマホを切った助監督が言い、ホワイトボードに張られた出演者一覧にある倉林の名前を太い二重線で消した。

「倉林さんもか……」

いかつい顔をしかめて田村が息を吐く。

ふだんなら撮影が始まっているはずの朝九時。「さくらこども塾」の教室として使われている公民館二階の会議室に集まった矢口、田村、諸星、助監督そして七菜の五人は、いっこうに止まぬ欠席連絡を受け、文字通り頭を抱えていた。

「どうします？　これで三人めですが」

両手で油性ペンを転がしながら助監督が問うた。

倉林さんがいなくても撮影できるところ。七菜は血眼になって、今日撮影予定の第十話のシナリオを繰る。

すでにエキストラ欄には四本、線が引かれ、子役にも二名欠席が判明している。うち一名は昨日翔輝にくしゃみを浴びせた男の子だ。

戦力三割減といったところか。あすかたち主要キャストが無事なことだけが、不幸中の幸いだった。

「シーン4から8までだったら撮れるんじゃないかな」

同じように第十話のシナリオをめくっていた矢口が声を上げる。確かにそのシーンならキャスト数が少なく、いまいるメンバーで撮影可能だ。七菜はシナリオから顔を上げた。

「そうしましょう。助監督さん、下のスタッフとキャストに伝えてきてくださいますか」

頷いた助監督が部屋を出ようとしたとき、デスクに置かれた助監督のスマホが、ぶるるる、震え始めた。みな、疫病神でも見るような視線をスマホに向ける。

今度は誰!?　七菜は息を詰めて、受けこたえする助監督の顔を見つめる。

「わかりました。お大事になさってください。それでは」

「誰だ？　誰が休みなんだ」

助監督がスマホを切るやいなや、田村が噛みつくように聞く。

「岡本さんです。午後入りの予定でしたが、インフル陽性、しばらくは来られないと」

なんてことだ。七菜は天を仰ぐ。若くて健康な翔輝でも、さすがにウイルス直撃には耐えられなかったか。

「岡本くんがだめとなると……シーン7と8は撮れないなあ」腕組みをした矢口が唸る。

「となると、あとは……」

「……やはり始まったか、魔のインフルドミノが……」

それまで黙って成り行きを見守っていた諸星が初めて口を開いた。

「なんですか、その『インフルドミノ』って」

七菜が睨むと、諸星が低い声で語り始めた。

「あったんだよ、かつて。あれはもう十年くらい前になるかな。今回と同じような寒い時期の撮影で、最初のうちは順調に進んでた。けれどもまず子役がインフルにやられてね……それがあっという間に大人のスタッフやキャストに広がって……結局、そのドラマは撮影不能、お蔵入りになってしまった。覚えているよ、いまでもはっきりと。まるでドミノ倒しのようにみんなばたばたと……ばたばたと……」

「縁起でもないこと言わないでください！」

七菜は思わず叫ぶ。

「そうだよモロちゃん、いまはむかしと違っていい薬もあるんだからさ」

「とにかく撮影できるところ探そうぜ」

矢口と田村がシナリオを再度見直し始めた。

撮影は残りあと三話。第一話から五話までは編集も音入れも済み、すでにテレビ局に納品されている。ここまで来てお蔵入りなんてまっぴらごめんだ。

まだ暗い顔でぶつぶつとつぶやきつづける諸星を無視して、七菜もシナリオに目を走らせる。

「あ、ここ。ここ撮れるんじゃないですか」

助監督が手に持ったシナリオを上げてみせた。第十二回、最終話だ。

「どれどれ」

助監督が広げたページを矢口が覗き込む。

「シーン7からシーン11まで。これなら一輝さんとあすかさんメインだから」

「なるほど、確かに」

矢口が頷いた。七菜は助監督の示したシーンを指でなぞりながら読んでいく。

あすか演じる環子が、一度は逃げだした「さくら塾」のようすを窺いに来るシーン、環子に気づいた新藤塾長が呼び止めるシーン、そしてふたりが正面から問題に向き合うシーンとつづいてゆく。

「ここなら今日の予定通り、公民館とその前の道路で撮れますし」

「でもいきなり最終話って、話が飛びすぎちゃいないか？　役者の気持ちが追いつくかね」

文字を追いながら田村が指で顎を掻いた。

「だけどほかに撮れそうなシーン、ないですよ」

「そりゃそうだけどさ」

「どうする？　時崎さん」

矢口が七菜に視線を向けた。助監督、田村、そして諸星が揃ってこちらを見る。

決めるのはあたしだ。あたしの仕事なんだ。七菜は全員の顔をゆっくり見回した。

「撮りましょう。ただし役者さんたちが気持ちを作れるように、一時間ほど読み合わせの時間を作りましょう」

「そうだな、それがいい。撮影機材も組み直さなきゃならんし」

田村が言い、同意するように諸星が頷く。

「よし決まりだ」

ぱん、と矢口がシナリオで長机を叩いた。助監督が立ち上がり、階下のキャストスタッフに変更を伝えるため部屋を駆けだしてゆく。そのあとを矢口、田村、諸星がつづく。

さて、ぽっかり空いた一時間。あたしはなにをするべきか。

『チームが家族そのもの。家族に健康でいて欲しい』

頼子のことばがよみがえる。今日もきっと、こころ尽くしの温かいロケ飯が届くことだろう。お昼は頼子に任せるとしても、せめて免疫力の上がる飲みものくらい作ることはできないだろうか。

七菜はスマホのロックを解き、検索アプリを立ち上げて「風邪に効く　飲みもの」と打ち込んだ。


「どうですか？」

「どうって言われてもなあ」

田村が太い眉をひそめ、視線を中空にさまよわせた。右手に、湯気の立つ紙コップを握っている。

「まずいですか？」

身を乗りだして問うと、あわてたように首を振る。

「いやまずくはないよ。まずくはないんだけどさ」

「ないけど、なんです？」

「ううーん……」

ますます眉をひそめて、困ったように頬をごしごしと擦った。

七菜の作ったのは「ホットはちみつレモン」だ。コンビニではちみつとレモンさえ買えばあっという間に作れそうだったし、甘いものなら子どもでも飲みやすかろうと考えた結果だった。

だがはちみつは容易に手に入ったが、かんじんのレモンは置いていなく、仕方なく代わりに濃縮された瓶入りのレモン果汁を使って作った。実際十分もかからずに目指すものは完成し、まずじぶんで飲んでみたけれども美味しいのかどうなのか判断がつかなかった。そこで撮影の準備を終えた田村を捕まえて試飲してもらっている。

「あ、モロちゃん、ちょうどいいところに」

鼻歌を歌いながらトイレから出てきた諸星に田村が声をかける。

「これ、飲んでみてよ。七菜坊が作った『ホットはちみつレモン』」

「へえー時崎さんが。めずらしい」

寄ってきた諸星に、ポットからそそいだ液体をすかさず手渡す。

「どうぞ」

「いい香りじゃないの。いただきます」

ふうふうと息を吹きかけてからコップに口をつける諸星を、七菜も、そして田村もじっと注視する。

「どうですか？」

諸星が顔を上げるや、七菜は先ほどと同じ質問を繰り返す。諸星もまた、中途半端な顔になっている。

「なんていうか……普通？」

「ふつう？」

「あーはちみつとレモンだなあって。そんな感じ」

「そうそう。普通なんだよ。可もなく不可もなくっていうかさ」

我が意を得たりと田村も頷く。

「ふつう、ですか……」

つぶやいて、七菜は銀色のポットを撫でる。

ふたりの言うことはもっともだ。なにせコンビニで買ったはちみつとレモン果汁をお湯に溶かしただけのしろものだ。頼子だったらきっと厳選したはちみつを使い、どんなに手が痺(しび)れようとも生のレモンを何十個と搾って作るに違いあるまい。

「やっぱり頼子さんみたいにはできないなあ」

「そりゃいきなりは無理だよ、七菜坊」

「そうだよ、板倉さんだって何年も苦労してあの腕前まで辿り着いたんだろうしさあ」

俯く七菜を、ふたりが口を揃えて慰める。

「……はい。ありがとうございます」

七菜は素直に頷いた。

と、控え室の襖が開き、読み合わせを終えたキャストやスタッフたちが廊下へと出てきた。

「お、終わったようだ。さあ、撮影始めよう、撮影」

救われたように田村が言い、立ち上がる。諸星もそそくさと照明スタッフのもとへ去ってゆく。

七菜は気を取り直し、ポットと紙コップを携えて、公民館から出てゆくみなのあとを追った。


撮影は、まず公民館前の道路で行われることになった。

人混みにまぎれ、歩道の角から歩いてくるあすか。そのあすかを、ちょうど反対側からやってきた一輝が見つけ、声をかける。一輝に気づき、逃げだそうとするあすか。人混みを掻き分けながら一輝が追いかけていき、腕を摑んで振り向かせる。それが最終話のシーン7だ。

七菜は公民館の玄関脇に長机を置き、制作部を手伝って飲みものやキャンディをセットして休憩所を作った。コーヒーのポットの隣に、ホットはちみつレモンも並べる。

七菜が休憩所を設置しているあいだ、矢口の指示のもと助監督がエキストラの配置を行っていた。インフルで欠席の多い今日は、必要な数の半分も集まっていない。それでもなんとか工夫してエキストラを必要な位置に置く。

「それじゃあ橘さん、小岩井さん、立ち位置に入ってください」

矢口が言い、ふたりが公民館の玄関を真ん中に、歩道の右手と左手に分かれて立った。

「シーン7、テスト」

「シーン7、テスト行きます」

カチンコが切られ、エキストラが動きだす。七菜は休憩所の前で撮影を見守った。

右手、建物の影から歩いてくるあすか。同時に左手から一輝が歩きだす。人混みにまぎれ、お互いのすがたが見えないまま距離が縮まってゆく――はずなのだが、あまりにエキストラが少なすぎ、歩きだした時点で相手のすがたがもろ見えになってしまっている。それでもふたりは気づかぬふりをしつつ近づいてゆく。

不自然だ。七菜は両手で頬を挟んだ。不自然極まりないよ、これじゃあ。

「環子先生!」

一輝の声にさっと表情を変えるあすか。踵を返して走りだす。

「待って! 話をしよう!」

追いかける一輝。だが人混みに阻まれ、あすかに追いつくことができない――はずなのだが、これまたエキストラがまばらすぎて、やすやすとあすかに追いついてしまった。

うあああああ。七菜は天を仰いだ。やっぱり数が足りなかったか。

「カット。うーん……ちょっとエキストラの位置、変えてみようか」腰に手をあてて矢口が思案する。「もっとこう、密集するように立ってもらって」

助監督が羊飼いのようにエキストラを呼び集めた。

「変だよ、監督。あそこだけひとが多いのは」

ファインダーを目にあてたまま田村が声を上げる。矢口がモニタを覗き込んだ。その後ろから七菜も確認する。確かに変だ。周囲はがら空きなのに、一か所だけひとがわんさと集まっている。

「もっとアップで撮ってみようか」

「いや。そうすると橘さんと小岩井さんが同じフレームに入らない」

「んー。数を増やすしかないか。手の空いてるスタッフさん、悪いけど入ってください」

とはいえ本番中、手の空いているスタッフは少ない。李生と大基、それに三名ほどがエキストラに回ったが、それでも足りないのは目に見えて明らかだ。

「監督、野次馬のなかから何人か引っ張ってきましょうか」

七菜は矢口の耳もとで囁く。通常、身元の定かではない人間をエキストラに入れることはない。だがいまは非常時だ。

「そうするしかないね。あと五人ほど調達してきてくれるかな」

矢口の許可を得、七菜は李生と大基を呼び寄せた。

「なるたけ害のなさそうなひとを野次馬から選んで交渉してきて。子連れの主婦とか、おじいちゃんおばあちゃんがいいかも」

頷いた李生と大基が駆けてゆく。七菜も、警備員の後ろで撮影を見ている人の群れに近づいてゆく。

若い男の子はだめだ。万が一、あすかのファンだと困る。女子高生の四人連れ。ちょうどいいけど、制服だからNG。あとで学校に文句を言われたらまずい。

群衆を見回す。と、人垣からやや離れて立つ中肉中背の男性が目に入った。ジーンズにスニーカーというラフないでたちで、毛糸の帽子を目深にかぶり、クリーム色のマフラーで鼻と口を覆っている。あのひと、いいかも。ひとを掻き分けて男性の横に立ち、声をかけた。

「すみません。エキストラが足りなくて三十分ほど撮影に参加していただけないでしょうか」

驚いたように男性が一歩、身を引いた。

「なるたけお顔が映らないよう配慮しますので。どうかお願いします」

軽く頭を下げると、男性がさらにぐっと帽子を深くかぶり直し、両手を振る。

「い、いやあのぼく、いえわたしは」

不自然なまでに押し殺した声。でも、聞き慣れたこの声は——

「拓ちゃん!?」

男性が、びくりと全身を震わせた。

「拓ちゃん、拓ちゃんだよね」

七菜は夢中でマフラーの端を摑んだ。ややあって、諦めたように男性が帽子を上げる。困ったような恥ずかしいような、それでいて少し嬉しいような——複雑な表情を浮かべた拓の顔があらわれた。

「どうしてここに……」

「いや……そのぉ……」

拓の目が泳ぐ。

「こっち、集まりました。急いでください時崎さん」

背後から李生の切羽詰まった声が届く。

このさい理由はあとでいい。拓なら身元の心配もない。

「お願い、入って。このままじゃ撮影ができないの」

七菜はさらにきつくマフラーを摑んだ。拓が「うっ」と苦しげな声を発する。

「で、でも」

「頼むから、ね」

マフラーを両手で摑み、ちから任せに引っ張る。拓がげほげほと咳き込んだ。

「わ、わかった。わかったから手を離して。苦しいよ」

「ありがとう拓ちゃん！」

言うや七菜は、拓を野次馬のなかから引きずりだした。

「ご協力者、見つかりました！」

「よかった。ようし撮影再開！」

矢口の声が響く。現場に活気が戻ってくる。

拓たち新しく加わったエキストラのおかげで、なんとか人混みらしい風景ができた。矢口と田村のオーダーを聞き、助監督がエキストラに細かい指示を与えて回る。七菜もエキストラに回ったスタッフの仕事を補うため、コードを捌いたりレフ板を調整したりといつも以上に走り回った。仕事をしつつ、拓のようすを見守る。助監督の指示にいちいち頷き、時に「復習」するすがたが生真面目な拓らしくて、つい七菜はほほ笑んでしまう。

何度かテストを繰り返し、ようやく本番の撮影が始まった。独特の緊張感が現場を包み込む。まるでここだけ透明なカプセルに閉じ込められたような、現実と非現実のあわいのような空間。

諸星の横でレフ板を掲げながら、七菜は息を詰めて役者とエキストラの動きを目で追う。全体を見なくてはと思うものの、気づけばつい拓のすがたばかり追ってしまう。

拓ちゃんが無事にやり遂げますように。どうかいい画(え)が撮れますように。いっしんに念じる。

「カット！　シーン7ＯＫ」

いつもより入念にテストを繰り返したおかげか、一発で本番が決まった。現場にいる全員の緊張がいっせいに緩む。カプセルが消え、現実が戻ってくる。

「監督、このあとは本物のエキストラだけでだいじょうぶですか」

本物の、ということばが我ながら可笑(おか)しかった。

「うん。もう帰ってもらっていいよ」

やり取りを聞いていた李生と大基が、それぞれスカウトしてきたエキストラのもとへ走ってゆく。七菜も、歩道の端にたたずむ拓の横へと向かった。

「ありがとうございました」

「いえべつに、大したことはしていませんから」

七菜と目を合わせずに拓がこたえる。

「でもなんで拓ちゃんがここに」

ずっと気になっていたことを聞く。

「今日はたまたま休みで……観たい映画もなかったし……」

もなもなと拓がつぶやく。

「だけどよくわかったね、ここで撮影してるって」

「前に、メインのロケ場所はここだって言ってたから……もしかしたらと思って」

どうにも歯切れが悪い。相変わらず目を合わせてくれない。

けれど七菜は嬉しかった。わざわざこうして現場に足を運んでくれたことが純粋に嬉しかった。喜びに背中を押され、七菜は口を開く。

「拓ちゃん、あの、今日は早めに撮影が終わると思うの。だから家で待っててくれないかな」

「いや。それはやめておく」

きっぱりと拓がこたえる。七菜の気持ちが急速に萎んでゆく。

やっぱりまだ許してはくれないのか。もとのような関係には戻れないのか——

「そっか。ごめん勝手なこと言って。じゃあ」

「待って、違うんだ七菜ちゃん」

踵を返そうとした七菜をあわてたように拓が止める。七菜はふたたび拓と向き合った。くちびるを舌で湿らせてから、拓がゆっくりと話しだした。

「七菜ちゃんがいかにいま大変なときか、現場を体験して、ほんの少しだけれどぼくにも理解できた。いまは仕事に集中するべきだよ。ふたつのことを同時に進めようとしたら、きっと同じことの繰り返しになってしまう。だから……」

いったんことばを切って、ようやく七菜と視線を合わせた。

「……この仕事が無事に終わったら、そのときゆっくり話そう。ぼくはそれまで……待っているから」

拓の濁りのないまなざしが、春の光のように七菜のこころをじんわりと温める。熱が、ちからとなって全身に広がってゆく。

「……わかった」

「じゃあぼくはこれで」

「あ、待って」

背を向けた拓を引き留める。休憩所に走ってゆき、紙コップにホットはちみつレモンをそそいで、拓のもとへ戻る。

「よかったら飲んでみて。あたしが作ったの」

「え、七菜ちゃんが?」

「美味しくないと思うけど……少しはあったまるかなって」

拓が、紙コップに口をつける。上下に揺れる喉ぼとけを七菜は真剣な面持ちで見つめる。

「どう……かな?」

一拍の間をおいて拓がこたえる。

「美味しかったよ。すごく」

「え、でもほかのひとは」

「ほかのひとはともかく、ぼくは……美味しかった」

「ありがとう……」

七菜が頭を下げると、照れたようにそっぽを向き、空になったコップを差しだした。受け取ろうと伸ばした手が、拓の指さきに触れる。七菜の全身を電流のような衝撃がつらぬく。

この指。数えきれないくらい幾度も絡め合い、繋ぎ合ってきたこの指。白くて滑らかな温かい指——

ゆっくりと歩き去っていく拓の背中を見つめながら、七菜は触れ合った指さきを、もう片方の手のひらでそうっと包んだ。


日々が飛ぶように過ぎてゆく。

三月の終わりには大寒波も去り、ようやくインフルエンザも収束して撮影は順調に回りだした。

頼子はまだ現場に戻ってこない。ロケ飯だけが決まった時間にきちんと届けられるだけだ。

さすがにスタッフやキャストにも「たんなる肺炎ではないようだ」という空気が流れ始めたが、あえて頼子の病状について尋ねるものはいなかった。

美味しいロケ飯が毎日届く。それはつまり頼子はチームの一員のままで、いまできる仕事を精いっぱいやっているということだ。チーム全体がそう捉え、口には出さないものの頼子の戻ってくる日を心待ちにしている気配が七菜にも伝わってきた。

あの日以来、拓とはＬＩＮＥで連絡を取り合っている。

「今日は暖かいね」だの「公園の菜の花が綺麗だったよ」だのといった他愛もないやり取りだけだったが、この細い線の向こうには確かに拓がいて、線が切れぬよう大切に握ってくれている。そう思うだけで七菜は気持ちが和らぎ、凪いでいくのを感じる。

そうしてついに四月がやってきた。

放送開始は四月十三日。撮影は残すところあと二話。第十一回と最終話の第十二回だけだ。まさに最後の踏ん張りどころ、諸々の事情で遅れたぶんも取り返さねばならない。ゴールが見えてきただけに、キャストもスタッフもいままで以上に熱と気合が入っている。

それはもちろん七菜も同じことで――いや、プロデューサーである七菜の場合、撮影現場だけでなく、音や曲入れといった編集作業と並行して、番組宣伝のためのキャストのスケジュール管理やテレビ局側との最終調整など多岐にわたる仕事を同時にこなさなければならない。仕事に追いまくられ尻を叩かれ、常に息を切らせながら走り回っている状態であった。

その日も現場のあとスタジオに行き編集を済ませ、事務所に寄って明日の撮影を確認し、必要な連絡事項を各所にメールしてからようやく帰途についた。部屋に戻って時計を見ると、四月三日から四日に日づけが変わって二時間が経っていた。

もうだめ。一刻も早く寝たい。

バッグを投げだし、ベッドに飛び込む。うつぶせの変死体のような有様だったが、すぐに睡魔がやってきた。とろとろとした助走が終わり、本格的な眠りに落ちようとしたとき、バッグに入れたままのスマホが鳴りだした。

無視しよう。明日の朝いちばんに確認しよう。シーツに顔を伏せたまま、七菜は眠りにしがみつく。だがいっこうにスマホは鳴り止まない。いったん切れても、すぐにまた鳴り始める。

なんだ、なにがあったというのだ。半分眠ったままの状態で、仕方なく七菜はバッグまで這ってゆき、スマホを取りだした。ディスプレイにポップアップされた「愛理さん」の文字。七菜は半目でスマホをタップする。

「ふぁい」

「七菜ちゃん⁉　ツイッター見て！」

耳をつんざくような愛理の叫び声が聞こえてきた。

「ついったぁ？　なんで」

「いいから早く！」

それだけ言うと愛理は通話を切った。

なんだこんな時間に。ともすれば落ちてくるまぶたを必死で上げつつ七菜は白い鳥のアイコンをタップする。ディスプレイが切り替わり、ツイッターのトップに澄ました朱音の顔が映しだされた。重なって並ぶ文字を目にしたとたん、眠気が一気に吹っ飛んだ。

『小説家、上条朱音さんの息子、大麻所持容疑で現行犯逮捕』

息子？　大麻？　現行犯逮捕⁉

がばりと起き上がり、朱音の顔をタップする。

最初にあらわれたのは、ＮＨＫのニュースだった。

『三日午後十時頃、東京都港区六本木の路上で、小説家、教育評論家の上条朱音さんの息子、聖人容疑者（三十）が大麻取締法違反の疑いで現行犯逮捕されました。一緒にいた友人の松野（まつの）武蔵（むさし）容疑者（四十一）の車から大麻が見つかっており、松野容疑者の自宅で大麻パーティに出たあと帰宅の途中だったと供述しています。聖人容疑者は現在、警視庁麻布警察署に身柄を移され、詳しい取り調べを受けているということです』

大麻パーティに出ていた？　あのおとなしそうな聖人が？　しかも警察に逮捕されたって――

七菜の脳裏に、口下手で内向的で、いつもひとの陰に隠れて生きているような聖人の顔が浮かぶ。にわかには信じられない思いで、ディスプレイをスクロールする。深夜にもかかわらず、すでに聖人逮捕の報道を受けてツイッターは大炎上していた。

『マジで。母親ってあのエラソーな小説家だろｗｗ　#上条朱音　#息子　#大麻逮捕』

『教育評論家ｗｗ　じぶんの息子をまず教育しろよ　#上条朱音　#息子　#大麻逮捕　#教育評論家』

『【悲報】小岩井あすか主演ドラマ『半熟たまご』放映中止決定　#小岩井あすか　#半熟たまご　#春ドラ』

大量の蜂がわいたように頭がわぁんと鳴る。心臓がいまにも飛びだしそうに跳ね回る。落ち着け、おちつくんだ。そうじぶんに言い聞かせ、耕平に電話をかける。二回のコールで耕平が出た。

「い、岩見さん、上条先生の息子さんが」

「おれもいまさっき知ったところだ」

さすがの耕平も声が乱れている。

「ど、どうしよう。どうしましょう」

「今夜はもう遅い。先生も混乱しているだろう。明日の朝いちばんにアポ取って上条先生のようすを確かめてこい。おれは局に行くから」

「撮影は」

「続行しろ。まだなにも決まっちゃいねぇ。じゃあな」

「あの、まさか放映中止になんてならないですよね」

切ろうとした耕平に縋りつくように尋ねる。数秒の間。

「……わからねぇ。とりあえずいまは寝ろ」

音の消えたスマホをぼう然と見下ろす。

寝ろと言われたって、この状況だ、眠れるわけがない。

結局一睡もできないまま、七菜は朝を迎えた。

まだ朝の九時だというのに、朱音のマンション前は報道陣でいっぱいだった。ＮＨＫに民放各局、なかには朱音がコメンテーターとしてレギュラー出演している局のカメラもある。

朱音に指示された通り、七菜は表玄関を通り過ぎ、角を曲がってマンションの地下駐車場に入った。鉄柵の向こうに初老の男性管理人がおり、七菜を認めると黙って鍵を開けてくれた。

「なんなのよ、いったい！」

応接室に通されるやいなや、朱音が叫んだ。

七菜は朱音の真向かいに突っ立ったまま、恐るおそる朱音に尋ねる。

「あの……先生、今回のことについてはなにも」

「知らないわ。知ってるわけがないでしょう！　そもそもまあちゃんがそんなパーティに出るなんてあり得ないわ！　悪い友だちに騙されたのよ、きっと」

全身の毛を逆立てたヤマアラシみたいに怒りに身を任せて朱音が言い募る。

「わたしも……信じられません。聖人さんが薬物に手を出すなんて」

「でしょ!?　時崎さんもそう思うわよね」

朱音が七菜の両肩を掴み、強く揺さぶった。肩に食い込む爪が痛い。

「それで聖人さんご自身はなんて」

「会ってないわ。話もさせてもらえない。まったく警察の馬鹿どもが！」

忌ま忌ましそうに朱音が吐き捨てた。

「じゃあ聖人さんはいま」

「麻布署の留置場にいるわ。顧問弁護士が接見しているはずだけど」

「弁護士さんから連絡は」

「まだよ。今朝ようやく行ったばかりだもの」

「そうでしたか……」

七菜はくちびるを噛んだ。母親の朱音ならなにかしら事情を知っているかと思ったが、どうやらなにもわからないらしい。

「いったいなんでこんなことに……」

朱音がおかっぱ頭を掻きむしる。と、アンティーク調のローボードの上に置かれた電話が鳴りだした。だが朱音はいっこうに動かない。

「先生、あの、電話が」

これまたアンティーク調の華奢な電話機をちらりと見やる。朱音が強く首を振った。

「出なくていいわ。どうせマスコミよ」

数回、コール音が響いたあと留守電に切り替わる。メッセージが終わると相手が喋りだした。

「上条先生、朝日新聞の中村と申します。このたびの件についてひと言コメントをいただきたく、ご連絡差し上げました」

朝日の記者が喋っているあいだに、今度は朱音のスマホが着信音を上げ始めた。デスクの上のスマホを見ようともせず、これも朱音は無視をする。

家電が切れた。と思ったら、今度はチャイムが鳴りだした。一回、二回、三回。いったん切れたものの間をおかず、ふたたびチャイムが連打される。鳴りやまぬスマホの着信音とチャイムに、七菜は追いつめられたようなこころもちになる。

「わたし、出ましょうか?」たまらず申しでたが、

「構わないで。見たでしょう、エントランス。あんなやつらの相手する必要ないわ」切って捨てるように朱音がこたえる。

血走り、吊り上がった目。握りしめた拳、剝きだされた歯。全身から激しい怒りの波動が伝わってくる。久しぶりに浴びる朱音の怒りはやはり凄まじく、じぶんに向けてではないとわかっているものの、七菜はついあとじさってしまう。だが逃げるわけにはいかない。ただ騒いでいる外野と違い、七菜はドラマの責任者だ。いってみれば朱音と同じ当事者なのだ。

まずは落ち着かせなくちゃ。七菜は朱音の肩にそっと手を置いた。

「先生、とりあえずお座りください。ね?」

ゴブラン織りのソファにいざなうと、めずらしく素直に従った。七菜も対面に浅く腰かける。

ほうっ、朱音が深い息を吐いた。

「それで、時崎さんが来たってことは、ドラマの件よね」

「はい」

「まさか中止なんてことはないわよね」

朱音の巨大な目がまっすぐに七菜を捉える。

一瞬、ことばに詰まった。だがすぐに笑みを作る。まだなにも決まっていない。ならばよけ

いなことは言うべきではない。

「もちろんです。今日だって撮影はつづいています」

朱音の視線がわずかに和らいだ。

「よかった。だいじょうぶよ、すぐにまあちゃんは無実だって証明されるわ。だから安心してつづけて頂戴」

頷いたものの、さすがに朱音ほど楽観的にはなれない。あの真面目そうな聖人が薬物に手を出すなんてとうてい信じられないし、信じたくもない。

「きっと悪い友だちが嘘をついて、まあちゃんを巻き込んだのよ。もしかしたらまあちゃんのお金が目的かもしれないわね。まあちゃんは優しい子だから友だちを裏切れなくて、それで」

さっきと同じような話を延々と繰り返す。七菜相手に話すことで安心したいのかもしれない。その気持ちはわかるけれど、一日じゅう朱音の愚痴に付き合っているわけにもいかない。それに。

まるで小学生の我が子を庇うように「悪い友だちのせい」だの「まあちゃんは騙されている」だのといったもの言いに、七菜はだんだん気持ちの悪さを感じ始めていた。

聖人は三十歳、しかもＮＰＯ法人の理事長を務めている。大の大人であり、社会的立場もある存在だ。いくらなんでも子ども扱いしすぎなのではなかろうか。

母親にとって、いくら歳を取っても子どもは子ども、という気持ちは理解できる。実際七菜の母親だって、七菜を一人前の大人と認めていないふしがある。けれど朱音のそれは、ちょっと常軌を逸している感が否めない。

どんどん募ってゆく居心地の悪さに、帰るきっかけを探していると、運よくポケットのスマホが振動し始めた。

「先生、申し訳ありません。電話がかかってきてしまいました」

ソファから腰を浮かせる。

「いいわよ、ここで話して」

「いいえ、そんな失礼なことは。今日はいったん失礼して、また改めて伺います」

名残惜しそうな朱音に向かい、ぺこりと頭を下げる。

「待って、時崎さん」

「なんでしょうか」

朱音の目がまっすぐに七菜を捉える。

「忘れていないわよね――最後の最後までちからを尽くし『半熟たまご』を立派に完成させる、あの約束を」

七菜はごくりと唾を飲み込んだ。

「もちろんです。必ずやり遂げてみせます」

半分はじぶんに言い聞かせるつもりでこたえた。朱音の表情が、今日初めて緩んだ。

再度一礼し、ドアノブに手をかける。と、ドア横の壁に掛けられた絵が視界に飛び込んでくる。

手漕ぎのボートが幾艘(いくそう)か並んだ湖。樹々に囲まれた静かな湖は、なかばで時空が歪み、ごみバケツや派手な看板がこれでもかと重なる狭い横町に繋がっている。原色を多用した独特の色使い、猥雑さと繊細さが同居し融け合う、奇妙だけれども個性溢れる世界――

「これ……聖人さんの」

思わずつぶやくと、朱音が頷いた。

「そう、まあちゃんが描いた絵よ。ちょっと面白いでしょう」

「ちょっとどころか、すごく魅力的です」

「そうね。小さいころから何度も絵画展で賞をもらったわ」

小鼻を膨らませて朱音が胸を張る。

「プロの画家になれるんじゃないですか、こんなにお上手なら」

本心から言ったことばだが、朱音は強く首を振った。

「無理よ。プロの画家なんて、そうそう簡単になれるもんじゃないわ。創作者の世界はそりゃ厳しいのよ。あたくしだって散々苦労したし、ちょっとやそっと上手だからってやっていけるわけないのよ。だからまあちゃんはNPO法人の仕事をやっているのがいちばんいいの。それがあの子のためなの」

寸分のためらいもなく朱音が言い切る。

朱音の言うこともっともだと思う。この世界に入ってまだ五年だが、七菜自身、芽が出なくて辞めてゆく俳優やアイドル、シナリオライターを幾人も見てきた。でも、聖人の本音はどうなのだろう。画家として生きていきたいと思ったことはないのだろうか。

一度止んでいたスマホがふたたび震えだした。

「では失礼いたします。近日中に必ずまた」

丁寧に頭を下げ、部屋を出る。ドアを閉めたとたん、チャイムと電話の鳴りだす音が背後から聞こえてきた。

朱音のマンションを来たときと同じ方法で出、百メートルほど歩いた道端でスマホを取りだす。履歴に残った耕平の番号をタップする。

「どうだった、先生のようすは」

耕平も街中にいるらしい。車の通る音や他人の話し声が背後に流れている。

「まだなにもご存じないようでした」

「そうか」

「岩見さん、局のほうは？　なんて言われました？」

「会って話そう。事務所に戻っててくれ。おれは……そうだな、三十分もあれば着くと思う」

「はい」

通話を切り、スマホをしまって七菜は赤坂の街を歩きだす。

アッシュの事務所は朱音のマンションから歩いて数分のところにある。さきに到着した七菜は、誰もいない会議室で耕平の帰りを待つことにした。

いまごろ現場はどうしているだろうか。パイプ椅子に座り、落ち着かない気持ちで考える。

聖人逮捕のニュースはみな知っているに違いない。けれどみなプロ中のプロだ。きっと不安を感じながらも、やるべきことを粛々とこなしているだろう。李生はうまくやっているだろうか。大基はちゃんと働いているのか。現場のようすを想像してはあれこれと考えてしまう。

止そう、よけいなことを考えるのは。

気持ちを切り替えるため、七菜はリモコンに手を伸ばし、テレビの電源を入れた。画面に映ったのは、主婦向けのワイドショー。『小説家・上条朱音さんの息子、大麻所持で逮捕！』というテロップが画面上部を占めている。右端にMCを務める芸人と女性の局アナが立ち、左手の机に、数人のコメンテーターが座っている。七菜の目がテレビに吸い寄せられてゆく。

「どう思いますか、三浦さん。同じ教育評論家として今回の事件を」

芸人が、片手を司会台に預けたポーズで問いかけた。話を振られた五十代後半の男性が、机の上で両手を組み、深刻そうな声音で話しだす。

「いやあまずいと思いますよ。聖人容疑者は学習困難家庭の子どもたちに無料で勉強を教えるNPO法人の理事長だっていうじゃないですか。いわば校長先生がクスリに手を出したようなものでしょう。塾に通う子どもたちはもちろん、ほかの青少年に与える影響もはかり知れないと思いますし」

ほかのコメンテーターがいっせいに頷く。吸ったと決まったわけでもないのに。七菜のこころに怒りがわく。

「あたしは母親である上条先生の責任も大きいと思うな。テレビや小説であれだけ上から目線で教育について語ってるのにさ、当の本人が息子の教育に失敗してるわけじゃない？」

三浦の隣に座る中年女性が口を挟んだ。本業は小説家だが、本を出すよりワイドショーやクイズ番組で見かけることのほうが多い作家だ。

「いままで書いてきたことってなんだったのよって気になってくる。信頼できないよねー全然」

口調が刺々しい。性格のきつい朱音のことだ、きっとテレビや文芸の世界でも敵が多いに違いない。

いたたまれなくなり、チャンネルを替える。だがその局でも聖人の事件を扱っていた。同じようなテロップが躍り、街行くひとびとのインタビューが流れている。

「すごい尊敬してたんですけど、今回のことでがっかりしたわ。ねえ？」

上等そうなコートを着込んだ五十代とおぼしき女性が、連れの女性に同意を求める。派手な化粧を施した相手が眉をひそめて頷く。

「わたしけっこう持ってるんですよ、上条先生の本。子育てしてたときはバイブルみたいに何度も読んでたのに、なんだか裏切られた気持ち」

画面が切り替わり、七十代くらいの高齢男性が映った。

「わたしゃもともと信用してなかったですよ。ああいう金持ちで偉そうな女性はね、他人には厳しいくせにじぶんや息子には甘いもんだ。化けの皮が剝がれたんだ、いい気味ですよ」

マイクに向かってまくしたてる。

マスメディアは恐ろしい。七菜の背中を冷たい汗が滴り落ちる。

なかには朱音を擁護するひとだっているはずだ。熱烈なファンだって何万人も存在する。けれどこうやって編集され、放送されてしまえば、あっという間に世論は「朱音憎し」に傾いてしまう。特に朱音のような有名人であればあるほど叩きがいがあり、大衆にとって共通の敵となりやすい。いわば手っ取り早い不満のはけ口にされてしまうのだ。

魔女狩り。現代の魔女狩り――そんなことばが七菜の脳裏に浮かぶ。

「待たせたな」

とつぜん降ってきた耕平の声に、七菜はびくりとからだを震わせる。あわててリモコンのスイッチを押し、テレビを消した。耕平はなにも言わず、七菜の隣のパイプ椅子にどさりと腰をかけた。

「ど、どうでしたか、局の反応は」

舌が縺れる。鼓動がどんどん速くなってゆく。

耕平がひとつ大きく息を吐き、前歯で下くちびるを噛んだ。

「放送は中止と言われた。スポンサーもみな降りるだろう……最悪のタイミングだった」

ぐらり。七菜の視界が歪む。きーんという高い音が耳の奥で鳴り響く。

「そんな……だって不祥事を起こしたのは上条先生ではなく、息子さんなのに」

「関係ねぇさ、局やスポンサーにとっちゃそんなこと」

「でも」

「子どもの不始末は親の責任。この国じゃ、それが当たり前なんだよ。残念ながら、な」

耕平の声に疲れが混じる。七菜は半身を乗りだした。

「それで岩見さんは?」

「あ？」

「岩見さんはいいんですか『半熟たまご』が世に出なくなっても」

数瞬、耕平が七菜を見つめる。七菜はまばたきすら忘れ、耕平の顔を見返す。

「……仕方ねぇだろ。こっちゃたんなる下請けだ。金を出す局側が中止と決めたら、逆らうことなんかできねぇ」

「けど……あと少しなのに。あと少しで完成するのに。これまで必死で撮影を進めてきた現場の努力が」

「時崎。おまえの気持ちはよくわかる。おれだっておまえと同じ気持ちだよ。だけどさ……しようがねぇこともあるんだよ、この世の中にはさ」

耕平の目が潤んだように見える。本音だと、本心から言っているのだとわかる。返すことばが見つからず、七菜は額に手をあて、俯いた。

窓の外から耳障りなクラクションの音が響いてきた。異常なくらい執拗に、何度もなんども何度も。

「……現場のみなに伝えてくれ」

耕平が乾いた声で言う。

「……あたしが、ですか」

絞りだした声は、じぶんのものとは思えないくらい掠れ、ひび割れている。

「それがプロデューサーの仕事だ……違うか？」

薪をきっちり組み上げるように耕平が告げる。

強い風が吹き、窓枠が音を立てて揺れる。


七菜が公民館に到着したのは、ちょうど昼の休憩中だった。

ガラス戸を開けるなり、大基、そしてやや遅れて李生が小走りで近づいてくる。ふたりには
あらかじめ電話で中止の件を伝えてあった。

「スタッフもキャストもみんないる?」

七菜が尋ねると李生が無言で首肯した。大基が大またで一歩、七菜に詰め寄る。

「時崎さん、おれ、おれ納得できないっすよ。なんで息子のせいでドラマまで」

勢い込む大基を七菜は手で制する。

「わかってる……あたしだって同じ気持ちだよ。でもいまはとにかく、決まったことを伝えな
くちゃ」

「いや、でも」

「落ち着け、平。時崎さんの言う通りだ」

興奮する大基の肩を李生が押しとどめた。まだなにか言いたそうな大基だったが、李生の表
情を見てしぶしぶ口をつぐむ。

「……ついてきて」

李生と大基を従え、七菜は控え室の襖を開けた。

七菜たちを見るなり、にぎやかに喋り合っていたスタッフやキャストがいっせいに口を閉じる。部屋が不気味なほど静まり返る。七菜はぐるりと部屋を見回した。

「みなさん揃ってますか？　お伝えしなくちゃならないことがあるんです」

数人のスタッフが立ち上がり、外で休憩しているものを呼びに走りだした。その間、七菜は集まったチームの面々を確認する。

一輝がいる。あすかも岡本もいる。その他主要キャストは全員椅子に腰かけて、じっと七菜を見つめている。矢口監督、田村撮影監督に諸星照明監督。どの顔も緊張で強張り、七菜の一挙手一投足に視線をそそいでいた。喉もとまで小石を詰められたような息苦しさを七菜は感じる。

外にいたメンバーが戻って来、全員が控え室に集まった。詰まった小石のすき間から押しだすように、七菜は話し始める。

「……すでにみなさんご存じとは思いますが、『半熟たまご』の原作者である上条先生のご子息が大麻取締法違反の容疑で警察に逮捕されました。その件を受け、弊社の岩見が、本日テレビ局側のチーフプロデューサーと話し合いを持ちました。その結果――」

いったん口を閉じ、呼吸を整える。みなの視線を一身に浴びた七菜は、火をつけられたごとく全身にひりひりした痛みを感じた。こころを落ち着かせて、ことばを継ぐ。

「――誠に残念ながら『半熟たまご』の放映は中止と決まりました。みなさんには多大なご迷惑をおかけし、ほんとうに申し訳ございません」

深くふかく腰を折る。背後から李生と大基が頭を下げる気配が伝わってくる。

一瞬、間があった。エアポケットにすっぽり部屋ごと落ちてしまったような、間。

やがてあちこちからざわめきが上がりだした。

「そんな、いまさら」

「冗談じゃないよ、ここまで来て」

「なんで息子のせいでドラマが」

ざわめきがどんどん大きくなる。あすかの泣き声が聞こえてくる。翔輝がなにごとか、あすかに話しかけている。腰を折ったままの七菜に向かい、岩にあたった波頭が砕けるように激しく声が襲いかかってくる。

「みんな、静かにしてください」

穏やかだが有無をいわさぬ矢口の声が響き、ざわめきが一瞬にしてぴたりと止んだ。

「頭を上げてください、時崎さん、佐野くん、平くん」

矢口に促され、七菜はふらつく足を踏みしめ顔を上げる。正面に座る矢口と、がちり、視線が合った。

「中止は決定なんですね。もはや動かしようがないんですね」

七菜の目を見つめながら矢口が嚙んで含めるように尋ねる。

「……はい」

ふうっ。腹の底から絞りだすように、矢口が息をついた。

「……わかりました。では撤収するしかないようですね」

「撤収って、待てよおい」隣に座る田村が、めずらしく取り乱した声を上げる。「そんなに簡単に諦めていいのかよ、監督」

「仕方がない。決まってしまったものは」

「でもよ」

「ぼくらには、どうすることもできない。わかってるだろ……タムちゃん」

あくまでも穏やかに矢口がこたえる。田村がまだなにか言おうと口を開け――だが結局、それはことばにはならない。

矢口が立ち上がり、みなの顔を見渡した。

「解散しましょう、みなさん。こんなかたちになってしまって残念極まりないが……解散、しましょう」

スタッフキャスト全員、一人ひとりの顔に目をあてながら、矢口が静かに言い渡す。最後に七菜とまっすぐ向き合った。

「お疲れさまでした。時崎さん。そして、みんなも――お疲れ、さまでした」

オツカレサマデシタ。

魔法の呪文みたいなそのひと言が、凍りついた場を動かす。

のろのろと立ち上がるもの、放心したように空を見つめるもの、怒りのあまり椅子を蹴倒すもの――

みなの動きを目は確かに捉えているのに、七菜の頭は真っ白で、なんの感慨もわかない。まるで映画のワンシーンを見るように、現実感がわいてこない。

木偶のように突っ立ったままの七菜の後ろから「ギャランティその他の連絡は追って必ずいたします。ほんとうにすみませんでした」叫ぶ李生の声が響く。

両手で顔を覆ったあすかが、翔輝に抱きかかえられるようにして部屋を出ていく。震える肩、泣きじゃくる声。矢口と短く挨拶を交わしてから一輝が七菜たちの横を通り過ぎた。それぞれのマネージャーがあとにつづく。

ひとり、またひとりとスタッフが消えていく。どの顔も憔悴し、疲れきってみえる。

メイクボックスを片手に提げた愛理が七菜の前に立った。

「……悔しい。悔しいね、七菜ちゃん」

「……ごめん、なさい」

なかば無意識にことばがまろびでる。愛理が激しく首を振る。

「七菜ちゃんのせいじゃない。じぶんを責めないで」

「でも」

「七菜ちゃんはがんばった。よく、がんばったよ――」

空いているほうの手で七菜を抱きしめる。愛理の体温を感じながらも、七菜にはやはり目の前で起こっていることが現実とは思えない。

「また連絡するから。ね、ね？」

愛理が七菜の顔を心配そうに覗き込む。機械的に頷いた。何度もこちらを振り向きながら愛理が去ってゆく。

なにごとか打ち合わせをしていた矢口、諸星、そして田村が席を立った。ほかのスタッフはすでに出てゆき、部屋には誰もいない。

矢口、諸星が七菜たち制作の三人にねぎらいのことばをかけてゆく。操り人形のように七菜は謝罪とお辞儀を繰り返す。

「おい七菜坊」

田村の太い声に顔を上げた。彫りの深い武士のような顔が歪み、小刻みに震えている。

「すみませんでした、田村さん」

平板な声、そして平凡な文句しか出てこない。そんな七菜を、田村がじっと見つめる。かけるべきことばを探すように、田村の視線が宙をさまよう。

数秒、そうしていたろうか。やがて田村のごつい手のひらが七菜の肩に置かれた。

「――またな」

そのひと言を残し、田村もまた、部屋を出ていった。ガラス戸がゆっくりと閉じる音がする。

ふっ、李生が短く切るような息を吐いた。

「……片づけますか」

誰に言うともなくつぶやき、手近にあるパイプ椅子に手をかける。

「今日はいいよ」

ぼうっとしたまま七菜は李生を止めた。

「でも」

「佐野くんも平くんも疲れたでしょう。今日は帰って、明日やろう」

やや間をおいてから李生が自虐的につぶやく。

「そうですね……時間はたっぷりあるんだし」

そのままじぶんの荷物をまとめ始める。黙ったまま大基が黒いバックパックをだらりと背負った。

「時崎さんは帰らないんですか」

支度を終えた李生が、その場で動かない七菜を見て不審そうな声を上げる。

「うん。最後に戸締まりとかしなきゃだから」

「任せちゃっていいんですか」

「いいよ。あたしがやる」

ほんのわずか無言で七菜を見つめてから、李生がぺこりと頭を下げた。

「じゃ。おさきです」

「お疲れさまでした」

足早に李生が部屋を出てゆく。のろのろとした足取りで李生のあとにつづいた大基が、出る直前足を止め、こちらを振り返った。

「どうかした？　平くん」

「……殺してやりたいっす」

押し殺した声。血走ったまなざし。七菜は思わず大基の顔を見つめる。大基がゆっくりと繰り返した。

「殺してやりたいっす、おれ。その息子とかいうやつ」

ひと言ひとことを鋭利なナイフで空に刻み込むように言うや、ぱっと身を翻し、廊下へと駆けだしていく。その後ろすがたを七菜はぼう然と見送った。

殺してやりたいころしてやりたい殺してやりたい。

大基のことばが頭のなかでこだまする。

当然だと思った。そう考えるほうが普通だと、思った。

もしも聖人本人を知っていなければ、七菜だって同じ思いを胸に抱いたかもしれない。

けれど。

怒りくるう朱音を必死で説得してくれた聖人。七菜の情熱を素晴らしいと言ってくれた聖人。朱音の許しが出たときに、初めて見せたはにかむような笑顔――さまざまな聖人の顔が思い浮かぶ。

できない、あたしには。聖人を憎むことがどうしてもできない。それに――あの聖人が大麻を吸ったとはけっして思えない。

とにかく帰ろう、あたしも。七菜は畳に釘打たれたような足を無理やり引き剝がす。今日はあまりにも多くのことがありすぎた。帰ってからだを休め、少しでも冷静にならなければ。

施錠をしようと、七菜は部屋を横切り、窓に近づいてゆく。ふと、窓の前に置かれたホワイトボードが目に入る。

何枚も張られたスケジュール表や各スタッフの伝達事項、殴り書いたようなメモ書きで埋め尽くされたボードの隅に、なにか絵のようなものが描いてある。よく見ようと顔を近づけた七菜は、衝撃のあまりその場に凍りつく。

それはひよこの絵だった。

誰かがいたずらで描いたらしき稚拙な絵。楕円形の卵にひびが入り、いまにも孵化しようと顔を出したひよこの絵。

けれどこの卵が孵ることは永遠にないのだ。ひよこが外の世界に生まれでることは、もはや永遠に――

失われていた現実感が一気によみがえってくる。七菜と世界を隔てていた曇りガラスが勢いよく砕け散る。

ああああああああ！

声にならない叫びが、咆哮が、腹の底からほとばしる。

視界が歪む。床が傾く。立っていられず七菜は獣のように四つん這いになる。胃が捻れ激しく痙攣する。みっしり詰まっていた小石が逆流を始め、猛烈な吐き気が襲ってくる。

七菜は吐いた。涙と涎を垂れ流しながら吐きつづけた。今朝からなにも食べていない胃から溢れでるのは、緑がかった黄色い胃液だけだ。

どうして。なんで。なんでこんなことに。

粘度の高い液体が畳に広がってゆく。独特の酸っぱい臭いが部屋じゅうに漂う。吐いて吐いて、胃液すら尽きても吐いた。血の気が引いてゆく。心臓の音が耳もとで鳴る。頭を上げていることができない。七菜はその場に突っ伏し、目を閉じる。

いったいどれくらいのあいだ、そうやって倒れていたろうか。

気づくと窓の外はすでに薄暗く、エアコンの切られた部屋には冷気が立ち込めていた。帰らなくては。でもまずその前に、汚した畳を綺麗にしなくては。

七菜は机に縋って立ち上がり、よろめく足を踏みしめてじぶんのバッグまで辿り着く。ハンカチを出そうとした指がスマホにあたる。そういえばここに来てから一度も確認していない。ロックを解除すると、夕闇のなかでディスプレイが淡い光を放った。

着信はない。LINEのアイコンだけに数字が灯っている。震える指さきでタップする。拓からのメッセージが二件。

「事件のこと、さっき知りました。撮影の無事を祈っています」

「だいじょうぶ。明日はきっと今日よりもいい日になるよ」

七菜はスマホを握りしめ、食い入るようにメッセージを読む。

拓ちゃん。そうだ、あたしには拓ちゃんがいる。「結婚しよう」と言ってくれた拓ちゃんが。足もとから這い上がってくるような夜気のなか、七菜は発光するディスプレイから目を離すことができない。

＃7 あったかレトルトカレーのスープ

朱音の事務所へ向かうため、七菜は中野にある自宅を出た。いつもならサンモール商店街を通って駅に行くのだが、今朝はにぎやかなあの通りを通る気分にはどうしてもなれない。住宅街を縫うようにつづく脇道を辿って、七菜は歩いてゆく。

四月五日、放送開始まであと八日。

だが『半熟たまご』の放映中止は正式に決まり、二日後の正午にマスコミ発表される手はずになっている。その前に中止を朱音に伝える。それが七菜の、いまの仕事だ。

こころが重い。胃の痛みと吐き気がつづいている。食欲はまったくわかず、昨日から水だけを飲んで過ごしているが、その水でさえも、ともすれば吐きだしてしまう。

せめて眠ろうと努力したが、これも無駄に終わった。なんとか眠りに落ちても、ざわっとした恐怖とともにぱっと目が覚めてしまうのだ。切れぎれの浅い眠りのせいで、かえって体力を消耗してしまった。

民家の高い塀に沿って歩きながら、七菜はこれからのことを思い、深い息を吐く。

放映中止を聞いたら、あの朱音のことだ、烈火のごとく怒りだすだろう。怒られ罵られるだけならまだしも、金銭的な問題も話さなくてはならない。

関係者の不祥事によって放映予定の作品がお蔵入りになったとき、負債を負うのは不祥事を起こした当の本人だ。賠償金は、時には億単位に膨らむ。聖人にそれほどの資産があるとは思えないから、きっと朱音が代わりに出すことになるのだろう。

すんなり賠償に応じてもらえればまだいいが、こじれるとなると裁判沙汰に発展し、長い期間、争いつづけることになる。アッシュとしても、弁護士費用やらそれなりの出費を覚悟しなければならない。

さらに七菜たち制作側には、今回の件で迷惑をかけてしまった関係各所への謝罪行脚が待っている。テレビ局をはじめ、出版社、スタッフやキャストの事務所、ロケでお世話になったところ——数え上げたらきりがないほど、今回の事件は波紋を広げている。すでに耕平はじめ、李生も大基も後処理のため走り回っていた。

ああ、なんてことだろう。七菜はずきりと痛む胃を手で擦り、少しでもからだが楽になるよう背を丸める。

のろのろと歩く七菜を、テイクアウトのカップを持った若い女の子たちが、楽しげにおしゃべりしながら追い越してゆく。

明るい陽射し、上がってゆく気温。

すでに散り始めた桜の花びらが、目の前でひらひらと舞う。

けれどいまの七菜には春の陽も、薄紅に染まった花びらもなにも見えない。感じられない。

ただひたすら辛い。しんどい。苦しい。逃げたい。逃げだしてしまいたい、すべてから——

なかば無意識に七菜はスマホを取りだす。ロックを解除し、LINEのアイコンをタップして、拓とのトークルームを開く。昨日届いた短いメッセージが目に飛び込んでくる。

何度も繰り返し読んだメッセージを、七菜はふたたび目で追った。

あたしには拓ちゃんがいる。「結婚しよう」と言ってくれた拓ちゃんが。「仕事なんか辞めればいい」と諭してくれた拓ちゃんが。

そう、結婚してしまえば。結婚してアッシュを辞めてしまえば、この苦しみから解放される——どん。スマホに目を落としたまま歩いていた七菜は、前から来た男性ともろにぶちあたってしまう。

「ちっ」

男性が忌ま忌ましそうに大きく舌打ちをした。

「……すみません」

「前見て歩けよ」

吐き捨てるように言い、男性が通り過ぎてゆく。

とにかく朱音に中止を伝えなくては。テレビや取材を通して知る前に、現実を話さなくては。プロデューサーであるあたしが。

痛む胃を擦りながら、鉄の塊のように重たい足を、一歩、また一歩と七菜は前に繰りだした。

二十四時間ぶりに会う朱音は、さすがに昨日よりは憔悴して見えた。ひっきりなしに鳴る電話やチャイムの音に神経をすり減らしているのだろう。

だが相変わらず両の目は爛々（らんらん）と異様なまでに輝き、怒りはまったく収まっていないようだった。

「ほんとうに馬鹿げているわ、なんなのこの騒ぎは！」

応接間を苛々と歩き回りながら毒づく。

「まあちゃんは悪くないと何度言ったらわかるのかしら！」

いくらか弱まっているとはいえ、朱音の放つ怒りの焔（ほのお）はやはり凄まじくて、七菜はどうしても萎縮してしまう。

でも言わねば。

「……あの。上条先生」

七菜は勇気を振り絞って朱音に声をかける。朱音が立ち止まり、吊り上がりきった目で七菜を睨めつける。

「なに？　時崎さん」

「あの、あのですね」

覚悟を決め、話しだそうとしたそのとき、朱音の視線が動いて七菜の背後を捉えた。みるみるうちに顔の筋肉が震えだし、口が大きく開いてゆく。

「……まあちゃん」

薄い羽根で空気を掃くような声に驚いて、七菜は反射的に振り返る。

聖人が立っていた。

見る影もなくやつれ疲れ果てたようすの聖人が、いつの間にかドアの前に立っていた。

聖人が淀んだような目をかすかに動かす。まず朱音を見、ついで七菜を見る。表情の消えた顔がじょじょに変化していき、驚きの色が浮かぶ。

「……時崎、さん」

「まあちゃんっ！」

七菜を突き飛ばさんばかりの勢いで朱音が聖人に走り寄る。いまにも折れそうな細いからだをちからいっぱい抱きしめた。だが聖人の視線は朱音ではなく、七菜にそそがれたままだ。

「よかった、帰ってきたのね！　心配したわ。もうほんとうに心配でたまらなかった」

涙交じりの声で言うや、今度はぱっとからだを離した。

「怪我は？　どこか痛いところはない？　なにかひどいことされなかった？」

矢継ぎ早に問いかけ、全身を舐めるように見回す。ようやく聖人が視線を朱音に移した。

「……べつになにも」

「どうして帰ってこられたの？　無実が証明されたの？」

「いや。証拠隠滅や逃亡の恐れがないってことで釈放されただけ……」

緩んでいた朱音の顔が一気に強張る。七菜も思わずごくりと唾を飲み込んだ。

「それより……なんで時崎さんがここに」

うつろな表情で聖人が言い、ふたたび七菜を見る。

言うならいまだ。いやいまこそ伝えるべきときだ。七菜は短く息を吸う。

「……ドラマ『半熟たまご』の放送中止が決定しました。今日はそれをお伝えしようとこちらに伺いました」

「……放送中止」

感情の汲み取れない声で聖人が繰り返す。朱音がスマホを置き、きっと七菜を睨んだ。

「どういうことよ、それは。まあちゃんが大麻パーティなんかに行くはずないでしょう！」

「でも世間はそうは見てくれません。テレビ局やスポンサーにとってはイメージがいちばん大切なんです」

朱音の剣幕に押されながらも七菜は必死で言い返す。朱音の太い眉がきりきりと吊り上がる。

「時崎さん、あなた約束したわよね。『半熟たまご』を立派に完成させるって。なのに」

「確かに約束しました。でも……わたしのちからでは、もうどうしようもないんです……ほんとうに申し訳ありません」

七菜はちからなく首を垂れる。

数秒、時が流れた。

「そんな……そんなことって」

朱音の声が虚ろに響く。

「まあちゃんは行っていないのに」

「……行ったよ」

それまで黙り込んでいた聖人がくっきりとした声で告げる。

「行ったよ。ぼくは。大麻パーティに行った」

驚いて七菜は顔を跳ね上げる。朱音がぎょっとしたように聖人を見た。

聖人の全身を覆っていた靄のようなものが消え、輪郭が存在が周囲の風景から際立って見える。いつもならおどおどと、ここではないどこかを彷徨（さまよ）っているような目に、静かだが強い光が宿っていた。

「い、行ったの？　ほんとうに？」

舌を縺れさせながら朱音が問う。聖人が静かに頷いた。朱音が縋るように言う。

「で、でも吸ってはいないんでしょう？」

「吸ってない。周りのみんなは吸っていた。ぼくもすすめられた。でも——ぼくには吸う勇気がなかった。かといって止める勇気も、逃げだす勇気もなかった。なにもないんだ、ぼくには」

朱音の目が驚きのあまり限界まで見開かれる。七菜はぼう然としたままふたりのやり取りに聞き入る。

「どうして？　なにかあったの、仕事やプライベートで」

朱音が聖人の肩に手をかけ、強く揺さぶる。聖人が強いちからで朱音の手を振り払った。反動で朱音がよろめく。

「——その逆だよ、母さん。いまも言ったろう。なにもない……なにもないんだよ、ぼくには」

「どういうことよ」

聖人がまっすぐに朱音を見つめた。

「……母さん。ぼくはＮＰＯの仕事なんか、まったく興味がない。むしろ嫌だった。やりたくなかった」

朱音のくちびるがじょじょに開いてゆく。顔から赤みが引いていった。聖人がゆっくりと、けれども決然とした口調でつづける。

「ぼくはほんとうは画家になりたかった。絵を描いて生きていきたかった。だけど――母さんはぼくのことばに耳を貸してはくれなかった。いやそれどころかずっと否定しつづけたよね『あなたには無理だ。プロになんかなれっこない』と」

「だ、だってそれは」

「プロの世界がどれだけ厳しいものか、それくらいぼくにだってわかる。でも挑戦してみたかった。ぼくはね母さん――母さんや時崎さんのようにものを作る人間になりたかった。いや、なりたいんだ」

ひと息に言い、ちらりと七菜に視線を投げる。七菜はただ黙ってその視線を受け止めることしかできない。

朱音が空気を求める魚のように、ぱくぱくと口を開け閉めする。

「だってまあちゃん、いままでひと言もそんなこと言わなかったじゃない。いつも素直に母さんの言うことを聞いて」

聖人の顔が苦しげに歪む。視線を七菜から外して床に落とす。

「……逆らえなかった。言うことを聞くしかなかった。それほどまでに母さんはぼくにとって絶対的な存在だった。でも……それはたんなる言い訳だ。ぼくはただ逃げてただけなんだ。母さんと正面から向き合うのが怖くて。それに——」

いったん口を閉じ、朱音によく似たくちびるを舌で舐めた。ややあってから、ふたたび朱音と正面から向き合う。

「——失望させたくなかったんだ、母さんを。苦労してぼくを育ててくれた母さん、強引だけどいつもぼくを守ってくれた母さんのことを思うと……どうしても、言えなかった……」

語尾が掠れ、震える。朱音は木偶のように突っ立ったまま微動だにしない。

「でも結局、いちばん最悪のかたちでぼくは母さんを失望させてしまった。いや、失望どころじゃないね……母さんを、母さんを信じてくれているすべてのひとを裏切り、傷つけてしまった……」

聖人の瞳が揺れる。先ほどまでの射るような光が消え、いつもの、見慣れた聖人の目が戻ってくる。

「ごめん、母さん……ぼくはやっぱりだめな息子だ……」

聖人が両手で顔を覆う。上半身が小刻みに震えだす。やがてその震えが全身へと波のように伝わってゆく。朱音の顔は白を通り越してもはや青い。戦慄く聖人を見つめたまま、朱音が口を開いた。

「……そんなことを……まあちゃんが考えていたなんて……」

ぐらり。朱音のからだが揺らいだ。七菜はあわてて駆け寄り、朱音のからだを抱き留める。

「先生！」

だが朱音は七菜を一顧だにしない。そこにいることすら忘れているかのようだ。

「三十年……三十年間、あたしはいったいなにを見てきたんだろう……」

朱音の膝が割れる。なんとか支えようと足を踏ん張るが、ちからの抜けきった朱音のからだは重く、ずるずると床に崩れ落ちてゆく。つられて七菜もぺたんと床に尻もちをついた。

震えの止まらぬ聖人。表情がいっさい消えた朱音。

七菜には目の前の光景が現実のものだとは思えない。混乱しきった頭で、ただひたすらふたりを交互に見やる。

電話が鳴りだした。

静寂が支配する応接間の空気を掻き乱すように電話は鳴りつづける。

執拗に鳴って鳴りつづけて——やがてかかってきたときと同じように唐突に電話は切れた。

重い固い沈黙がふたたび部屋を満たす。

憔悴しきったふたりを見ていることに耐えられず、七菜は視線を引き剝がす。そのまま見るともなく部屋に這わせた。ドアの横に掛けられた聖人の絵が目に入る。静かな湖畔から生命力溢れる街中へと、歪み、渦巻き、変貌する世界。繊細さと猥雑さの、奇妙だけれども確かな融合。

ふと七菜は思う。

これは聖人自身なのか。ふたつに引き裂かれ分断され、それでもなおひとつの自我であろうと必死でもがく聖人自身のこころなのか——

七菜は振り返ってそっと聖人を見る。

華奢で女性的な薄い背中。以前会ったときより、さらに痩せたように思える。肩まで届く黒髪はかさつき、緩くかかっていたパーマは伸びきり、乱れ放題に乱れている。

七菜は静かに首を振る。

いまここで、あたしにできることはなにもない。帰ろう。ここにいてもなんの意味もない——

ふらつく足を踏みしめ、七菜はゆっくりと立ち上がる。バッグを肩にかけ直し、朱音と聖人に向かって深く一礼してから踵を返した。

気配に気づいたのだろう、聖人が顔を上げ、七菜を見た。表情がみるみるうちに歪み、崩れる。

「……時崎さん、ごめん……ほんとうに……申し訳ない……」

両手を膝に置き、聖人が深く腰を折る。

対面に座り込む朱音がゆっくりと視線を七菜にあてた。双眸（そうぼう）からは光が失（う）せ、森の奥の淀んだ沼のような闇が宿っている。朱音のくちびるがかすかに動く。声にならぬつぶやきを七菜は読み取る。

——ごめんなさい——

あの朱音が謝るとは。しかもあたしに向かって。

一瞬、驚きが過（よぎ）るが、泡粒のように弾けて消えた。

ちからなく首を振ってから、七菜はドアノブに手をかける。

いまさら謝られても、なにになるというのだ。すべては終わってしまった。

もう取り戻すことはできない。

廊下に出、静かにドアを閉める。

遺跡に残る崩れかけた彫像のようなふたりのすがたが逆光のなかに浮かび上がって、消えた。


夜七時過ぎ、七菜は中野駅に戻ってきた。重い足を引きずりながら自宅へと向かう。

ロケ先、出版社、キャストの事務所。午後じゅう七菜は謝罪のため都内を走り回った。

七菜たちの気持ちを汲み、同情的に迎えてくれるところもいくつかは存在したが、多くの関係先で露骨な嫌味や叱責、さらには感情的な怒りをぶつけられた。

仕方のないことだとはわかっている。今回の件で、みな多大な損失を受けているのだ。けれども厳しい対応の数々は、疲弊しきったこころを粗いやすりみたいに深く削り取り、七菜の消耗は激しくなるばかりだった。

疲れた。もう、疲れた。

その一念が全身を支配する。その思いと対になるように、拓の笑顔が目の前にちらつく。

自宅まであと数分というあたりでスマホが振動を始めた。ディスプレイには「愛理さん」の文字が浮かんでいる。

「……はい」

「七菜ちゃん？　もう家？」

愛理の気遣わしげな声が聞こえてくる。

「まだです。でもあと少し」

「そっか。あのね、いまあたし中野にいるの。ほんの少しだけ部屋に行ってもいいかな」

つかの間、七菜は逡巡する。ひとりになりたい気持ちと誰かに縋りたい気持ち。

七菜のこころを推し量ったのだろう、愛理の声が低くなる。

「無理しなくていいよ。七菜ちゃんのいいほうで」

ひとり、暗い部屋に閉じこもるより、愛理と話したほうが気がまぎれるかもしれない。

「だいじょうぶです。来てください」七菜がこたえると、

「ありがとう。じゃこのまま向かうね」言って、愛理が通話を切った。

自宅マンションの前に着く。ほぼ同時に、反対方向から愛理が小走りで近づいてきた。肩に大きめのトートバッグをかけ、両手に重そうなコンビニの袋を提げている。

愛理のさきに立って階段をのぼり、部屋の鍵を差し込む。ドアを開けると、一日じゅう閉めきった部屋の淀んだ空気が外に流れだした。ソファを愛理に勧め、七菜自身はラグに直接座り込む。腰を落ち着けたとたん、疲労感がどっと押し寄せてきた。もうなにをするのも億劫だった。

「ごめん、愛理さん、お茶出したいんだけど」

「あ、だいじょうぶ。買ってきたから」

七菜の状態を予想していたかのように、愛理はレジ袋から次つぎと品物を取りだしてテーブルに並べ始めた。

「飲む？　ビールとサワー、それにハイボールも買ってきたよ」

「ありがとう。でもやめとく。このあとまだ仕事あるから」

「じゃあ温かいお茶は？　コーヒー、カフェラテ、あと甘いもの」

チョコレートの大袋をどん、と、置く。

「疲れたときには甘いものがいちばんだよ」

「ありがと、こんなにたくさん。愛理さん、忙しいのに」

「全然平気。撮影ないから暇だし」

言ってしまってから、はっと口もとに手をあてた。七菜は俯いてつぶやく。

「……ごめんなさい。仕事、なくなっちゃって」

「違うの、そういう意味じゃないの。こっちこそごめん、よけいなことを、つい」

あわてたように何度も小刻みに手を振った。これ以上愛理に気を遣わせたくなくて、七菜はテーブルの上からカフェラテを取り上げる。

「これ、いただくね」

明るい声で言い、キャップを回す。ほっとしたように愛理が頷いた。

「……大変だったでしょ、今日は」

緑茶に手を伸ばしながら愛理が尋ねる。甘いカフェラテをひと口、飲み下してから、七菜は今日一日のことをぽつぽつと愛理に語った。相づちを打ちながら、愛理が熱心に聞き入る。聖人が吸ってはいないという話をしたときは、ほっと顔を緩めた。すべて話し終えたときには、七菜は最後に残った気力の一滴まで使い果たしてしまったような気がした。両手を床につき、上半身を屈めて俯く。

愛理がソファを滑り降り、七菜の横に座った。

「よくがんばったね、七菜ちゃん。えらい、えらいよ」

愛理の手が、七菜の背中をゆっくりと上下に擦る。零(こぼ)れてしまいそうな涙を七菜は必死でこらえた。

「辞めようと、思うんだ」

ぽろりと転がりでたことばに、じぶんで驚いてしまう。話すつもりはなかった。けれどもこころの奥底では、誰かに聞いて欲しかったのかもしれない。

「え」

愛理の手が一瞬止まった。だがすぐにまた動き始める。

「辞めるって仕事を？」

「……うん。いまのままじゃ辛すぎて……あたし……」

「……そっか」

横に座った愛理が、なにごとか考えている気配が漂ってくる。ふたり、無言のまま、幾ばくかの時が流れた。

「辞めて、どうするの？」

沈黙を破って愛理が問いかける。

「結婚しようと思う」

「結婚て、拓ちゃんと？」

七菜は首をかくんと折った。愛理なら理解してくれると思った。拓のことをよく知っていて、なおかついまの七菜の状態を把握している愛理なら。

愛理の手がふたたび止まる。すっと七菜の背中から離れてゆく。

「……ふざけるんじゃないわよ」

低く掠れた愛理の声に、七菜は驚いて顔を上げる。愛理の顔に、先ほどまでの温かさはなかった。強張った頬、綺麗なカーブを描く眉がすっと吊り上がっている。きついまなざしが七菜の目を射る。

「愛理さん」

「それって逃げるってことだよね。仕事から結婚に逃げるってことだよね」

七菜は頷くしかない。愛理のまなざしがますます硬質な光を帯びる。

「七菜ちゃん、なんか誤解してない？　結婚すればすべて解決すると思い込んでない？」

「それは」

「だとしたら大間違いだよ。結婚はゴールじゃない。どころか新しい葛藤や苦しみのスタートなんだよ」

「でも愛理さん、幸せそうじゃない。優しい旦那さんと可愛い子どもに囲まれて」

「はた目にはそう見えるかもしれないね。でもいくら結婚したとはいえ、夫はしょせん他人なんだよ。些細なことばに傷つくこともあれば、互いの意見がぶつかって怒鳴り合いになることもある。付き合っていたときには見えなかった面が、ぽろぽろぽろぽろ飛びだして……こんなはずじゃなかったって何度、いや何十度思ったことか。子どもだってそうだよ。もちろん愛してはいるけれど、言うことを聞かないときや泣き喚いて手のつけられないとき、こっちが泣きたくなってしまう。実際何度も泣いたよ。なんで、なんでこんな目に遭うの、あたしがって」

たたみかけるような愛理のことばに、七菜はただ黙って聞き入るしかない。

愛理がふっと七菜から視線を外した。髪を掻き上げながら、空の一点を見つめる。

「それにね七菜ちゃん。仕事と違って家族からは簡単には逃げられない。どんなに辛くても、相手を憎く思ってもその場にとどまるしかないときがある。苦しさやしんどさを共有しながら、ね」

「……家族なのに？」

「違うよ、七菜ちゃん」

愛理がゆっくりと首を振る。

「家族だからこそ、なんだよ。それからね……」

愛理が視線を七菜に戻した。切りつけるような表情はいくらか和らぎ、代わって大きな瞳に哀しむような色が湛えられている。

「……逃避のための結婚って、結局はうまくいかないものだよ。きっと後悔することになる。そういう友だちを何人も見てきた。言っておくけど拓ちゃんと結婚することじたいに、あたしは反対してるわけじゃない。ただ、本気で拓ちゃんを愛しているのなら……いまのような状態で決めないほうがいいと思うの。いつもの前向きで明るく、笑っている七菜ちゃん、そんな七菜ちゃんに戻ってから、決めるべきだと思う」

いつものあたし。前向きで笑っているあたし。

七菜は愛理のことばを反芻する。

「……そんなあたしに、いつ戻れるのかなぁ」

腰を落としたまま、ぼうっと中空を眺めた。愛理が無言で七菜を見つめる。

「……逃げだすことができないなら、しばらくはこんな生活がつづくんだよね。謝っては怒られて、事態の始末をつけるために駆けずり回って。なにも生みださない、ただただ消耗するだけの仕事が……」

こころのなかに黒くて厚い雲が広がってゆく。絶望感があらためて込み上げる。沈んだ声で愛理がつぶやいた。

「きついことを言ってごめん。でもね……口さきだけで『結婚おめでとう。これで幸せになれるよ』なんてあたしには言えない」

「……わかってるよ、愛理さん」

七菜がこたえると、愛理はくちびるを噛みしめ、かすかに頷いた。

テレビでもつけたのだろうか、隣の部屋からにぎやかな音楽とひとの笑い声が漏れ聞こえてくる。

どこかの部屋で電話が鳴りだし、しばらく鳴ってからふいに消えた。

「……なんとかして放映できないかなぁ」独り言のように愛理がつぶやく。「そうすれば一気に問題は解決するのに」

「無理だよ。局側が正式に中止と決めたんだもの」

「それはわかってる。でも不祥事を起こしたのは出演者じゃないでしょ。そもそも吸ってないんだし」

「出演者ならまだよかったのにね。出演シーンのカットとか再撮で乗りきれたかも」

「……出演者じゃない……原作者の息子が起こした不始末。そこを逆手に取ったなにか……」

愛理が考え込む。

それは七菜も何回も考えたことだった。放映中止を回避する、これぞという決定的なアイディア。けれども結局何も思いつかないまま今日まで来てしまった。

と、玄関のチャイムが鳴った。七菜は重い腰を上げ、インターフォンのディスプレイを覗き込む。宅配業者の制服を着た男性が映っている。

荷物？　頼んだ覚えはないけど。母がなにか送ってきたのだろうか。

訝しく思いつつ、七菜は玄関のドアを開けた。男性が両手でようやく抱えられるくらいの大きな段ボール箱を抱えて立っていた。まだ夜は寒いというのに、額から大量の汗を流している。

「時崎さんですね。ハンコかサイン、お願いします」

差しだされた伝票にサインをすると、男性が「よっこらしょ」と声を上げて段ボール箱を上がり框(がまち)に置いた。

「ありがとうございましたぁ」

一礼し、駆け足で廊下を去っていく。

なんだろう、これ。七菜は段ボール箱をよく見ようと屈み込む。箱の側面に「アタカ食品」という文字とロゴマークが書かれてある。

アタカ食品。拓ちゃんの会社だ。心臓がとくんと鳴った。

持ち上げようとした七菜は、その重さに驚く。十七、八キロはあるだろうか。とてもひとりでは持ち上げられない。仕方なく廊下を引きずってリビングに運び込んだ。愛理が荷物を見て目を丸くする。

「どしたの、それ」

「わかんない。たぶん拓ちゃんからだと思うんだけど」

貼ってある伝票に目を走らせる。差出人の欄に見慣れた字で「佐々木拓」と書いてあった。やはり拓が送ってきたのだ。七菜はガムテープを剝がし、蓋を開けた。中身を見て思わず息を吞む。

「なに？　なにが入ってんの？」

横合いから覗き込んだ愛理が「ふひゃぁ」、感嘆とも驚きとも取れる奇妙な呻き声を発した。

箱いっぱいに詰まっていたもの。それは拓の会社が半世紀前から販売している、日本人なら誰もが知っているであろうレトルトカレーだった。

「あったかアタカ、あったか家族、アタカのカレー……」

愛理が箱のなかを凝視しながら、幼いころから聞き慣れたコマーシャルソングを口ずさむ。

七菜はぼう然とオレンジ色の外箱を見つめた。ぎっしり詰め込まれたカレーは、ゆうに百人分はあるだろうか。ひと箱取りだした愛理が、つくづくとレトルトカレーを眺める。

「もしかして、これ、差し入れ？」

「……たぶん」

「これを一つひとつ温めて出せって？」

「たぶん」

「え？　え？　それってすごい大変じゃ」

「……たぶん」

七菜は想像してみる。寸胴鍋に入った大量のカレー。ひとつ温めるだけでも五分はかかるというのに、これを撮影チームの人数分温めるなんて。しかも一つひとつ封を切り、ご飯にかけてゆくのはどれだけ手間のかかることだろう。

「えらいもの送ってきたねぇ拓ちゃん」同じような想像をしたのだろう、愛理がつぶやいた。

「まあ、拓ちゃんらしいっちゃらしいか」

「だね」

きっと拓なりに、いまの七菜の状況を必死で考えたうえで送ってきた差し入れなのだろう。ああでもない、こうでもないと悩みになやむ拓のすがたが脳裏にありありと浮かんだ。

「ほんと、拓ちゃんらしい……」

自然と笑みがこぼれた。愛理が笑い声を上げる。いったん笑い始めたら発作のように笑いが止まらなくなり、ふたり、子どものように腹に手をあて、床を転げ回ってひたすら笑った。

笑い声と重なるように、愛理のスマホのアラームが鳴った。目じりに浮かんだ涙を指で拭いながら愛理がスマホを見る。

「そろそろ帰らなくちゃ」

愛理が床から立ち上がった。

「ごめん、なんのお構いもせずに。あ、そうだ」

七菜はカレーを数箱摑んで、玄関に向かう愛理を追う。

「よかったらこれ」

「ありがとう。家族でいただくよ」

渡されたカレーをトートバッグに押し込んで、愛理がノブに手をかける。回しかけ、ふ、と、動きを止めた。ノブに手を添えたまま愛理が振り向く。

「……カレー、無駄にならないといいね。てかさ」

愛理が澄んだ瞳で七菜を見上げる。

「無駄にしないよう、じたばたしよう」

「……うん」

愛理の視線を受け止めて、七菜はしっかりと頷いた。

ドアが閉まり、愛理が消えたあと、七菜はしばらく廊下に立ち尽くした。

——出演者じゃない……原作者の息子が起こした不始末。そこを逆手に取ったなにか——

愛理のことばが頭のなかでこだまする。

どんな手があるのだろう。ここまで追い詰められて、それでもなお有効な手段――

考え込みながら七菜はリビングに戻った。散らかりきった部屋のなか、真新しい段ボール箱が場違いに浮き上がって見える。箱の横に座り込み、七菜はきちんと積まれたカレーをいくつか取りだしてみる。中辛中辛中辛。どうやらすべて中辛らしい。せめていろんな味を混ぜてくれればよかったのに。とはいえ拓ちゃんのことだ、これまた迷いにまよったあげく、全部同じ味に決めたに違いない。ふたたび温かな気持ちがわき上がってくる。

それにしてもどうしよう、これ。限られた時間内で、全員分を温めて出すなんてとうてい不可能だ。カレーを睨みながら七菜は考え込む。

頼子さんだったらどうするだろうか。

暗闇で光る燈火（ともしび）のように、ぽっと頼子の顔が浮かぶ。

レトルトや冷凍は使わない主義だから、初めから現場には持ち込まないだろうか。いやでも頼子は、こころのこもった差し入れを無視するようなひとではない。だったらどうする？　こんなとき頼子さんならどうするだろう。

静かな笑みを湛えた頼子の顔が、七菜の眼前にまざまざと立ち上がってくる。

揺るぎない信念を持った頼子。体調が悪くても現場に立ちつづけた頼子。どんな困難が降りかかっても、諦めずに粘り強く乗り越えていった頼子――

頼子さんに会いたい。強烈な衝動が胸を衝（つ）く。会って話がしたい。こたえなんか出なくたっていい、ただ頼子さんの顔を見て、あの穏やかな声が聞きたい。

勢いよく立ち上がると、七菜は脱ぎ捨てたコートを拾い上げて袖に腕を通した。

「驚いたわ。七菜ちゃん、連絡もなしにいきなり来るんだもの」

「すみません……」

「いいのよ。わたしも七菜ちゃんに話したいことがあったから」

よく通るいつもの声で頼子が言う。白木のテーブルに置かれたカップから、ローズヒップの甘やかな香りが立ちのぼる。温かな湯気越しに、七菜は目の前に座る頼子を伏し目がちにそっと窺う。

ゆったりとした笑みを湛えてはいるものの、頬の肉はげっそりと削げ落ち、もともと細面だった顔の線がさらに鋭く尖っている。くっきり浮きでた頬骨、あらわになった鎖骨が痛々しく映る。

だがなにより七菜が衝撃を受けたのは、出迎えてくれた頼子の両脇に金属製の杖(つえ)が挟まれていることだった。

頼子さん、杖を使わないともう歩けないんだ——

最後に会ったのは1か月ほど前。たった1か月でそこまで悪くなるなんて。

七菜の顔色を見て察したのだろう、頼子が淡々とした口調で話しだした。

「前に病院で話したでしょう、乳がんが骨にも転移してるって。それがどんどん進んじゃってね。骨盤や大腿骨(だいたいこつ)のほとんどが壊死(えし)してしまったの」

「で、でもついこのあいだまでロケ飯、届けてくれたのに」

「主治医が言うには進行性のがんで、しかもまだ若いから……進みかたが速いんですって。さ、いいから上がってあがって」

「……失礼します」

七菜はなるたけ杖を見ないようにしながら部屋に上がった。

いままでに何度か、ホームパーティに呼ばれて訪れたことがある頼子の自宅マンション。ごく普通の1LDKなのだが、料理が好きな頼子らしく、この規模のマンションにしてはめずらしいアイランドキッチンが備わっている。記憶のなかにあるのと同じ部屋。だがひとつだけ違うのは、真新しい段ボール箱が何枚も畳まれ、紐(ひも)でくくられてリビングの壁に立てかけてあることだった。

ローズヒップティーをひと口啜ってから、七菜は慎重に切りだした。

「あの、頼子さんの話って」

「あとでいいわ。さきに七菜ちゃんの話をして」

見慣れたストレートの長髪ではなく、ふわりとパーマのかかったショートウイッグを揺らせて頼子が首を振る。唾を飲み込んでから、七菜は口を開いた。

「ご存じだとは思うんですが、あの……ドラマが、『半熟たまご』の放映が」

「聞いたわ。岩見さんから」

七菜を遮るようにやんわりと頼子が言う。感情を交えぬ、淡々とした声音。けれども厚い雪片が音を立てずに深く降り積むように、かえってその静けさが、頼子の悲しみを無念さをより強く際立たせる。

「……すみません。頼子さんが戻ってくるまで、現場を守ると約束したのに」

腹の底から絞りだした声は、我ながらか細く、頼りない。頼子はなにも言わず、テーブルの上に揃えたじぶんの指を見つめている。七菜も、節がありありと目立つほどやせ細った頼子の指に視線を落とした。

風が吹き、窓のガラスが音を立てて揺れる。

キッチンから、ぽたりぽたり、水滴の落ちる音が響いてくる。

さきに沈黙を破ったのは、頼子だった。

「……悔しいわ。残念でたまらない」

頼子がぽつりとことばの雫(しずく)を落とした。

「すみません、頼子さん」

「違うの。違うのよ七菜ちゃん」

強められた語気に、驚いて七菜は顔を上げる。

赤く染まった頰。切れ長の二重の瞳が苦しげに歪んでいる。目のふちが隈どられたように赤い。

尖った顎がかすかに震える。

「……なんでわたしはいないんだろう」

ひび割れ、張りを失った声。

「え?」

「いまこそ責任者として現場にいるべきなのに、どうしてわたしはこんなところで、なにもできずに……！」

叫ぶや、頼子が両手でじぶんの太ももを激しく叩きだした。

「この足！　このからだ！　現場に戻りたい！　戻って、少しでもいいからみんなのちからになりたい！」

杖が派手な音を立てて倒れた。頼子の上半身がぐらりと傾ぎ、椅子から滑り落ちるように床に尻をつく。

「頼子さん！」

悲鳴を上げ、七菜は頼子のもとへ駆け寄った。こんなふうに取り乱した頼子を見るのは初めてだった。なおも両足を叩きつづける頼子の手を、背後から必死で止める。

「落ち着いてください、仕方ないですよ。だって頼子さんは病気で」

「――なんでがんなんかになっちゃったんだろう」

ようやく手を止めた頼子が、平板な口調でつぶやく。

「よりによっていちばん大事なときに。なんで。どうして……」

頼子の瞳から涙が溢れだす。痩せた頬を伝い、涙が太ももに点々と丸いしみを作る。

泣いている。頼子が泣いている。

五年間そばにいて、それは初めて見る頼子の涙だった。

なんとかちからづけようと七菜はことばを紡ぐ。

「頼子さんのせいじゃない。頼子さんは悪くないですよ、なにも」

だが七菜のことばは頼子には届かなかったらしい。こぼれ落ちる涙を拭おうともせず、頼子がつづける。

「……働きたいのに。謝罪でも後始末でもなんでもいいから、みんなと同じように働きたいのに。なにもできない。わたしにはなにも」

「そんなことないですよ。だって美味しいロケ飯、届けてくれたじゃないですか、ちゃんと」

頼子が小刻みに顔を振る。

「……それも、もうできない」

両手のすき間から漏れでてくる声は、耳を澄まさないと聞き取れぬほど細くて弱々しい。背を丸め、嗚咽するすがたは、七菜の知っている頼子ではなかった。

いつだって凜と立っていた頼子。みなが混乱しているときも、常に落ち着き払い、必ず的確な解決策を提示してくれた頼子。その頼子が、まるで迷子になった子どものように怯え、慄いている。

七菜は夢中で頼子を背後から抱きしめた。ごつごつとした背骨、折れてしまいそうな細い腕や肩が、すっぽりと七菜の両手のなかに収まる。

頼子さんいつの間にこんなに小さくなっちゃったんだろう。頼子を抱きしめたまま、七菜は愕然とした思いに囚われる。毎日一緒にいて、その背をずっと追いかけてきたくせに、どうしてあたしは気づいてあげられなかったんだろう。どうして、もっと早くに。津波のような巨大で圧倒的な後悔がどっと押し寄せる。

「……ごめんなさい、頼子さん。ほんとうにごめんなさい」

頼子は動かない。ただひたすら涙を流しつづけている。肌を通して頼子の戦慄きが痛いほど伝わってくる。七菜は抱きしめる手にさらにちからを込めた。

この五年間あたしはずっと頼子さんに励まされ、助けられてきた。今度はあたしの番だ。あたしが頼子さんのちからになる番だ。

七菜は頬を頼子の背中に擦りつけた。

とくんとくんとくん。

頼子の速くて浅い鼓動が耳から全身に広がってゆく。その音だけに意識を集中させる。とくんとくんとくん。とくんとくんとくん。

鼓動に合わせるように、七菜は静かに呼吸を繰り返す。吸って吐いて、すってはいて。ただひたすらにひたすらに、それだけを。

頼子の鼓動がじょじょに落ち着いていく。嗚咽が止み、やがてそっと頼子が寄り添っていた七菜の腕をほどいた。床に手をついてゆっくりとからだを反転させ、七菜に向き合う。

「ごめんね、みっともないところを見せてしまって。だいじょうぶ、もうだいじょうぶだから」

口角を上げ、指で涙のすじを拭う。

「七菜ちゃんの話を聞くって言いながら、じぶんのことばっかり」

「いいんです、それは全然」

「話って、中止を伝えるために来てくれたの」

「あ、いえそれだけじゃなくてですね」

七菜はバッグに入れてきたレトルトカレーを出してみせた。

「これと同じものが百個くらい送られてきたんです、友だちから」

カレーを差しだしながら説明する。頼子が目を見開いた。

「百個？　またずいぶんたくさん送ってくれたのね」

「差し入れだと思うんです、撮影の。でもこれをいちいち温めてたら大変じゃないですか。ご飯も用意しなきゃだし。かといってせっかくの好意を無駄にしたくはないし。どうしたらいいだろうかって悩んでて」

「それならいいレシピがあるわよ」

打てば響くように頼子がこたえ、テーブルの脚に縋って立ち上がる。七菜は急いで床に転がる杖を拾い上げ、頼子に渡した。

「一緒に作ろう、七菜ちゃん」

杖をついてキッチンに向かいながら頼子が言う。

「え、でも」

一瞬、七菜は迷う。歩くのすらしんどそうな頼子さんをキッチンに立たせていいものだろうか。でもあたしが作ると言ったら、また頼子さんを傷つけてしまうかもしれないし。

「作ろう。前みたいに。ふたり一緒に」

七菜の迷いを読み取ったように、頼子がほがらかに告げる。

前みたいに。ふたり一緒に。

そのことばが七菜の背中を押す。頷いて七菜は頼子につづいてキッチンに入った。

「七菜ちゃん、冷蔵庫から野菜、出してくれる？」

「なにを出せばいいですか」

「人参、玉ねぎ、あとは……そうねキャベツをお願い。それからソーセージかベーコン。どっちかまだあったはずよ」

「はい」

七菜はまずいちばん下の野菜室を開けた。入っているのはにんにくに生姜、あとは葉物野菜がいくつかだけ。言われた野菜を取りだすと、野菜室はほぼ空っぽになった。ついで上の扉を引き開ける。小棚に置いてある食材も、バターや味噌などごくわずかだった。

さすがにいまはもう、ほとんど自炊してないいんだろうな。こころがきゅっと痛む。次に来るときは頼子さんの好きそうなお惣菜（そうざい）を見つくろって持ってこよう。

そう考えながらチルドルームを覗き込む。ハーブの練り込まれたソーセージがひと袋、隅にぽつんと転がっていた。

「これ、使っちゃっていいんですか？」

「うん。そしたらまず野菜を刻もう。そうね……粗めのみじん切りくらいで」

「量は？」

「ふたり分だから、どれも半分でいいわ」

「使うのは上のほうでいいですか、人参。確か煮込むときは上のほう、サラダで食べるなら下の部分ですよね」

頼子が満足そうにほほ笑む。杖を壁に立てかけて、頼子が野菜を洗い始めた。頼子の横に立ち、七菜は最初に洗い上がった人参を横半分に割り、皮をピーラーで剝いてゆく。剝き終わったら粗めのみじん切り。だいたい五ミリ角に揃える。

野菜を刻み終え、ざるに移す。頼子が一センチほどの幅に切ったソーセージのざるを隣に並べた。

「下ごしらえはこれで終わり。七菜ちゃん、厚手の鍋に野菜と水を入れてくれる？　水は野菜にかぶるくらい。そうしたら中火で火を入れて」

「炒めなくていいんですか」

「カレーから油が出るからね、野菜は煮るだけ」

言われた通り、琺瑯(ほうろう)の小鍋に野菜を入れ、水を足す。コンロにかけて火加減を調節した。

「七菜ちゃん、冷凍庫開けて。いちばん下の段」

「はい」

引きだしを開けると、大中小と三種類の密封容器がきちんと角を揃えて積まれてあった。中身はどれも薄茶色の液体だ。

「中くらいの密封容器出して。電子レンジで、そうね……二分、加熱して」

「なんですか、これ」

密封容器を透かし見ながら七菜は問う。

「自家製のスープストック。時間のあるときに、丸鶏のガラや野菜くずを入れて大量に作っておいたの。便利よ、シチューでもポトフでもなんにでも使えて」

「なるほど」

スープストックひとつにしても市販品を使わず、いちから手で作ったものを使う。そのあたりに頼子の作るロケ飯の美味しさの秘密があるのだろう。

「製氷皿を使ってキューブにしてもいいんだけどね。かえって必要な分が取りだしにくいから、わたしはこれを使ってるの。これだと持ち運びもしやすいし」

頼子の説明を頷きながら聞く。

加熱を終えたレンジが、ちん、と、鳴る。

「スープストックを鍋に入れてくれる？　沸騰したらソーセージね。さきに入れてもいいんだけど、肉の旨みが出ちゃってカレーの強さに負けちゃうから、今回はあとで」

「はい」

三分の一ほど解凍されたスープストックを鍋に入れる。再度沸騰するのを待って、ソーセージを投入した。

「ここでレトルトカレーの出番。封を切って中身を鍋にあけて」

「え？　温めずにそのまま？」

七菜が驚いて尋ねると、頼子が頷いた。

「そう。このやりかたなら一つひとつ湯せんしなくて済むから、いっぺんに何個も使えるでしょ」

「確かに……」

思わず七菜は唸る。

「レトルトカレーって、温めてご飯やうどんにかけるくらいしか思いつきませんでした。でもこうして調味料代わりに使うこともできるんですね」

「そうよね。どうしても『こう使うものだ』って思い込みはあるわよね。でもちょっと見かたを変えれば、意外な活用法が見えてくるものよ」

穏やかに頼子がこたえる。

「確かにセオリーは大事よ。基本を知らなかったらなにもできないから。でもだからといって囚われすぎてもだめ。柔軟な対応も必要。仕事と同じね」

頼子のことばに七菜は深く頷く。

まさに仕事と同じ。献立を考え、材料を揃え、手順に従って作っていく。けれども時として思いもかけぬ状況に陥ることもある。そんなときは発想を変えればいいんだ。

発想を変える。

七菜のこころの隅を、なにかがちらりと横切った。なに？　なんだろう？　その『なにか』のしっぽを捕まえようと、七菜は目を閉じ、集中する。けれども残っているのは感覚だけで、かんじんの正体までは摑めなかった。諦めてまぶたを上げる。

部屋にカレーの匂いが立ち込め始めた。小皿に取ったスープの味をみてから、頼子が塩と胡椒をほんの少しだけ足した。

「よし、できた。食べようか七菜ちゃん」

「あ、はい」

食器棚からスープボウルを出し、鍋の中身をそそぐ。トレイに載せて、ダイニングテーブルまで慎重に運んだ。スープボウルの脇に、頼子が銀色に光るスプーンを添える。

「いただきます」

七菜は、カレースープを口に含んだ。レトルト独特の臭いはじゃっかん残ってはいるものの、足した具材やスープストックのおかげで角が取れ、まろやかな味に変わっている。

「どう？」

みずからもひと口啜ってから頼子が尋ねる。

「美味しいです。しつこくないし、ご飯にもパンにも合いそう」

「ふたり分で一袋、だから五十人分で二十五袋使えるわね。ちょっと時間はかかるけど、これなら百個、使いきれそうじゃない？」

「はい。よかったぁ、どうしようかと悩んでたんで。レトルトだから持ち運びしやすいし、賞味期限も長いし」

七菜が頭を下げると、頼子が顔いっぱいに笑みを浮かべた。

「こちらこそありがとう。わたしも嬉しいわ。最後に七菜ちゃんと料理ができて」

「え？」

頼子のことばにスプーンが止まる。スープから顔を上げた七菜を、頼子がまっすぐに見つめる。

「……ホスピスに入ることにしたの。こんなからだじゃ普通の生活、送れないし。頼れる家族や親戚もいないし。だから――これが最後の調理。たぶんもう二度と……ロケ飯を作ることはできない」

七菜はぼう然と頼子の顔を見やる。先ほどまでの混乱や嘆きは消え去り、凪いだ海のような穏やかさが漂っている。

すべてを諦めたひとの顔に思えた。さまざまな思いを断ち切り、静かに消えてゆこうとするひとの顔に、思えた。

七菜は右手を伸ばし、頼子の手首を摑んだ。

「待ってください、そんな頼子さん」

「仕方ないの。こうするしかないのよ」

「でも、頼子さんがいなかったらロケ飯は」

ゆるゆると首を振り、頼子が握られた手を外す。

「……このあいだはごめんね。『ロケ飯はじぶんで作る』なんてわがままを言って。わたしがいなくなったあとのこと、どうかよろしくお願いします」

テーブルに額がつくほど頼子が深く頭を下げた。

頼子がいなくなる。あたしの前から、永遠に。

七菜は夢中で立ち上がる。椅子が、がたりと音を立てて倒れた。

「嫌です！　あたしはいやです、絶対にぜったいに嫌です！」

凪いだ海にさざ波が立つように、頼子の顔がかすかに歪む。まつ毛を伏せ、頼子が俯く。

「……わたしだって、嫌よ。こんなかたちで現場を去るのは。せめて――」

ことばを切り、深く息を吸った。

「――せめて『半熟たまご』を世に出したかった。最後の作品として、あのドラマを視聴者に届けたかった――」

血を吐くような、それは叫びだった。

頼子の細い肩が震える。ふたたびこぼれそうな涙を必死でこらえる。

頼子の最後の願い。それは『半熟たまご』を世に出すこと――

全身の血が熱くなってゆく。草原を焼く焔(ほむら)のように熱はからだじゅうに広がり、やがて巨大な炎の柱となって七菜のなかに立ちのぼる。

頼子に完成したドラマを見て欲しい。いや、見せてあげなくてはならない。それがあたしにできる、たったひとつのことなんだ――

迷いも怯えも戸惑いもすべて消えていた。

七菜は両の拳を固くかたく握りしめる。

闘う。最後の最後まであたしは闘う。闘いつづける。

七菜はゆっくりと口を開く。

芽生えた決意を頼子に伝えるために。

#8

ドキドキとうふとわかめの味噌汁

「おはようございます」

落ち着いた声で言いながら、矢口監督が会議室に入ってきた。反射的に七菜は壁の時計を見上げる。午前十時ぴったり。

アッシュの会議室、二列に並べられた長机の窓側に矢口が座り、こちら壁際、七菜の横に耕平が腰かけている。矢口も耕平も疲れと諦めが入り混じった顔をしていた。特に耕平のやつれぶりがひどい。シャツはいつも以上に縒れてしわくちゃで、瞳がどろりと淀んでいる。七菜は空咳をひとつしてから立ち上がり、おもむろに口を開いた。

「朝早くからわざわざありがとうございます」

耕平をちらっと見てから、矢口がやんわりと尋ねる。

「どうしたんですか今日は。時崎さんから『一時間だけ時間をください』って連絡が来たときは驚きましたよ」

七菜はひとつ大きく息を吸い、考えつづけてきたことばを押しだす。

「『半熟たまご』をなんとかして放送できないか、最後にもう一度だけおふたりと話し合いたくて集まっていただきました」

「は？」

矢口がきょとんとした顔で聞き返す。耕平が驚いたように顔を上げた。

「おまえ、まだそんなことを」

「え、岩見さんも知らなかったの」

戸惑ったように矢口が問う。耕平がだらりと首を縦に振った。

「上司としてお恥ずかしい限りだが、おれも矢口さんと同じようにただ集まれと言われて来ただけなんだ」

「また時崎さんの暴走ですか」

矢口の口角がかすかに上がる。

「申し訳ない、矢口さん」

「まあいいですよ。で、なんかいいアイディアでも思いついたんですか、時崎さん」

矢口が組んだ手の上に顎を乗せた。七菜は目を伏せる。

「残念ながら、これといったアイディアは思いついていません」

「ノープランで呼びだしたのか。第一もう局側が決めちまったことだ。いい加減諦めろ、時崎」

怒気を含んだ声で耕平が言う。

「すみません。でも昨日、聖人さんご自身の口から『パーティには行ったけど吸ってはいない』と聞きました。それならば望みはあるんじゃないかと」

「おまえなぁ……」耕平がぐしゃぐしゃと両手で髪を乱した。「いまがいつだかわかってんのか？四月六日だぞ、中止が発表されんのは明日だぞ。それに吸った吸わないじゃなくて、イメージの問題なんだよ。こんな会議開くくらいなら、ほかにやんなきゃならねぇことが山のようにあるだろがよ、おれたちにはよ」

「わかっています。だから一時間だけ、一時間だけ時間をください。お願いします岩見さん、矢口さん」

七菜は両手を腿（もも）につき、深く腰を折った。耕平がなにか言いかけようとするのを手で制して、

「そもそもなんでまだ放映中止に反対なんですか、時崎さんは」

矢口が穏やかに問う。七菜は顔を上げ、ふたりの顔をゆっくりと見回した。

「……納得できないんです、どうしても。確かに原作者の息子さんは不祥事を起こしました。でもそのことと作品にはなんの関係もない。だって息子さんは出演者でもスタッフでもない、しかも一般人なんですから」

矢口の顔に困惑が広がる。耕平が低い唸り声を発した。七菜は祈るような気持ちでふたりの顔を順繰りに見てからつづける。

「中止って聞いて、最初はしょうがないって無理やりじぶんに言い聞かせてたんです。でもよくよく考えたら……おかしくないですか。作品と事件は無関係です。なにも放映を中止しなくても」

矢口がじっと七菜を見つめる。耕平が重い息を吐いた。七菜はさらにことばを継ぐ。

「事件に関係がないなら、作品に罪はない。ドラマを楽しみに待ちわびているひとだって、きっとたくさんいるはずです。だとしたら放映しないほうがおかしいじゃないですか、それに」

「それは違うんじゃないかな、時崎さん」

さらに言い募ろうとした七菜を、矢口が淡々とした口調で遮る。

「なにが違うんですか」

じぶんの頭のなかを整理するように、矢口が慎重にことばを押しだす。

「確かに今回不祥事を起こしたのは、直接ドラマに関わる人間じゃない。けれど聖人さんだっけ、彼は原作である『半熟たまご』の主要なモデルだ。でしょ？　そういう意味では、たんなるキャストやスタッフよりもドラマに関わりが深いんじゃないかなぁ。しかも彼はＮＰＯ法人の理事長、つまり教育者のひとりでもある。さらに言えば……原作者である上条先生は、教育評論家としても有名な方だ。そう考えればふたりとも反社会的な行為が最も許されない立場にあるとわたしは思うよ」

冷静な矢口の反論に、なんとか応戦しようと七菜は必死で頭を働かせる。

「ドラマと小説はべつのものです。原作はあくまで原作、ドラマとは違います」

「そうとも言いきれないよ。例えば……そうだな、ドラマを見たひとが『クスリと関わりがあったとしても立派な社会人として尊敬されるんだ』と思ったとしたらどうする？　これだけ派手に報道されていれば、どうしたって聖人さんのしたことはドラマに影響してくるよ」

「それは大いにあり得るな」

乱れた髪のまま、耕平が口を開いた。

「例えば高校生の視聴者を考えてみろ。若いやつほど影響を受けやすい。『クスリをやっても、仕事はちゃんとできるし、社会的に高い立場にもなれるんだ。だったら一回くらいやってもだいじょうぶじゃないか』って安易に考えてしまうんじゃねぇか。実際若い世代がクスリに手を出す率は年々高まってる。『半熟たまご』を見て、そう考えてしまう子どもがひとりでも出たら……おれはいたたまれねぇ。罪悪感すら感じる」

耕平のことばに、七菜は反論するすべを持たない。ただひたすら俯いて、くちびるを強く嚙みしめる。

だめだ、この論法ではふたりを説得できない。べつの論点を持ちだしてみよう。

「矢口さんや岩見さんの言うことはもっともだと思います。でもふたりとも大事な点を見逃してませんか」

「大事な点？」

「なんだよそりゃ」

矢口と耕平が揃って問う。七菜は考えてきたことを順序だてて、ゆっくりことばを繫いでゆく。

「……今回の事件には被害者がいないってことです。確かに大麻パーティには行ったかもしれません。けど、それって本人だけの問題じゃないですか。暴行とかわいせつ事件と違って、傷ついたひとも損害を受けたひともいない。だったら被害者感情とか気にする必要、ないんじゃないでしょうか」

矢口が両腕を頭の後ろで組み、椅子に背を預けて天井を見上げた。耕平は目を瞑り、なにごとか考えているようだ。七菜は期待を込めてふたりを見つめる。

「時崎。それは違うぞ」

ややあってから耕平が、静かだが断固とした口調で話しだす。

「どこが違うんでしょうか」

「たまたま今回のケースでは被害者がいなかっただけだ。過去には薬物使用者が起こした悲惨な事件が山ほどある。例えば、そうだな……おまえは若いから知らんかもしれんが……四十年ほど前に『深川通り魔殺人事件』っていうむごい事件があった」

「ああ、あったね。あれはひどい事件だった」

目を細めた矢口が独り言のようにつぶやく。

「『深川通り魔』?」

七菜は記憶を辿る。聞いたことがあるような気がするが、すぐには思いだせない。耕平が椅子に腰かけたまま、上半身をゆらゆらと左右に揺らせる。

「覚醒剤の常習者だった男が、深川の商店街で通行人を次つぎと刺したんだ。ええと、確か……」

矢口がスマホを取りだし、細い指でディスプレイをタップし始める。

「主婦や子どもばかり四人が死亡、ふたりが怪我を負ってるね」

ディスプレイに目を落としたまま、矢口がこたえる。軽く頷いて耕平がつづける。

「全員、犯人とは無関係の市民で、もちろんなんの罪も過失もない。それが一瞬にして命を奪われたんだ。ほかにもあったな。大阪の……西成区だったっけ？」

「これだね『西成区麻薬中毒者無差別殺人事件』。人質を取って立てこもったやつだ。この事件ではたった五分で四人が死亡、三人が重軽傷を負っている」

スクロールしたディスプレイを矢口が読み上げる。耕平が七菜を見つめ、ひと言ひとことを刻み込むように言う。

「よく『薬物犯罪は被害者がいない事件だ』と言われるが、それはほんとうに偶然の産物に過ぎない。今回のケースだって、一歩間違えれば被害者が出た恐れがある。それにな、時崎、よく考えてみろ。聖人さんの友人だかがクスリを買った金、その金はどこに流れると思う？」

思わず顔が引き攣った。こたえは容易に予想できる。口をつぐみ、耕平から視線を逸らせた。

「十中八九、アンダーグラウンドの資金源になるだろう。その資金をもとに、反社会的組織はまたクスリを買い、新たな薬物使用者を生みだす。金はクスリにだけ流れるとは限らない。特殊詐欺や拳銃の密輸に使われるかもしれん。クスリを買ったやつはそこまで考えていなかったんだろうが、結局は犯罪に手を貸すことになっちまうんだよ。どうだ？　これでも『被害者はいない』と言いきれるか？」

「あたし、あたしはただ……」言いかけ、ことばに詰まる。

「……いえ。なんでもないです」

そこまで考えていなかった。聖人とその友人のことしか。悔しさと情けなさが胸いっぱいに広がってゆく。重苦しい空気が会議室に立ち込める。

「……時代も、変わったよね」

スマホを置いた矢口が、ぽつりとつぶやいた。

「ショーケンも勝新さんもクスリやっていたけれど、代わりにすごい作品、残してくれた。それこそ観たものの人生を変えてしまうような、素晴らしい作品を」

「仕方ないよ、矢口さん。いまはあのころとは違うんだ」

どこか遠くを見るような目で耕平がこたえる。

「それはわかってる、よくわかってるよ。けれども……『半熟たまご』だって、素晴らしい作品には違いない。それをいちばんよくわかっているのは、ほかならぬ我われなんだよね……」

矢口のことばに、耕平がかすかに顎を引いた。

そう、『半熟たまご』は素晴らしい作品だ。七菜は改めて思いを強くする。このままお蔵入りさせるなんて、やっぱりあたしにはできない。

耕平が壁の時計をちらりと見上げた。

「あと十五分で約束の一時間だ。どうだ時崎、諦めはついたか」

「いえ。まだです。まだ諦めていません」

七菜は強く首を振る。

「呆れたやつだな。この期に及んでまだそんな強情を……」

耕平が大きなため息をつき、疲れきったようすで眉間を揉んだ。

「ねえ時崎さん」

椅子ごとからだを回転させて七菜に向き直った矢口が声をかける。

「そもそもなんでまた、すでに決まったことを覆そうとするの。なにか理由でもあるの？」

「それは……」

七菜は迷う。頼子のことは、外部スタッフの矢口は知らない。この場で話していいものだろうか。それに頼子を引き合いに出すなんて、卑怯な手ではないだろうか。

でも事実は事実だ。頼子のいまの状態も、頼子に会ってあたしが抱いた決意も。

覚悟を決め、七菜は口を開く。

「頼子さんに『半熟たまご』の放映をどうしても見てもらいたいからです」

耕平の顔にさっと緊張が走る。矢口が戸惑ったように首を傾げた。

「板倉さん？　なんで板倉さんの名前がここで」

「……頼子さん、ステージⅣの末期がんなんです。ホスピスに入ると、昨日訪ねたときに聞きました。だからもう二度と——現場には戻れない、と——」

耕平の肩が、ぴくりと跳ねた。こもった声で矢口が呻く。

「……軽い病気ではないとは思っていたけど……まさか、そこまで……」

「ホスピスに入るって……言ったのか、あいつが」

腹の底から絞りだすような声で、耕平が問う。

「はい」

「……そうか」

放心したように耕平がつぶやいた。七菜は頼子の顔を脳裏に思い浮かべる。

「せめて『半熟たまご』を世に出したかった。最後の作品として、あのドラマを視聴者に届けたかった――そう頼子さんは言っていました。それを聞いてあたし……こころに誓ったんです。どんな手段を使っても『半熟たまご』を放映する、と……」

海の潮が満ちるように、ひたひたと沈黙が会議室を覆ってゆく。

壁の時計が、かちかちと時を刻む音だけが規則正しく響く。

かちかちかちかちかちかちかちかちかちかち。

七菜はちらりと時計を見上げる。

残された時間はあと十分。この十分でなんとか手立てを講じなければ。

額にじわりと浮いてきた汗を、七菜は手のひらで拭った。

「そりゃあおれだって放映したいさ。矢口さんだって、ここにいないスタッフのみんなだって本心ではそう思ってるだろう。けどなぁ……」

耕平が言い、顔を両手でごしごしと擦った。

「おれたちにやれることはやり尽くした……八方塞がりなんだよ、もう。それは時崎、おまえだってわかっているだろう？」

七菜は頷くしかない。確かにこのままでは放映は難しい。だとしたら、どうすればいい？

現状を打破するには、いったいどうしたら。

「……せめて表に出てくれたらねぇ」

独り言のように矢口がつぶやく。

「一般人である聖人さんはともかく、上条先生がなんらかのアクションを起こしてくれれば……もしかしたら状況が変わるかもしれないけれども……」

矢口のことばに、七菜は昨日会った朱音の顔を思いだす。

去りぎわ、朱音がつぶやいたひと言。いや、正確には声にはならなかったつぶやき。

――ごめんなさい――

フラッシュバックのように、愛理の、そして頼子の顔が重なるように浮かんでくる。

――出演者じゃない……原作者の息子が起こした不始末。そこを逆手に取ったなにか――

――確かにセオリーは大事よ。でもだからといって囚われすぎてもだめ。柔軟な対応も必要。仕事と同じね――

三人の顔がことばが、ちかちかと瞬き、明滅を繰り返す。違う色が混ざり合うことでまったく新しい色が生まれるように、七菜のこころのなかにいままで見たことのない風景が立ち上がってくる。

無理かもしれない。無駄かもしれない。でも一か八か、いまはこの思いつきに賭けるしか、ない。

気づくと七菜は立ち上がっていた。

「どうした時崎」

耕平が不審そうな声を上げる。矢口が視線を上げ、七菜を見た。七菜は、生まれたばかりの風景が壊れぬよう、慎重にことばを紡いでゆく。

「――おふたりに聞いていただきたい提案があるんです」


四月十三日、夜九時五十五分。

テレビ局の広いスタジオは、後ろ三分の二が暗く沈み、前方三分の一、フロアより十五センチほど高いステージだけに皓々と照明があたっている。ステージの真ん中に立っているのは朱音。ふだん着ている派手な色ではなく、グレーの落ち着いたスーツすがただ。朱音の顔は極度の緊張のためか青ざめて引き攣り、ときどき口もとが痙攣するようにぴくりと動く。

朱音の周囲では音声や照明のスタッフが細かいチェックを行っており、少し引いた位置で固定された大型カメラ一台と、手持ちカメラ二台の合わせて三台が、朱音の全身を捉えている。

朱音に与えられた時間は五分。たったの五分かもしれない。けれどもひとりで五分間、カメラと向き合うことは相当な覚悟と勇気が必要だ。

七菜はスタジオ後方のやや右寄りに立ち、朱音と、朱音を取り巻くスタッフの動きを目で追う。

七菜の左横ではスポンサー各社の広報担当者が数人、パイプ椅子に腰かけ、なにごとか小声で話し合っている。七菜を挟んで右側に立つのは、テレビ局の編成局長や『半熟たまご』のチーフプロデューサーなど、いわゆる局のお偉いさんたちだ。みな一様に険しい表情を浮かべ、黙ったまま成り行きを見守っていた。

「CM入りました。オンエアまであと三分です」

アシスタントディレクターが時間出しをする。スタジオに設置されたモニタに、洗顔料を手にした若い女性タレントの顔が映しだされた。スタジオ内にさっと緊張が走る。

広報担当者たちが話を止め、ちらちらとこちらを窺った。気配を察したのか、編成局長が無遠慮な視線を七菜に投げかける。巨大で重たい圧力に、逃れようのないプレッシャーに、七菜は押しつぶされそうな不安を覚える。きっとそれは朱音も同じだろう。

だがもう後戻りはできない。前へ進むだけだ。

七菜は腹の底にちからを入れ、口をすぼめて深く細い息をゆっくりと吐きだした。

「あたくしが謝罪を、テレビの生中継で?」

「はい、その通りです」

驚きのあまりか裏返った朱音の声を、七菜は真剣な面持ちで受け止める。朱音の隣に立つ聖人が、喉の奥で縺れたような音を立てた。

四月六日、スタッフ会議のあと、耕平と矢口の了解を取りつけた打開策を持って七菜は朱音の事務所に駆けつけた。打開策、それは『半熟たまご』初回の放映前に上条朱音の謝罪を生中継で入れる」という苦肉の策だった。

「そんな……無理よ、そんなの」朱音が大きな目を瞠(みは)る。「上手(うま)くいくわけがないわ」

「でも先生、もうこれしかほかに手段がないんです。すでに岩見はじめアッシュのスタッフは、局やスポンサーのもとに向かっています。先生の了承がいただけたらすぐに局側の人間やスポンサーの説得、および初回の再編集を行う段取りになっているんです」

七菜は縋りつかんばかりの勢いで朱音に告げる。苦しげな表情を浮かべ、朱音が七菜から視線を逸らした。

「そんなこと言われても……こころの準備ができないわ。なんて謝ったらいいのかもわからない」

「飾り立てる必要はないんです。先生のありのままのお気持ちを素直におっしゃっていただければそれで」

「だって生中継って……そこまでやる必要があるのかしら」

朱音がちからなく首を振る。七菜は一歩、朱音に近づいた。

「ですが先生、もしいまでなくとも、いつか必ず謝罪会見を開かなくてはならないときが来ます。執筆や講演活動をつづけるためには、どこかでけじめをつける必要が出てまいります。だとしたらどうか……どうかドラマの放映前に謝罪をなさってください。お願いします、この通りです」

七菜は深く腰を折った。

「……そうまでして……放映したいわけね『半熟たまご』を、時崎さんは」

朱音の、掠れ切った声が耳に届く。七菜は面を上げる。

「その通りです。なんとしてもこのドラマを視聴者に届けたい、その一念しかわたしにはありません」

朱音の目を正面から捉え、きっぱりと言いきる。

俯いた朱音が、二度三度、弱々しく首を振った。

『半熟たまご』を救えるのは、先生しかいません。お願いです、先生」

さらに一歩、詰め寄る。わずかに朱音があとじさった。

「……でも」

「先生！」

「待ってよ時崎さん」

「時間がないんです、先生！」

「だから待ってと」

「ぼくじゃだめですか？」

とつぜん降ってきた聖人の声に、七菜と朱音、揃って振り向いた。引きしまった表情、濁りのない瞳に強い決意が宿っている。聖人が静かにことばを継ぐ。

「騒ぎを起こしたのは母さんじゃない、ぼくです。だとしたら……ぼくが謝罪するほうが理に適って（かなって）いませんか」

当事者である聖人の謝罪。思ってもみなかった提案に、七菜のこころが瞬時、揺れる。

だが。七菜は聖人にからだごと向き直る。

「……聖人さんのお気持ちはありがたく思います。確かに聖人さんは当事者です。けれども……一般人である聖人さんが謝罪なさっても、あまり効果は得られないと思います。失礼な言いかたですが、国民的な作家である上条先生と聖人さんでは、影響力があまりに違いすぎます。

それに『半熟たまご』は先生の作品ですし」

「そう、ですか……」

聖人がくちびるを嚙んでまつ毛を伏せた。

「すみません、せっかくのお申し出に失礼なことを」

「いや、いいんです。気にしないでください。時崎さんのおっしゃる通りだと思います。でも、だとしたら――」

聖人が伏せていた目を上げ、朱音を見た。

「……ぼくからもお願いします。母さん、いや上条先生、ぼくの代わりに謝罪をしてください。どうか――お願いします」

聖人がゆっくりと首を垂れた。七菜も聖人に倣い、再度深く頭を下げる。

三人のあいだに、重く、濃密な沈黙が訪れる。

息をするのも憚られるような、緊張感をはらんだ沈黙。

やがて朱音が、すべてを吐きだすような大きな息をついた。

「……わかりました。やりましょう、謝罪の生中継」

「先生！」

「母さん！」

ふたり同時に言い、頭を跳ね上げる。朱音の顔には、諦めとも決意とも取れる複雑な表情が浮かんでいた。

「ただしお願いがあるの……時崎さん、一緒にいてくれる？　中継が終わるまで、ずっと一緒に」

「もちろんです！　ありがとうございます！」

七菜は思わず朱音の両手を取り、きつく握りしめた。


「最後のＣＭ始まりました！」

アシスタントディレクターの声に、七菜は腕の時計を見る。午後九時五十九分四十五秒。

朱音を取り巻いていたスタッフがさっとステージから離れてゆく。残されたのは朱音、たったひとりだけ。

広報担当者や局側の人間がいっせいに身を乗りだす。みなの視線を一身に浴びた朱音の瞳がスタジオ内をさまよう。

先生、ここです。あたしはここにいます。

七菜は朱音を見つめる目にちからを込めた。揺れ動いていた朱音の視線が、七菜の前でかちりと止まる。瞳孔がきゅっと縮まる。七菜は朱音と目を合わせたまま、ゆっくりと深く頷いてみせた。険しかった朱音の顔が、ほんのわずか緩む。

「ＣＭ明けまであと七秒、六、五、四」

七菜は思わず両手を胸の前で組んだ。神さま。ああ、どうか神さま。

「三、二」

スタジオ内のいっさいの音が消えた。アシスタントディレクターが、右手をさっと振り下ろす。

朱音が正面の固定カメラに、ひたりと目を据えた。胸が大きく上下する。朱音がくちびるを開いた。震え、絹糸みたいに細い声がスタジオに響く。

「みなさまこんばんは。上条朱音です。本日は貴重なお時間を頂戴いたしまして、誠にありがとうございます。今回はわたくしの息子が引き起こした不祥事に関しまして、ファンのみなさま、そして関係者のみなさまに多大なるご迷惑をおかけしたことを」

そこまで言い、朱音のことばが途切れる。直立不動のまま、さながらマネキンのようにぴくりとも動かない。

黙り込んでしまった朱音を前に、スタジオの空気が凍りつく。

「なにしてるんだ」

編成局長が小声で呻く。

七菜は組んだ両手にさらにちからを込めた。

先生、がんばって。がんばってください。

ゆうに十秒ほど、朱音はそうして立ちすくんでいたろうか。

と、とつぜん、朱音が頭を下げた。膝の前できっちり揃えられた両の指さき、うなじが見えるほど折れた首すじ。首を垂れたまま、ふたたび朱音が話しだす。

「すみません。申し訳ございません。母親として、そして子どもの教育に携わるもののひとりとして、こころの底からお詫び申し上げます。本当にほんとうに……申し訳ございませんでした」

徐々にじょじょに朱音が顔を上げてゆく。目のふちが赤い。膜が張ったように瞳が濡れている。顎が小刻みに震える。かちかちと鳴る歯の音が七菜のもとまで響いてくる。

「……わたくしは母親として失格でした。精いっぱい愛情をそそぎ、世間に恥じぬような生きかたをじぶんでは息子に教えてきたつもりでおりました。ですがわたくしは息子の、いちばん大事な部分をまったく理解していなかった。今回の不祥事を起こすまで気づくことすらできなかったのです。いいえ、気づこうという努力さえしてこなかったのです。なんと愚かな母親だろうか。なんと……未熟で浅はかで幼稚なのだろうか、わたくしは。わたくしという人間は……」

戦慄き、ひび割れた声。朱音の額には細かい汗の粒がびっしりと浮かび、玉となって頰を伝ってゆく。

いまやスタジオにいる全員が、朱音の一挙手一投足を息を詰め凝視している。いやスタジオだけではない。テレビを通じて日本じゅうの何百万何千万というひとびとが、朱音のことばに耳を澄ませ、挙動に目を凝らしていることだろう。

そして。七菜は思う。そのひとびとのなかに聖人がいる。きっと拓もいる。耕平や李生、大基、矢口や田村、諸星に愛理、そしてなにより頼子さん――チームのみながあたしと同じようにテレビの前で祈っているはずだ。この中継が成功しますようにと。『半熟たまご』が無事に放映できますように、と。

静まり返ったスタジオのなか、どくんどくんというじぶんの鼓動だけがやけに大きく聞こえる。心臓が喉もとまでせり上がってくるような圧迫感を七菜は覚える。

無意識にだろう、朱音がぎゅっと両手でスカートを摑んだ。指の関節が白く浮き上がって見える。

「……やり直そうと思います。いちから、いえゼロから。教育に関係した役職およびNPO法人の理事職はすべて返上いたします。息子、聖人も同様です。コメンテーターとして出演していた番組は降板します。『半熟たまご』の原稿料、印税および原作使用料は全額、子どもたちを支援する団体に寄付させていただきます。連載している小説も、しばらくのあいだ発表を自粛しようと思っております。こうしたわたくしの行為が、またみなさまにご迷惑をおかけすることも重々承知しております。ですがどうかわたくしの我儘をお許しくださいませ」

先生がそこまで考えていたなんて。七菜は驚きとともに、朱音の覚悟のほどを思い知る。

ADが画用紙を朱音に向かって上げた。七菜は腕時計に目を走らせる。午後十時四分。あと一分で中継が終了するという合図だろう。

朱音がかすかに顎を引いた。乾ききったくちびるをそっと舌で湿らせる。

「もう二度とこのような過ちを引き起こさないよう、わたくしも息子も精進してまいります。一生をかけて償っていこうと思っております。繰り返しになりますが……このたびはほんとうに……申し訳ございませんでした」

ふたたび朱音が深く腰を折る。その姿勢のまま微動だにしない。カメラを持ったスタッフが、低い角度から伏せた朱音の顔を撮る。モニターに、目をきつく閉じ、くちびるを一文字に引き結んだ朱音の顔がアップで映る。

ADが右手を広げて高く上げた。親指から順に一本ずつ折っていく。五、四、三、二、一。

「CM入りました！」

「カット！　中継終了！」

ディレクターが叫ぶ。スタジオの空気がいっせいに緩む。

朱音に向かって走りだしたいのをこらえて、七菜はその場に立ちつづける。

前方のステージでは、スタッフに支えられながら朱音が上半身を起こしていた。襟元に隠したマイクが外され、「お疲れさまでした」の声が飛び交う。

ステージを下りた朱音が、よろめきながら七菜のもとへと近づいてくる。

「先生！」

七菜は朱音の前へと走り寄った。

「時崎さん……」

朱音の膝がかくりと折れた。七菜はあわてて朱音のからだを抱き留める。全身が細かく震えている。滴り落ちる汗が七菜のスーツの袖を濡らした。

「……あれで、よかったのかしら……」

喘ぐように朱音がつぶやく。七菜は朱音の背を何度も撫で下ろした。

「だいじょうぶ、きっと伝わりましたよ、だいじょうぶです」

「……そうだといいんだけど……」

七菜の腕のなかで、朱音が荒い息をつく。

「上条先生、お疲れさまでした」

いつの間に来たのだろうか、編成局長が横に立ち、七菜と朱音を見下ろしていた。口角は上がっているものの、目つきは鋭く、隙がない。

局長の後ろでは、スポンサーの広報担当者たちが、不安と期待の綯い交ぜになった目でこちらを見ている。朱音が七菜の腕を外し、息を整えながら局長と向かい合った。

「謝罪の場を与えてくださって感謝しております」

「いえこちらこそ光栄ですよ。上条先生の謝罪という前代未聞の中継をさせていただいて」

あからさまな皮肉に、朱音の眉が吊り上がる。

「……先生」

七菜はそっと朱音の袖を引いた。わかっている、というように朱音が小さく頷く。

「ではわたしはこれで失礼します」

局長が軽く会釈をしてから踵を返した。三歩ほど歩いてから、わざとらしく立ち止まり、振り向く。

「ああそれから、ドラマの今後はあくまで視聴者の反応しだいということをお忘れなく。もし反感を持たれて視聴率が低迷するようなら打ち切りもあり得ます。それはこのドラマに限ったことではないですからね」

念を押すように言い、今度は立ち止まらずスタジオを出ていった。

「まだまだ楽観はできないのね……」

朱音が肩を落とした。七菜はそっと朱音の手を取る。

「先生はできることを全力でなさいました。それはキャストやスタッフのみなも同じです。いまはただドラマが無事に放映されることだけを待ちましょう」

「そうね……その通りね」

朱音の顔から険がゆっくり抜けてゆく。

「CMラスイチです。ドラマ開始まであと十五秒！」

ADの声が響く。

七菜と朱音は揃ってモニタに視線を向けた。ペットボトルのお茶が大写しになっている。

あと十五秒。

モニタの隣、天井から吊るされたデジタル時計が時を刻んでゆく。
十四、十三、十二、十一——
脈がどんどん速くなっていく。流れているはずのCMの音が聞こえない。手のひらにじわりと汗が滲んできた。指さきから始まった震えが全身に広がってゆく。

怖い。思わず七菜はぎゅっと目を瞑った。

待ちにまった瞬間がもうすぐやってくる。なのに怖い。怖くてたまらない。

と、朱音が繋いでいた手にちからを込めた。反射的に七菜は目を開け、朱音を見る。モニタから視線を外さないまま、朱音が小さく頷いた。

そうだ、見届けなくては。ドラマの放映を見届けるのがいまのあたしの仕事だ。

七菜は腹の底から息を吐き、モニタに視線を戻した。

五、四、三、二――

「ドラマ『半熟たまご』スタート！」

ＡＤの声と同時に画面が切り替わる。モニタに、頬を紅潮させ、はっはっと息を切らせて走るあすかの顔がアップで映る。

いや、あすかではない。環子だ。今田環子が全力で走っている。七菜はいっしんにモニタを見つめる。

カメラが引いてゆき、歩道を走る環子の全身が映った。スーツすがたで肩からバッグをかけ、ヒールの音を響かせて走る環子。環子の行くさきに橋の欄干が見えてきた。橋のたもとまで辿り着いたとき、背広すがたの中年男性が右の角からとつぜんあらわれ、出会い頭に環子とぶつかる。転ぶ環子。バッグから書類が飛びだし、歩道に散乱する。

「痛ぁ……どこ見て歩いてんだよ」

「す、すみません！」

環子はあわてて散らばった書類を掻き集める。環子の横顔に重なるように、若い女の子たちのはしゃぐ声が聞こえてくる。書類を集め終えた環子が顔を上げる。制服を着た女子高校生が三人、欄干に群がり、川面を指さしては笑い合っていた。

不審そうな表情で女子高生たちに近づいた環子が、欄干に腕をつき、川面（かわも）を見下ろした。

穏やかに流れる川。その上を、鴨（かも）の親子が流れに逆らうように泳いでいる。

「えーこれちょっとやばみ」

「インスタにアップしよ」

華やいだ女子高生たちの声。身を乗りだし、鴨の親子を見つめる環子。

鴨の親子は全部で四羽。手のひらに乗るくらいの三羽の雛（ひな）が、母鴨のあとをぷりぷりとついて泳ぐ。

と、画面の左下にもう一羽、雛があらわれた。どうやらみなに遅れているようだ。雛は追いつこうと尾羽を振りたて、必死に泳いでいるが、ともすれば川の流れに押し戻されそうになってしまう。

環子の真剣極まりない顔がアップでモニタに映る。遅れた一羽と環子の顔が短いカットで交互に映しだされる。カメラが環子の顔に固定された。徐々にじょじょに環子の顔が大写しになってゆく。主題歌が低く流れ始める。環子のくちびるが動く。

「――がんばれ」

環子がつぶやいた。

画面が切り替わり、タイトルテロップが映しだされる。主題歌の音量が増す。

画面右上に泳ぐ鴨の雛、左下に左右にからだを揺らせて踊る環子のすがた。そして中央にくっきりと浮かぶタイトルの五文字――

『半熟たまご』。

七菜の瞳から、涙が溢れだす。

とうとうここまで来た。『半熟たまご』が放映される時が来た――

七菜の脳裏に、同じ時間を共有しているであろうチーム全員の顔が次つぎと浮かぶ。岩見さん、平くん佐野くん。矢口監督、愛理さん、諸星さん田村さん、そして頼子さん――頼子さん。七菜はこころのなかで呼びかける。

ドラマ、始まりました。いま、硬い卵の殻が割れ、雛が顔を出しました――

溢れる涙を拭いもせず、七菜はいっしんにモニタを見つめる。見つめつづける。

翌四月十四日、朝九時二十分。初回の放映を受け、とりあえず今日から撮影は再開された。七菜は公民館二階の廊下で、スタッフとともに撮影を見守っている。

いま撮影されているのは最終話序盤のシーンだ。本来ならとっくに撮り終えているはずだったが、撮影中止の余波でスケジュールはまたしても遅れていた。

現場にはいつものように張りつめた空気が漂っている。けれどもいつも以上の緊張感を七菜は肌で感じ取る。

会議室、『さくらこども塾』の教室では、一輝とあすか、塾長と環子が向かい合って座り、話し合うシーンが繰り広げられていた。

テーブルの上に片肘をつき、顎を乗せた一輝がおもむろに口を開く。

「環子さんの意見はよくわかった。けれどもぼくとしてぃは、ぼくとちては、いやぼくはしとは、あれ？」

「カット！」

「カットです」

矢口監督が手を上げ、助監督が復唱する。

「申し訳ない」

一輝が額にかかった髪を払った。会議室の隅に立つ耕平が一輝に声をかける。

「めずらしいですね、一輝さんがＮＧを出すなんて」

「いや……さすがに緊張しちゃってね」

ばつが悪そうな顔で一輝が耳たぶを軽く引っ張った。スタッフの幾人かが同調するように頷く。無理もないと七菜は思う。

昨夜放送された『半熟たまご』第一回の視聴率が判明するのはいまから四十分後の午前十時。チーフである耕平のスマホに局の担当者から一報が入る手はずになっている。七菜自身、昨夜とはまた違う種類の緊張感に苛まれていた。

「ちょっと休憩しようか」

矢口が言い、現場にほっとした空気が流れた。キャストやスタッフが三々五々、階下に降りていく。

お茶を用意しなくちゃ。階段に向かおうとした七菜は、椅子に座ったままのあすかに目を留めた。あすかの顔は青ざめ、例によって眉間に危険な皺が寄っている。七菜は急いであすかのそばへ行く。

「すいません、小岩井さん、お腹空いちゃいましたか」

「違うの」

あすかが首を振る。虚ろな目、強張った首すじ。

「視聴率が気になって……お腹なんか全然空かない」

あのあすかが⁉ 食欲がないと⁉ 七菜は腰を抜かさんばかりに驚く。

だがここでキャストの緊張を煽ってはならない。七菜は笑みを浮かべ、なるたけ柔らかな声で話しかけた。

「そうでしたか。でもなにかお腹に入れたほうが、気持ちも楽になると思いますよ」

七菜のことばに、あすかがこくんと頷いた。立ち上がったあすかをともなって七菜は階下へと降りてゆく。ドアを開けたままの給湯室が目に入った。スーパーで買ってきたロケ飯の材料が、袋のまま調理机の上に開いてある。

そろそろ支度を始めたほうがいいな。考えながら、あすかを休憩室にいざなう。

休憩室の奥では、李生と大基が手際よくコーヒーやお茶を配っていた。どのスタッフもキャストも、どこかそわそわしながらお茶を飲んだり雑談をしている。

あすかがコーヒーを受け取るのを見届けてから、七菜は廊下に出た。給湯室に入ろうとしたとき、外の道路で車の止まる音がした。

誰か来る予定だっけ？ 七菜は急いでスケジュール表をポケットから取りだす。

と、ガラス戸が開き、制服すがたのタクシーの運転手が顔を覗かせた。戸を押さえたまま後ろを振り返る。

「どうぞ、お客さん」

「ありがとうございます」

しっとり落ち着いた女性の声。

この声。この声は。

七菜は夢中で玄関へと駆けてゆく。

「頼子さん！」

両脇に杖を挟んだ頼子が、運転手の横を抜けてすがたをあらわした。

「七菜ちゃん……」

三和土に立った頼子が、まぶしげに七菜の顔を見上げる。からだを杖で支えながら両手を前へと差しだした。七菜は三和土に飛び降りて、杖ごと頼子を抱きしめた。頼子の手が、そっと七菜の背に回される。

「……ありがとう。ありがとうね」

頼子が頬を七菜のおでこに擦りつけた。

言うべきことばが見つからず、七菜は頼子を抱きしめてひたすら頷く。頼子の体温がじかに伝わってくる。

ずっと感じていたい。こうして頼子さんの温かさを、ずっと。叶わぬことと知りながら七菜はそう願わずにはいられない。

ややあってから、頼子が、すん、と、鼻を鳴らし、ゆっくりとからだを七菜から離した。

「ごめんね、忙しいところに」

「いいんです、そんなの。でもどうしたんですか、急に」

「みなさんに挨拶がしたくて、それで」

「よかった、ちょうど休憩中です。どうぞ上がってください」

素足のまま杖をつき、頼子がなかに上がる。休憩室である八畳の和室まで、七菜は頼子の横にぴったりと寄り添い、歩いてゆく。

頼子が休憩室にすがたを見せるや、それまでのお喋りがぴたりと止んだ。全員の視線が頼子に集まる。

「板倉さん……」

あすかが小声で叫び、手で口もとを覆う。あっけに取られたように一輝が頼子を見つめる。ほかのみなも同様に、驚きと衝撃の綯い交ぜになった目で頼子を見ていた。

無理もないと七菜は思う。みな、頼子の病状についてなにも知らされないままここまで来たのだ。

事情を知っている矢口すら、信じられないといった顔でぼう然と立ちすくんでいる。

「よう板倉。久しぶりだな」

テーブルに寄りかかった耕平が、いつもと変わらぬようすで右手を軽く上げた。それをきっかけに、あちこちでため息や咳払いの音が重なる。頼子が耕平のほうへからだを向けた。

「休憩中にすみません。少しだけお時間をいただいてもいいですか」

「ああ」

耕平が頷くと、頼子がさらに一歩、部屋のなかへと足を進めた。斜め横で、七菜は頼子を見守る。頼子が澄んだ落ち着いた声で話し始める。

「ご無沙汰しております。今回は病気のため、撮影なかばで現場に来られなくなってしまい、いろいろご迷惑をおかけしてほんとうに申し訳ありませんでした。実はがんを患っておりまして、明日からホスピスに入ることになりました。一度入ってしまうとなかなか顔を出せなくなると思い、撮影最終盤のお忙しいときにお邪魔させていただきました」

頼子がことばを切り、息を継ぐ。部屋のなかはしんと静まり返り、誰ひとり物音を発さない。身動きすらしない。頼子がつづける。

「放映が中止になると聞いたときは驚きました。ショックを受けました。絶望感すら覚えました。なにより――いちばん大変なときに、プロデューサーであるわたしがなにもできないということ、その事実に打ちのめされました。けれども」

頼子が、ぐるりと全員の顔を見渡した。

「けれども、みなさんのおかげで、ドラマは無事にスタートいたしました。昨夜、自宅でオンエアを見たときには、お恥ずかしい話ですが……子どものように泣いてしまいました」

恥じらうように目を伏せる。矢口が、深く大きく頷いた。一拍の間をおいて、頼子が視線を上げる。

「まだ撮影はつづくと思いますが、どうぞおからだに気をつけて、最後まで走り抜いてくださ

いませ。みなさんと一緒に仕事ができたことを、わたしは誇りに思います。本当にほんとうに
……ありがとうございました」

杖でからだを支えたまま、頼子が深く腰を折った。

ぱちぱち。

部屋の隅で小さな拍手が上がった。

ぱちぱち。ぱちぱちぱちぱちぱち。

やがて、さざ波が合わさり巨大な波濤になるように、拍手が部屋を埋め尽くしてゆく。

気づけば七菜も両手を打ち鳴らしていた。手のひらが赤く腫れ上がるくらい、強くつよく。

頼子の瞳が潤む。まぶたを瞬いて、涙をこらえる。

再度一礼すると、頼子は踵を返し、ゆっくりと部屋を出た。半歩遅れて七菜もつづく。

「さあて撮影再開しようか」

「はい、みなさん撮影再開します！」

背後から矢口と助監督の声が響いてきた。ざわめきが部屋に戻る。慌ただしく動き回る気配
が伝わってくる。

「頼子さん、お疲れさまでした」

「こちらこそありがとう。そばにいてくれて」

頼子が笑みを浮かべる。どこまでも透き通った冬の青空のような、晴ればれとした笑顔だった。

「ロケ飯は？　もう準備できてるの？」

「いえ、これからです」

「そう、じゃあお邪魔してもいいかしら」

「もちろんです。一緒に作りましょう」

七菜のことばに、頼子がそっと首を振る。

「ううん、今日は七菜ちゃんひとりで作って」

「え？　でもせっかく」

「いいの。これからはずっと――七菜ちゃんがロケ飯を作るんだから」

静かな頼子の声に、七菜は背すじの伸びる思いがする。

「――わかりました」

頼子のさきに立ち、給湯室に入る。頼子が、テーブルに置いたレジ袋をざっと眺めた。

「今日の献立は？」

「あの、えと」

思わず七菜は言いよどむ。

うう、頼子さんが来ると知っていたら、もっと凝ったものにするんだった。

「どうしたの？」

「……味噌汁です、とうふとわかめの」

「へえお味噌汁」

「すみません、そんなものしか作れなくて。しかもスマホのレシピが頼りなんです。あたしいままで味噌汁ってインスタントか、だしの素でしか作ったことなくて」

しょぼしょぼと頭を垂れると、頼子の明るい声が降ってきた。

「いいじゃないの、お味噌汁。和食の基本だもの。このあいだ話したよね、基本は大切だって」

「はい」

「じゃあさっそく始めて、はじめて」

頼子の声に励まされ、七菜はシャツの袖を捲り上げた。スマホを取りだし、あらかじめ登録しておいたサイトを開く。『基本的な出汁の取りかた』

ええと、四人分で水八百ccだから、一人前二百。とすると五十人分は十リットル、二リットル入りのミネラルウォーターが五本、と。

スマホの電卓を弾いて、七菜は大鍋に水を入れてゆく。

次に昆布。一人前四グラムだから、二百グラム必要。昆布の袋を破り、秤に載せる。

ぶつぶつつぶやきながら作業する七菜のすがたを、頼子が不安と期待の入り混じった目で見ている。

昆布を固く絞った布巾で拭いてから、七菜は鍋に投入する。

次は、と。スマホに視線を戻す。

『三十分ほど水に浸ける』

「え、三十分も⁉」

思わず大声が出てしまう。どうしよう、三十分もこのまま待たなくてはならないのか。

「そのあいだに具材の準備をしておいたら？」

見るに見かねたのか、後ろから頼子の声が飛んできた。

「あ、そか。そうですね、そうですよね」

頷いて七菜はキッチンタイマーを三十分にセットしてから、とうふのパックをレジ袋から取りだし、テーブルの上に積み上げた。頼子が息を呑む音がした。

「それ、全部入れるの？」

「はい。ひとり分半丁として二十五丁買いました」

「それは……」

言いかけて、頼子が口をつぐむ。

「どうしたんですか、頼子さん」

振り向くと、椅子に座った頼子がなんとも形容しがたい奇妙な表情を浮かべていた。

「いえ……今日は七菜ちゃんひとりに任せると決めて、口は出さずにおこうと思って来たんだけど……」

「けど？　けどなんですか？　もしかして足りなかったですか、おとうふ」

しばし視線を泳がせていた頼子が思いきったように口を開いた。

「その反対。ひとり半丁じゃ多すぎ、湯豆腐じゃないんだから。あー言ってしまった……」

「言ってくださいよぉ。頼子さんがいる今日くらい、まともなロケ飯を出したいです」

七菜が懇願すると、諦めたように頼子が頷いた。

「じゃあ、ほんとうに必要なときだけね」

「お願いします。で、とうふはどれくらいあれば？」

「そうね、その大きさであれば一丁五人分として、十二、三丁もあれば」

「半分でよかったのか……」

せっかく重たい袋を運んできたのに。悔しさを嚙みしめながら、七菜はとうふの山の半分を冷蔵庫にしまう。残ったとうふのパックをはがし、実家で母がやっていたように左手にとうふを載せる。包丁を握りしめ、賽の目に刻んでゆくが、とうふが大きすぎ、切るそばからぽろぽろまな板の上にこぼれてゆく。

「無理よ、片手で一丁は。ここは無理せずまな板を使いなさい」

頼子が悲鳴のような声を上げる。

「はい……」

またしても負けたような気分で、七菜はとうふをまな板に置く。まず縦に包丁を入れ、そのあと横に。賽の目というよりマッチ箱ほどの大きさになってしまった。頼子がなにか言いかけたが、思い直したように口を閉じた。

次こそ綺麗な賽の目に。むきになってパックをはがしていると、「あのう……いいっすか」給湯室の入り口から大基の声が響いてきた。

「どうしたの、なにかあった？」

とうふから目を上げ、大基を見る。

「いやべつに。上は人手が足りてるからこっちを手伝えと佐野さんに言われて」

むくれたような顔で大基がこたえる。

大基が料理？　できるわけない。断ろうとした七菜より半秒早く、

「助かるわ。七菜ちゃんにも助手が必要だし」

頼子が大基を手招きする。

「うぃっす。失礼します」

不機嫌そうな顔のまま、大基がうっそりと給湯室に入ってきた。

「で、なにすればいいんすか」

「とうふ切ってくれる？　賽の目にお願い」

指示すると、大基が頷いてとうふに手を伸ばした。

賽の目って言ってもわかんないか。動物のサイじゃないよサイコロの賽だからね。

七菜は小鼻を膨らませ、ちらちらと大基の手もとを窺う。

器用にパックをはがすと、大基は躊躇（ちゅうちょ）なくとうふを左手に載せた。七菜には大きすぎたとうふが大基の手のなかにすっぽりと収まる。つづいて包丁を持つと、背を倒し、水平に刃を入れてゆく。まずは半分に、それから上下に分かれたとうふをさらに二分の一ずつ切り分ける。スライスし終えると今度は縦横、リズミカルに刻んでいく。角が立ち、大きさの綺麗に揃ったとうふを大基がざるに移した。

この間たったの十秒ほど。大基の手際のよさに、思わず七菜は見入ってしまう。

「上手ね、平くん」

頼子が感嘆の声を上げる。

「ひとり暮らし、長いっすから」

次のとうふに取りかかりながら、大基がこともなげにこたえる。

あたしだってひとり暮らしは長いんだが。くちびるを尖らせて大基を睨む。視界の隅に、にやにや笑う頼子の顔が映る。

面白くない。なんだかとっても面白くないぞ。七菜はむっとした気持ちでとうふを捌いてゆく。

とうふのあとは塩蔵わかめ。ざっと洗ってから、水を張ったボウルに移す。萎びていたわかめがみるみるうちに深緑に変わり、柔らかく膨らんでいく。三分ほど待ってから、わかめをざるに上げた。折よくタイマーが鳴る。

「平くん、わかめ任せていい？」

「了解」

大基はすっかり上機嫌だ。頼子がくくっと喉の奥で笑った。

まあいい。足手まといになるよりは使えるほうが今後助かるに違いない。

七菜は気持ちを立て直し、コンロの火をつけた。しばらくすると鍋のなかに、ぷつぷつと小さな泡が沸き上がり始める。

「沸騰する直前に昆布を出すんですよね」

「そう。ぬめりが出て雑味が入っちゃうから」

頼子の返事を聞き、七菜は鍋のなかを真剣な目で見つめる。

泡がどんどん増えていき、昆布が浮き上がってきた。いまだ！　七菜は急いで火を止め、菜箸で昆布を挟んではざるに取ってゆく。

次は鰹節（かつおぶし）。スマホの手順通りに量を計り、いちどきに鍋に投入する。ふたたびコンロに火をつけ、沸騰するのを待つ。一分もしないうちに鰹節がくるくる回り始め、やがてぶわっと浮き上がってきた。噴きこぼれる寸前に火を消す。鰹節がゆっくりと鍋底に沈んでゆく。沈みきったのを確かめてから、七菜は大基に声をかけた。

「平くん、ざるにペーパータオル敷いて。こっちの鍋に移すから」

「ういっす」

横の大鍋にざるが載せられた。七菜は鍋の取っ手に手をかけ持ち上げようと試みるが、十リットル入りの鍋はさすがに重くてなかなか動かない。

「時崎さん、代わりますよ」

見かねた大基が寄ってくる。大基に頼るのは悔しいが、ここでひっくり返したら元も子もない。七菜は素直に大基と場所を交代する。大鍋を難なく持ち上げた大基が慎重に鍋の中身を移してゆく。昆布と鰹節の交じり合った、芳しくて食欲をそそる匂いが部屋じゅうに立ち込める。ざるをどかすと、つややかな金色に光るだし汁がすがたをあらわした。

ようやく出汁が取れた。七菜はほっと息をつく。

「あとはとうふとわかめですね」

「待って七菜ちゃん」

とうふのざるに手をかけた七菜を頼子が止めた。

「火を入れすぎると、とうふは鬆が入るし、わかめはとろけちゃうから最後でいいわ。食べる直前で」

「じゃあとりあえずここで終了、ですか」

七菜が問うと、頼子が大きく頷いた。

ひと息ついてから、七菜は腕時計を確かめる。

十時十五分。もう耕平のところに連絡は来ただろうか。

ロケ飯を作っているあいだ消えていた緊張感が一気に戻ってくる。大基も頼子も同じようで、ふたりともそわそわし始めた。

「上、行きましょうか、あたしたちも」

七菜が言うと、即座に大基が頷き、早足で給湯室を出ていった。軽やかな大基の足取りを羨ましそうに見ていた頼子が腰を浮かせる。七菜は立てかけてあった杖を引き寄せ、頼子に手渡した。廊下を進み、奥に設置されたエレベーターで二階へと上がる。

二階は例によってスタッフで溢れ返っている。テスト中らしく、会議室では矢口があすかと一輝になにごとか話しかけており、その横で田村が助手と一緒にカメラを移動させ、諸星がレフ板を持ったスタッフに細かい指示を出していた。モニタの横でシナリオを睨む李生、廊下の端で女性スタッフと話す大基のすがたが見える。

どのキャストやスタッフの顔にも朝と同じく濃い緊張感が漂っている。約束の十時を過ぎたせいだろうか、焦りの色も垣間見えた。

岩見さんはどこだろう。七菜は伸び上がって耕平のすがたを探す。

いた。ちょうど七菜たちと逆の廊下の端、窓に背を預けるようにして耕平が立っていた。足が細かく揺れているのは貧乏ゆすりだろうか。右手に鈍く銀色に光るスマホを握っている。七菜は頼子とともにスタッフのあいだをすり抜けて耕平のそばへと急ぐ。

「岩見さん」

近づいて声をかけると、耕平が足の動きを止めた。

「おう。飯の支度は終わったのか」

「はい、だいたいは」

「そうか」

なかば無意識にだろう、耕平がスマホで時刻を確かめる。めずらしく横顔が強張っていた。

「あの……まだ電話来ませんか」

恐るおそる尋ねると、耕平が頷いた。

「ああ。ま、気長に待つしかねぇな」

「ですね」

「数字の悪いときは連絡すら来ねえからなぁ」

「不吉なこと言わないでくださいよ」

七菜は耕平を睨む。耕平がひょいと肩を竦め、頼子に視線を移した。

「板倉、からだの調子はどうだ」

「だいじょうぶです。鎮痛剤を飲んでいるので」

「ん。無理すんなよ」

「ありがとうございます」

頼子が頭を下げたときだった。耕平の持つスマホが震え始めた。

「来た！」

思わず七菜は叫んでしまう。七菜の声に気づいたスタッフやキャストが、びくりとからだを震わせる。

「来た」

「来たってよ！」

伝言ゲームのようにことばが繫がってゆく。李生がシナリオから顔を跳ね上げた。

「電話か⁉」

矢口が会議室から飛びだしてきた。そのあとをあすか、一輝、そして田村や諸星たちがつづく。大基が猛ダッシュでこちらへと走ってくる。愛理が助手とともに階段からすがたを見せた。廊下を埋めたスタッフたちが我さきにと駆け寄ってくる。

落ち着け、というように耕平が腕を広げ、上下に振った。喉の奥で咳払いをひとつしてからスマホをタップし耳にあてる。

「はい岩見です。ああ、お世話になっております。あ、はい。はい……」

耕平の顔からはなんの表情も汲み取れない。集まったキャストやスタッフの熱気で、窓辺の一角だけ酸素が薄れたように七菜には思える。

頼子が、左手でぎゅっと七菜の二の腕を摑んだ。どこにそんなちからが残っていたのかと思うくらい、強いつよいちからだった。

七菜は手のひらを頼子の左手に重ねる。頼子の手が冷たい。だが負けず劣らず七菜の手も冷えきっている。

「はい、わかりました。はい、はい……ではこれで。ありがとうございました」

耕平がスマホを耳から離し、通話を切った。無表情のままの顔。

誰もなにも言わない。身じろぎすらしない。みな、ただ息を詰めて耕平だけを見つめている。

耕平がゆっくり顔を上げた。

「――編成局長からだ。昨夜の視聴率は」

いったんことばを切り、全員の顔を順繰りに見渡す。

「――十五・二パーセント。大金星だ！」

耕平が右の拳を高々と突き上げる。わずかな間があった。一秒にも満たぬほどのほんのわずかな間が。

うわあっ。

大歓声が沸き上がる。どよめきが空気を震わせる。

愛理が助手と抱き合った。矢口が小刻みに頷いている。田村と諸星が互いの肩を叩き合う。あすかが両手で顔を覆った。端正な一輝の顔が弛緩したように崩れる。大基がその場で飛び跳ねている。李生の頬が紅潮してゆく。

「やりました、やりましたね頼子さん！」

七菜は頼子の腕を摑み、無茶苦茶に振り回した。頼子はされるがままだ。かくかくとまるで人形のように揺れている。

「――うん」

囁くような声で言う。

「……うん」

もう一度、最初よりははっきりとした声でこたえ、頷いた。

頼子の瞳に、透明な涙の粒が宿る。粒はやがてこぼれだし、すじとなって頰を伝う。七菜はちからいっぱい頼子を抱きしめた。七菜の腕のなかで頼子のからだが細かく震える。

「とはいえ視聴者の反応は賛否両論のようだ。気を抜かず、最後まで走り抜くぞ」

興奮状態のみなをなだめるように耕平が声を張り上げる。

そうだ、耕平の言う通りだ。七菜は気持ちを引きしめる。ドラマはまだ始まったばかり。もしもこのあと視聴率が下がれば打ち切りだってあり得るのだ。

喜びに沸き立つみなのなかにあって、七菜は興奮を鎮めようと、火照った頰に右手をあて、大きく深呼吸をした。

地下鉄の出口から地上に出る。帰宅時とあってか、新宿通りはひとも車の往来も多い。大型連休も終わったいま、夕方六時を過ぎたいまでもあたりはまだ明るく、暖かい。いや暖かいを通り越して、少しからだを動かすと汗ばむくらいの陽気だ。

撮影が始まったときは、寒くて死にそうだったのに。歩きながら七菜はシャツのボタンをひとつ外した。

今夜は久しぶりに拓と話すことになっている。じぶんなりに考えてきたことを、きちんと拓に伝えなくては。急くこころに合わせるように、自然と足が早まってゆく。

放送開始から約一か月、『半熟たまご』は高視聴率を保ったまま、今期連続ドラマのトップを走っている。撮影は無事に終了し、いまは後半の編集や音入れの作業が残っているだけだ。おかげで七菜も、ようやく「まともな時間」に帰宅できるようになってきた。

頼子のところには、一週間に一度ほどの割合で見舞いに通っている。ホスピスにもだいぶ慣れ、痛みのコントロールもうまく行っているようで、以前よりはずいぶん顔色がよくなってきた。なにより『半熟たまご』が無事に放映されていることが頼子の笑顔に繋がっているのではないかと七菜は想像している。

聖人はさいわい不起訴となり、いまは自宅で謹慎中だ。謝罪中継の公約通り、朱音はすべての役職を降り、聖人のそばに寄り添っている。

伊勢丹前の交差点を渡り、新宿御苑に隣接するカフェに向かう。人混みをすり抜け、五分も歩くと、目指すカフェが見えてきた。テラス席に座るワイシャツすがたの男性。拓だ。七菜の心臓が軽く跳ねる。

「ごめん、待った？」

拓の対面に回りながら尋ねると、

「いやぼくもいま来たところ」

メニューから顔を上げて拓がこたえた。

「ぼくはコーヒーにするけど、七菜ちゃんは？」

「あたしも同じでいい」

拓が頷き、ウエイターを呼んで注文を告げる。

改めて拓と向き合うと、なかなかことばが出てこない。何度もこころのなかで繰り返してきたのに。七菜は気持ちを鎮めようとコップの水をひと口、含んだ。

「撮影、無事に終わってよかったね」

拓が、コップのふちを指で撫でながら言う。

「あ、うん。そうだ拓ちゃん、カレーの差し入れ、ありがとう。まだいっぱい残ってる」

「え、なんで？　あったためてどんどん出せばいいじゃない」

拓が不思議そうに首を傾げる。

「そりゃ無理だよ。いちいちあったためてご飯にかけてたら休憩時間、終わっちゃうよ。拓ちゃんは料理しないからわかんないだろうけど」

拓の頬がわずかに引き攣る。

「そういう七菜ちゃんだって料理、しないじゃないか。『作る時間も体力もない』って」

「仕方ないじゃん、仕事が大変なんだから」

「だからそういうブラックな働きかたは」

「ブラックじゃないって言ってるでしょ！」

「お待たせいたしました」

ウエイターが感情を交えぬ声で告げ、ふたりの前にコーヒーのカップを置いた。ウエイターが去るのを待ってから、拓が口を開く。

「……やめよう。これじゃあ前とおんなじだよ」

顔に苦い笑いが浮かんでいる。

「……だね」

七菜も苦笑を返した。同じことを繰り返していてはだめだ。とにかく動かなくては。

拓がコーヒーを啜るのを見つめながら、七菜はゆっくりと切りだした。

「……拓ちゃん。あたしね、やっぱり仕事が面白い。ドラマを作るという仕事が好き。『半熟たまご』を撮り終えて、ますますその気持ちが強くなった——でも」

「でも？」

カップをソーサーに戻した拓が、静かに問い返す。

「……拓ちゃんと別れたくない。だから努力する。もっと効率よく仕事をこなせるようにがんばる。家のことも——もし家族が増えたとしても、仕事と両立できるようになりたいの。明日のことは、まだわからない。けどね、できるできないじゃなくて、やるかやらないかが大事なんだって――よくわかったんだ、今回の仕事で」

ことばを切り、拓の顔をまっすぐに見据える。拓がまぶしそうに目を細めた。

「そっか……そっかぁ」

そうつぶやいてから俯き、拓がなにごとか考え始めた。七菜は姿勢を正し、拓のことばを待つ。

沈みかけた夕陽が、ふたりの上に柔らかな光を投げかける。

御苑から吹いてくる風に、甘やかな緑の匂いが混じる。

拓がようやく顔を上げた。

「――じゃあぼくも努力しなくちゃね。せめて味噌汁くらい作れるようにならないと」

ほのかだけれども確かな燈火が、ぽっと七菜のこころに灯る。燈火はやがて全身に広がってゆき、七菜を温かく包み込む。

「……味噌汁は意外とハードル高いよ、拓ちゃん」

七菜は、目頭に浮かんだ涙を指でそっと拭った。

かすかに湿った指さきを、初夏の風がやさしく撫でていく。

夕焼けに染まった空は、雲ひとつなく輝いている。

明日もきっと晴れるだろう。

装画
グレゴリ青山

装丁
山下知子

謝辞
この小説を執筆するにあたって、日本放送協会制作局第４制作ユニット　チーフ・プロデューサー篠原圭氏より、取材のご協力を頂きました。
また作中の方言校閲については、橋詰修二氏、木原智子氏にお世話になりました。
厚く御礼を申し上げます。

著者

※本作品は、ウエブマガジン『P+D Magazine』に2020年1月から7月まで連載していた『ブラックどんまい！』を単行本化にあたり大幅に加筆・改稿したものです。

中澤日菜子（なかざわ・ひなこ）

1969年東京都生まれ。慶應義塾大学文学部卒。2013年『お父さんと伊藤さん』で「第八回小説現代長編新人賞」を受賞。同作品は2016年に映画化された。また四作目となる『PTAグランパ！』はNHKによりドラマ化。2017年にパート1が、好評につき2018年にパート2が放映された。その他の著書に『おまめごとの島』『ニュータウンクロニクル』『Team383』『お願いおむらいす』、紀行文として『アイランド・ホッパー2泊3日旅ごはん島じかん』がある。2020年10月『一等星の恋』（小学館文庫）発刊予定。

編集　片江佳葉子

働く女子に明日は来る！

二〇二〇年九月二十一日　初版第一刷発行

著者　中澤日菜子
発行者　飯田昌宏
発行所　株式会社小学館
〒一〇一-八〇〇一　東京都千代田区一ツ橋二-三-一
編集　〇三-三二三〇-五八二七　販売　〇三-五二八一-三五五五
DTP　株式会社昭和ブライト
印刷所　萩原印刷株式会社
製本所　株式会社若林製本工場

　ISBN 978-4-09-386592-0